OVIDE

ARS AMATORIA

罗马爱经

[古罗马] 奥维德 著　黄建华 黄迅余 译

上海文艺出版社

图书在版编目(CIP)数据

罗马爱经/(古罗马)奥维德著;黄建华,黄迅余译.
—上海:上海文艺出版社,2016
　ISBN 978-7-5321-6081-5

Ⅰ.①罗… Ⅱ.①奥…②黄…③黄… Ⅲ.①散文诗-抒情诗-
古罗马 Ⅳ.①I546.22

中国版本图书馆 CIP 数据核字(2016)第 113235 号

Ovide
Ars amatoria

Simplified Chinese Copyright © Shanghai 99 Culture
Consulting Co., Ltd. 2016

"企鹅经典"丛书由上海文艺出版社联合上海九久读书人文化
实业有限公司及企鹅图书有限公司共同策划。

"企鹅"、 ®和相关标识是企鹅图书有限公司已经注册或者尚未
注册的商标。未经允许,不得擅用。

总 策 划:黄育海　陈　征
责任编辑:张　翔
特约策划:何家炜
封面绘图:杨　猛
封面设计:汪佳诗

罗马爱经

〔古罗马〕奥维德　著
黄建华　黄迅余　译
上海文艺出版社出版、发行
地址:上海绍兴路 74 号
新华书店经销　上海利丰雅高印刷有限公司印刷
开本 890×1240　1/32　印张 8.875　插页 6　字数 180,000
2016 年 9 月第 1 版　2016 年 9 月第 1 次印刷
ISBN 978-7-5321-6081-5/I·4855　定价:45.00 元

企鹅经典丛书

出版说明

　　这套中文简体字版"企鹅经典"丛书是上海文艺出版社携手上海九久读书人与企鹅出版集团（Penguin Books）的一个合作项目，以企鹅集团授权使用的"企鹅"商标作为丛书标识，并采用了企鹅原版图书的编辑体例与规范。"企鹅经典"凡一千三百多种，我们初步遴选的书目有数百种之多，涵盖英、法、西、俄、德、意、阿拉伯、希伯来等多个语种。这虽是一项需要多年努力和积累的功业，但正如古人所云：不积小流，无以成江海。

　　由艾伦·莱恩（Allen Lane）创办于一九三五年的企鹅出版公司，最初起步于英伦，如今已是一个庞大的跨国集团公司，尤以面向大众的平装本经典图书著称于世。一九四六年以前，英国经典图书的读者群局限于研究人员，普通读者根本找不到优秀易读的版本。二战后，这种局面被企鹅出版公司推出的"企鹅经典"丛书所打破。它用现代英语书写，既通俗又吸引人，裁减了冷僻生涩之词和外来成语。"高品质、平民化"可以说是企鹅创办之初就奠定的出版方针，这看似简单的思路中植入了一个大胆的想象,那就是可持续成长的文化期待。在这套经典丛书中,第一种就是荷马的《奥德赛》,以这样一部西方文学源头之作引领战后英美社会的阅读潮流,可谓高瞻远瞩,那个历经磨难重归家园的故事恰恰印证着世俗生活的传统理念。

经典之所以谓之经典,许多大学者大作家都有过精辟的定义,时间的检验是一个客观标尺,至于其形成机制却各有说法。经典的诞生除作品本身的因素,传播者(出版者)、读者和批评者的广泛参与同样是经典之所以成为经典的必要条件。事实上,每一个参与者都可能是一个主体,经典的生命延续也在于每一个接受个体的认同与投入。从企鹅公司最早出版经典系列那个年代开始,经典就已经走出学者与贵族精英的书斋,进入了大众视野,成为千千万万普通读者的精神伴侣。在现代社会,经典作品绝对不再是小众沙龙里的宠儿,所有富有生命力的经典都存活在大众阅读之中,它已是每一代人知识与教养的构成元素,成为人们心灵与智慧的培养基。

处于全球化的当今之世,优秀的世界文学作品更有一种特殊的价值承载,那就是提供了跨越不同国度不同文化的理解之途。文学的审美归根结底在于理解和同情,是一种感同身受的体验与投入。阅读经典也许可以被认为是对文化个性和多样性的最佳体验方式,此中的乐趣莫过于感受想象与思维的异质性,也即穿越时空阅尽人世的欣悦。换成更理性的说法,正是经典作品所涵纳的多样性的文化资源,展示了地球人精神视野的宽广与深邃。在大工业和产业化席卷全球的浪潮中,迪士尼式的大众消费文化越来越多地造成了单极化的拟象世界,面对那些铺天盖地的电子游戏一类文化产品,人们的确需要从精神上作出反拨,加以制衡，需要一种文化救赎。此时此刻，如果打开一本经典，你也许不难找到重归家园或是重新认识自我的感觉。

中文版"企鹅经典"丛书沿袭原版企鹅经典的一贯宗旨：首先在选题上精心斟酌，保证所有的书目都是名至实归的经典作品，并具有不同语种和文化区域的代表性；其次，采用优质的译本，译文务求贴近作者的语言风格，尽可能忠实地再现原著的内容与品质；另外，每一种书都附有专家撰写的导读文字，以及必要的注释，希望这对于帮助读者更好地理解作品会有一定作用。总之，我们给自己设定了一个绝对不低的标准，期望用自己的努力将读者引入庄重而温馨的文化殿堂。

关于经典，一位业已迈入当今经典之列的大作家，有这样一个简单而生动的说法——"'经典'的另一层意思是：搁在书架上以备一千次、一百万次被人取下。"或许你可以骄傲地补充说，那本让自己从书架上频繁取下的经典，正是我们这套丛书中的某一种。

上海文艺出版社编辑部

上海九久读书人文化实业有限公司

二〇一四年一月

目　录

译序：《爱经》——关于男欢女爱的古罗马诗作

我偕小女迅余译完此书之后，出版社来函嘱托，要写一篇有分量的"学术性序言"。奥维德是古罗马的经典诗人，他的爱情诗篇几乎译成了所有西方文字，研究他本人及其作品的著述，在西方世界里收集起来，如果不说车载斗量，也绝不会是个少数。可惜我本人不是这方面的研究家，无法为此作一篇洋洋洒洒的学术论文，于是就只好从译者的角度写上几行交代的文字。

戴译与拙译

奥维德的名字对于我国读者来说也许并不陌生，诗人戴望舒早就译出过他的《爱经》，而最近几年，许多家出版社一再把这《爱经》重印，有的印数还不少，可以说，这部描绘古罗马情爱的经典作品连同他的作者的名字，已经传遍中国大江南北了。

这次新译的《爱经》，虽则书名沿用戴望舒的译名，但和他所译的《爱经》却是有很大不同的。

首先是分量上的不一样。新译本汇集了奥维德三部主要的爱情作品：《恋情集》(《AMORES》——法译文：Les Amours)、《爱的技巧》(《ARS AMATORIA》——法译文：L'art d'Aimer)、《情伤良方》

（《REMEDIA AMORIS》——法译文：Les Remèdes à l'Amour）。戴望舒只译了中间的一部，也就是三分之一左右吧。

其次，新译本作了分篇、分段或分首的处理，还加上了小标题，眉目清晰得多。这都不是译者的妄加，而是接纳了奥维德研究家的成果所致。为了翻译此书，我曾经参考过几个版本和法文译本，择善而从之，绝不敢随便抓到一本，便率尔移译。

再次，新译本的准确程度要略高一些，避免了旧译的一些疏误。我译此书到第二部分时，曾恭恭敬敬的把戴译本放在案头作为参考。平心而论，和二、三十年代的译品比较而言，戴译可以称得上是严谨之作，错漏的情况不算太多。但也许是因为当时的条件局限，仍不免见到一些明显的误译。兹举一例，以为佐证，请注意在其下划线的文字：

戴译："只有一个劝告，假如你对于我所教的功课有几分信心，假如我的话不被狂风吹到大海去，千万不要冒险，否则<u>也得弄个彻底</u>。"①

新译："如果你对我所传授的技巧还有几分信心，如果我的话不至被狂风吹到大海去，那我就给你这么一个忠告：要么就别去碰运气，要么就冒险到底。"

如果读者诸君有懂法文的，请对照一下下面两种法语的译文，便不难认定戴译之误：

"Ne tente pas l'aventure ou pouse-la jusqu'au bout." ②

---

① 见《爱经》，花城出版社 1993 年版，第 20 页。

② 见《L'art d'Aimer》，Société d'édition les Belles Lettres 1994 年版，第 17 页。

"...ou ne tente pas l'aventure ou conduis-la jusqu'au bout." ①

最后，新译比起旧译来，清畅可读得多。一个时代有一个时代的文风，一个时代有一个时代的欣赏趣味。即便戴译全然不错，今天的读者读起旧译的文句来也会不太习惯。这是很自然的事，八十余年的光阴可不算太短啊（戴译《爱经》1929 年 4 月由上海水沫书店初版）。请对照读读开篇的一段文字，似可见一斑：

戴译： "假如在我们国中有个人不懂爱术，他只要读了这篇诗，读时他便领会，他便会爱了。用帆和桨使船儿航行得很快的是艺术，使车儿驰行得很轻捷的是艺术，艺术亦应得统治阿谟尔。" ②

新译： "如果我们国人中有谁不懂爱的技巧，那就请他来读读这部诗作吧；读后受到启发，他便会去爱了。凭着技巧扬帆用桨，使船儿高速航行；凭着技巧驾驶，使车儿轻快前进。爱神也应该受技巧的支配。"

假如认为开篇的两句未必有足够的代表性，那么，我们翻到下文，再随机抽取一句：

戴译： "这是你开端的啊，罗摩路斯，你将烦恼混到游艺中，掳掠沙皮尼族的女子给你的战士做妻子。" ③

新译： "洛摩罗斯啊，正是你第一个扰乱剧场，掠走萨宾女子，给你手下的单身战士带来欢乐。"

我做此对照，丝毫没有扬新抑旧、自我标榜的意思。后译比前译的略胜一筹，那是理所当然的事，因为后译者是站在前人肩上的缘故。我

---

① 见《Les Amours》，CLASSIQUES GARNIERS 版，版本年代不详，第 181 页。
② 见《爱经》，花城出版社 1993 年版，第 3 页。
③ 同上，第 7—8 页。

的用意无非是说明：新译的《爱经》，不同于时下的某些译本：与前译的大同小异，多了一个新译本却不能增添什么。我敢夸口：即使是最欣赏戴译的读者，如果肯解囊多买一部我这个新译本，这点钱是不会白花的，因为它起码有三分之二左右的译文为旧译本所无。

情与欲

有人称奥维德的爱情诗作是古罗马文学的一顶珠宝冠冕，每一诗句都闪烁着宝石的光芒。不过，当我们看到"爱"字（Amores）的时候，可不要以为这又是一部缠绵悱恻的纯情之作，奥维德的作品含有更多肉欲的成分。正因为这样，他成了历史上有争议的诗人。你读读下列诗句，即可知其大胆暴露的程度：

"她伫立在我的眼前，不挂衣衫，整个娇躯见不到半点微瑕！我看到、我触摸着多美的双肩，多娇柔的胳臂！美丽的乳房抚摸起来多么惬意！在高耸的胸脯下那肚皮多么平滑！溜圆的臀部多么富有弹性！一双大腿多么富于青春活力！然而，有什么必要逐一细数呢？我只看到值得赞美的地方。她全身赤裸，我紧紧搂着她，让她贴在我身上。其余的，那就不言自明了。……"（《恋情集》卷一，第五首）

奥维德并非单从男性的角度看待性爱，他还强调男女双方身心交流，共同享受爱的欢愉，这是诗人的出色之处：

"但愿女子整个身心感受到维纳斯欢愉的震撼，但愿这种欢乐能与其情郎两人共享！情爱的言词、甜蜜的私语绝对不要停下来，在你们肉欲的搏斗中，色情的言语自有其位置。……"（《爱的技巧》卷三）

爱与性原本是无法分开的，今人的"做爱"一词，不也正反映此二者的密切关系？两千年前德奥维德就已经深知这一点，他以酣畅的笔墨把心灵之爱与肉体之欢糅合描绘，从而令他的诗作有着难于抗拒的魅力。他不是那种死后才被认识的诗人，在生的时候，他就已经声名远播了。

艺术与技巧

"Art"一词兼有"艺术"和"技艺"的意思，许多人就把第二本《L'Art d'Aimer》译成"爱的艺术"①。戴译虽然把书名译为《爱经》，但对 Art 一词也是作"艺术"解的，上引的开篇之句可以为证。不过，如果你通读全诗之后，就会发现，奥维德所描画的更多是"形而下"之爱，诗人以"导师"的身份出现，自诩向青年男女传授技巧。

"希腊人中精于医术的，是波达利里俄斯；勇武出名的，是埃阿科斯的孙子；长于辞令的，是涅斯托尔；犹如卡尔卡斯之擅长占卜，亦如拉蒙之子之善使兵器，再如奥托墨冬之长于驾车；我也一样，我是爱情的专门家。男子汉哪，请来歌颂你们的诗人吧，赐我以赞美之辞，让我的名字在全世界传诵。我给你们提供了武器，即如伏尔甘给阿喀琉斯供应兵器一样。阿喀琉斯已经获胜，希望凭着我的赠言，你们也会成为胜利者。但愿所有靠着我的利刃战胜亚马逊女子的人，在他们的战利品上

---

① 《中国大百科全书》"外国文学卷"（中国大百科全书出版社，1982年版）也采用此译法，见该书第85页。诗人周良沛也是赞同这个译法的，见《爱经》的"新版前记"（花城出版社1993年版，第5页）。

写上：'奥维德是我的导师'。"(《爱的技巧》卷二）①

诗中交待猎爱的场所，示爱的方法，衣装打扮，宴席上的举止，情书的写法，许诺与恭维，索礼与送礼，逃避监视，掩饰不忠，等等，甚至连"床第之事"也画上了浓重的笔墨：

"请相信我吧，不要急于达到快感的高潮；而要经过几次迟疑，不知不觉慢慢地达到这种境地。当你找到了女子喜欢领略人家抚爱的地方，你不必害羞，尽管抚摸好了。你就会看到你的情人双眼闪耀着颤动的光芒，犹如清澈的流水反射太阳光线。接着便传出呻吟之声，温柔的细语，甜蜜的欢叫，以及表达爱欲的言辞。但不要过度扬帆，把你的情人甩在后面，也不要让她超过你，走在你的前头。要同时赶到临界的地方；当男女二人都败下阵来，毫无力气地躺卧着，这时候的快乐真个是无以复加！当你悠闲自在，不必因恐惧而不得不匆匆偷欢的时候，你是应当遵循上面的行动规矩的。而当延迟会招致危险的时候，那就得全力划桨，用马刺去刺你那匹全速飞奔的骏马。"(《爱的技巧》卷二）

由于其描绘范围的广泛，有人便把奥维德的诗作称为"爱之百科全书"。②既是"百科"，自然就更接近于"技艺"，因此这里把诗篇的名字译为"爱的技巧"是恰当的。不过，如果这是纯然的技巧，则奥维德的诗作便无异于时下"如何交异性朋友"、"性的知识"之类的常识读物，这过了时的古代知识对于今天的读者便不会有多少吸引力。奥维德虽以"传授技巧"自居，而这却是通过艺术或借助艺术来传达的。哪怕是最常用的"技巧"（例如，赞美自己的对象），他都能娓娓道来，把你紧紧

---

① 本段提到得多名神话人物已在译本中加注。

② 见 A.-F.Sabot 的《Ovide, poète de l'avenir dans ses oeuvres de jeunesse》。

的攫住：

"如果你很想保持你情人的爱情，那你就要做到让她相信你在惊叹她的美丽。她身披提尔产的紫色外套吗？你便大赞提尔紫外套。她穿着科斯岛制的布料吗？你便认为科斯布料对她正合适。她金饰耀眼？你便说，她在你眼中，比黄金更宝贵。假如她选择毛皮，你便称赞说，她穿起来真好，假如她在你面前出现，只穿单衣，你便喊叫一声：'你撩起我的火焰！'再轻声地请求她，当心别冻坏了身子。她的头发简单分梳？你就把这种梳法夸赞。她头发用热铁卷曲过？你就应该说，你喜欢卷发。她跳舞的时候，你称赞她的手臂；她唱歌的时候，你欣赏她的嗓音；她停下来的时候，你便惋惜地说，她结束得太早。……"(《爱的技巧》卷二)

总而言之，奥维德传授的"技巧"是和艺术密切相连的，唯其如此，它的诗作才会那样历久不衰。

真情与假意

奥维德才刚刮了一两次胡子的时候，也就是十六七岁光景吧，就写起情诗来了。他自感丘比特之箭留给他的灼痛，爱神始终占据着他的心胸。他推崇不牵涉任何交易的爱，而厌恶情爱中的买卖：

"请以毫无理性的动物为榜样吧：你看到禽兽的灵性比你更通情理，你会感到羞耻。牝马不向雄马索取任何礼物；母牛不向公牛要什么东西；牡羊不靠赠物去吸引逗它欢心的雌羊。只有女人才乐于去剥夺男人；只有女人才出租自己的夜间时光；只有女人才把自己租赁出去。她出卖令两人都感到快乐、两人都想要的东西；她既得到了钱，还获得了享乐。爱神是令两个人都同样称心惬意的，为什么一个出卖，另一个购买呢？男人和女人协同动作而获得的感官之乐，为什么它令我破费而却使你得益呢？"（《恋情集》卷一）

然而，奥维德却不是那种一往情深、无私忘我的诗人，他更多地把爱情看作是一种技艺，能学可传。当他以传授者自居向读者进行说教的时候，就显得异常冷静。而他所传授的技艺则充满着取巧的成分。且看她如何教人处理跟对方女仆的关系：

"一旦女仆在这风流案中有一半的份儿，她就不会成为告发者。翅膀粘上胶的鸟儿不能起飞；困在巨网中的野猪不易逃离；上钩受伤的鱼儿无法挣脱。你对你已经展开了进攻的人儿要步步紧逼，直到你取胜之后才好离开。但是，你可千万别暴露自己！如果你将自己和女仆的关系好好地隐藏起来，那么，你的情妇的一举一动便随时知晓。"（《爱的技巧》卷一）

诗人还鼓励求爱的人大胆起誓，不必担心受惩罚：

"请大胆地许诺；许诺能打动女子；你就拿所有神祇作为见证，借以证实你的诺言吧。朱庇特，高踞天上，笑看情人发假誓言；他命令风神的各路来风将誓词带走，把它吹得无影无踪。……"（同上）

甚至连床第之欢，他也怂恿人家装假：

"即使是天性令其享受不到维纳斯之欢愉快感的人，你呀，你也要用冒充的声调，假装感受到这种甜蜜的欢乐。这个本该给男女都带来快乐的部位，在某些年轻妇女的身上却全无感觉，这种女子是多么的不幸啊！不过，可要注意，这种假装千万别显露出来。你的动作，你的眼神都要能瞒过我们！……"（《爱的技巧》卷二）

不管这"技巧"如何娴熟，谈爱的人虚情假意到这种程度，该是多么可怕啊！虽然奥维德这样写的时候，笔端也略带揶揄或嘲讽的调儿，让读者可以从中领略作者的一点幽默感，但总的说来他还是流露出洋洋自得的口吻居多。奥维德从旁说教的时候，可以说，它所写的多半是缺乏真情的爱；而他所津津乐道的"技巧"，则不少是哄骗人的技巧。这位两千年前的古罗马爱情诗人，历代评论家曾给予他很多的盛誉，而它的诗作却极少被选进学校的教科书，究其原因，我想与此不无关系。

多情与薄情

我们的多情诗人，笔下自然也描绘不少忠贞不渝、刻骨铭心的爱情故事：狄多娜，爱上特洛伊王埃涅阿斯，因后者不听挽留扬帆远去而失望自杀；海洛在灯塔上点火，指引晚间泅水渡海峡与之相会的情夫，一个暴风雨之夜，灯火被风吹灭，情夫不辨方向淹死，次日海浪把尸体冲到灯塔脚下，海洛在绝望中投海自尽；……诗人自己也一再强调，生活中离不开爱……

"'不必为爱而活着。'如果有神灵对我说这话，我是不会接受的，因为美人儿带给我们的痛苦也是甜蜜的呀！"（《恋情集》卷二）

然而，奥维德所说的爱情，更多的是飘忽无定、见异思迁之爱：

"一种完全满足、得之极易的爱情，我不久就会对之腻烦，它会使我不适，即如过甜的菜肴令胃部不受用一样。"（同上）

诗人可称得上是百花丛中的浪蝶，他不停地从此花采至彼花，在诗中还以大量的笔墨书写这种轻浮的感情：

"因为我没有力量也没有本领来控制自己的感情。我就像一叶小舟，随急速的水流而飘荡。

"激发我爱意的，并不是某一特定类型的美人儿。我爱恋不断的原因有千种百种。一位妇人羞怯的俯首低眉？我就为之动起激情，她的腼腆成为我掉进去的陷阱。另一位显示挑逗之意？她就吸引住我，因为她不是个新手，她令我想到，一旦在柔软的眠床上，她会显示出多姿的动态。第三位严肃有余，像萨宾女人那样一本正经？我就想，其实她巴不得去爱，只是深藏不露而已。你学问高深？我因你罕有的才能而倾倒。你一无所知？我因你的单纯而欣喜。……你呀，个子高大，活像古代的女英雄；凭你硕大的身躯，可以占满整张睡床。她呀，身材娇小，可以随意拨弄。二者都叫我入迷，大小都合我心意。你瞧这一个不施粉黛，我便想象：她打扮起来，可能更加美丽。另一个已经浓妆艳抹，她自然倍添魅力。肤色白皙的，吸引我；肤色透红的，吸引我；就是琥珀色的皮肤，也无损于行爱的乐趣。乌黑的秀发飘在白净如雪的颈项上吗？我就想起，丽达也是因她那头黑发而受赞赏。头发金黄么？曙光女神就靠橘黄的秀发而取悦。总有某些方面令我动情。稚嫩之龄把我深深吸引；成熟之龄叫我动心。前者凭娇美的玉体而取胜，后者却有的是经验。总之，罗马城人们所欣赏的所有美人儿，我都贪婪地爱上，一个也不例外。"（同上）

你瞧，这叫什么爱情？这简直是对爱情的亵渎！诗人虽然也承认这属于"恶劣的品行"，这种做法是"罪过行为"，但笔锋之处，总流露出作者对这种卑劣情爱的谅解和赞赏。多情的诗人原来是个薄情郎。无怪他在《爱的技巧》中一再教人家如何去掩饰自己的负心行为了。

神与人

如果我说奥维德是个神话诗人，这话一点也不为过。我粗略地统计了一下，就本译本的三部诗作中，奥维德提及的神话人物，就有三百位左右。不过，在满篇神灵的诗作中，读者却感觉不到多少"神气"。

"或许神灵无非是个空名，我们只是无端地对他们敬畏，百姓的天真信奉才使神灵显赫逼人。"（《恋情集》卷三）

在奥维德的心目中，天上的神祇并没有什么超凡脱俗的地方，而是具有普通人一般的七情六欲。凡人的失误，凡人的痛苦和懊悔，他们无一不有。请看诗人叙述战神玛尔斯和维纳斯成奸、如何被维纳斯丈夫锻神伏尔甘巧捉的故事："我们来讲一个整个天上都熟知的故事，即关于玛尔斯和维纳斯的故事。由于伏尔甘的妙计，他们两人被当场抓获。玛尔斯战神狂恋着维纳斯，凶猛的战将成了俯首的求爱者。维纳斯对这位指挥战争的仙人并没有粗暴相对，也并非铁石心肠；因为没有任何女神比她更温柔的了。据说，这位爱开玩笑的女子，多次取笑丈夫的拐脚以及因火或因劳作而变得坚硬的双手！同时她还在玛尔斯面前模仿伏尔甘的动作。这在她身上倒十分好看，她的美色更添千般娇媚。开始时，他们两人通常都掩饰自己的幽会，他们的罪过情欲满含保留和羞耻。由于太阳神的揭露（谁逃得过太阳神的目光呢？），伏尔甘了解到妻子的行为。太阳神哪，你做出了一个多坏的榜样！你倒不如向维纳斯索取报酬。为了报答你的保密，她也会献给你一点什么的。伏尔甘在床的四周布下了令人觉察不到的大网。他的杰作，肉眼是看不出来的。他装作要动身到利姆诺斯去。一对情人便来幽会，两个赤条条的，全落在大网之中。伏尔甘唤来诸神，给他们看看这一对被俘者所呈现的美妙形象。据说，维纳斯几乎忍不住流泪。两个情人无法遮住自己的脸容，甚至不能用手遮盖自己不愿别人看见的部位。"（《爱的技巧》卷二）

读者不难看出，奥维德笔下的神，其实是人，有着血肉之躯的活生生的人！

书之祸与人之祸

从上文的简略介绍中可以知道，奥维德诗作所歌唱的恋情并不全是纯洁无瑕的爱情。在古罗马时代，这样的诗篇给诗人惹祸，那是很自然的事。说到这里，我们不得不交代一下诗人所处的时代，以及诗作成书的时间。

公元前四十三年，奥维德生于罗马附近的小城苏尔莫的一个骑士阶层家庭。他成长的时候，血与火的年代已经过去，古罗马进入了鼎盛时期。年轻人再也没有投身战场建立军功的机会。而由于奥古斯都皇帝独揽大权，在政坛上建功立业的机会也不太多。唯有文学，它给了年轻人纵横驰骋的天地。奥维德自幼喜爱诗歌，虽则他父亲一再警告他，不得从事这种并无实际效益的事业，他还是全副身心投了进去，他的天才没有因此而受到抑制。

奥维德十八岁左右开始写《恋情集》，十年后正式发表，当即获得巨大的成功。四十岁左右，他的《爱的技巧》问世，为他赢得了普遍的赞誉。奥维德的诗作正是当时罗马战后生活的写照：奢华、逸乐、颓废，许多人沉浸在不健康的情爱追逐之中。他的诗篇显露出某些难得的鲜明特点：细腻的性心理描写；巧妙的寓意和对比；神话故事的发掘和妙用；奔腾直泻的酣畅笔调，如此等等。

然而，奥维德的诗作毕竟包含肤浅、庸俗甚至粗鄙的内容，因此他在受到赞扬的同时，亦招致某些人的严厉抨击和指责。人们批评他所写的主题，以及处理主题的方式。据说为了作出回应，他于公元二年（或三年）写出了《情伤良方》。就诗言诗，后一部作品比起前两部逊色多了。文笔的自然和诗句的活力都大大不如前者。其主要的弱点是受灵感驱使的分量减弱，很多时候，诗人尤其注意为自己辩解或洗刷。它往往把别人的批评视作对他本人诗才的嫉妒。

"恼恨也罢，刻骨的嫉妒也罢，我早已名扬四海。只要我笔调不改，声名还会更为显赫。你太操之过急了。且让我多活一些时光，往后你还会受更大的嫉妒之苦。……而今我乘坐的快马只是在中途歇息而已。够了，无需与妒忌再多周旋，诗人啊，握紧手中的缰绳，在你自己定下的天地里驰骋吧。"（《情伤良方》）

公元八年，即《情伤良方》发表后几年，诗人突然被奥古斯都放逐到黑海东岸的托弥，当时那里还是一片蛮荒之地。

流放的原因是什么呢？历史学家对此有诸多不同的解释。其中一个通常的说法是：奥古斯都为了纠正战后一度泛滥的奢靡风气，建立新秩序，于是选了这位顶风而行的轻佻诗人开刀。但这种解释并非人人都信服。有史家说，放在当时罗马的社会来看，奥维德谈情说爱的诗歌，其实算不了什么伤风败俗之作。那时候的罗马，婚外的情爱乃至姘居，都几乎是合法的事。"一个已婚的男人，除了自家的妻室之外，可以有一名或多名情妇或姘头，谁也不觉得奇怪。"① 为什么偏偏奥维德的几篇诗作，竟惹此弥天大祸呢？

于是又有另一种说法：当时暗地里的宫廷斗争正烈，奥古斯都正大力逐一清除有可能危及其位置的人。奥维德与多方面的人士都有往来，掌握的"机密"太多，奥古斯都不得不把他清除出去。换言之，奥维德本人无非是宫廷斗争的牺牲品。所谓他的诗歌有伤风化，完全是表面的理由，是下毒手的借口。

那么，诗人的被放逐究竟是书之祸，抑或是人之祸，又或是二者兼而有之呢？我们这里就只好存疑了。

不管真正的原因是什么，诗人过了约十年的流放生活，终于以贫病之身客死他乡。他在流放期间仍然继续创作，苦难没有压倒诗人，他的诗才成了他自己的最大慰藉。他的故土要埋没这位天才诗人，而他的诗篇却在"蛮族"当中大受赞赏。

诗体与散文

诗人在《恋情集》的开篇中就写道：

"我本想把兵戎、战火写成庄重的诗句；前者宜于合律成诗，后者足与前者相比。据说，丘比特笑了起来，偷偷截掉了一个音步。"对于这句话，我加了如下的注释："写战争题材的史诗常用六音步的诗行，而情诗之类的抒情诗体则多用五音步诗行，故有此说。"

---

① Ophrys 1976 年版，第 44 页。

由此不难知道：奥维德诗作的原文是严格的格律体。为什么我（当然还有戴望舒）却译成了散文体呢？是贪图轻松？就我来说，抑或只是想步戴译的后尘？

我手头上也的确有一个诗体的法文译本，我拿它来与其他的散文体的法文译本对照读一下，发现诗体的译本为了照顾押韵和音顿，不乏削足适履或生硬充塞的地方。我还是赞成周良沛就戴译《爱经》所说的一番话：

"……从《爱经》现有的译文来看，我认为还是译成现在这样子好。否则，诗行中那么多典，那么多叙述、交代性的文字，仅仅分行书写，并不能使之诗化，诗人在译它时，是不会不考虑这些的。"[1]

戴望舒是"考虑到这些"才译成散文，或者只是根据散文体的法文本译出。我未作深究，不敢妄说。

就我来说，译成散文体，主要是从法文本所致。而且我认为，如果有谁真正熟谙古拉丁文，而且又能参考其他诗体译本，倒无妨尝试以诗体来译。我自己功力不逮，这项工作就只好留给他人去做了。在诗体译本尚未问世之前，就请读者暂时阅读我这个散文体译本吧。但愿你们不致感到味同嚼蜡！

注与译

上文提到，奥维德这三部诗作，光是涉及的神话人物，就达三百名

———————

[1] 见《爱经》的"新版前记"（花城出版社 1993 年版，第 6 页）。

左右，加上地名以及其他典故，要注释的地方也就更多。古罗马的读者熟悉这些情况，也许一看便能捕捉到专名后面的意象或激发起丰富的联想。但对于中国普通读者而言，如不作任何交代，则他们势必如丈八金刚，摸不着头脑。不过，我考虑到，这是文学作品，而不是学术著作，注释太详，会令读者望而却步。因此，我采取了简注的办法，只限于如不加注则读者有可能掌握不了的部分。有的人物，我甚至在行文中就把其身份点出来，省去文末的注释。例如：提及玛尔斯的时候，我写上"战神玛尔斯"，提及奥罗拉的地方，我写上"曙光女神"；遇到地名，是山，是河，是泉，我都在译名中点出，不必读者费猜想。

然而即使这样，我加的注文仍然达六百条左右。不是我的"学识渊博"，而是我受的诱惑太大，因为我手头的法译本，除了诗体本之外，都有极其详尽的注释，其中一套，著文达一千两百五十条，密麻麻的小字体印了八十余页。这不消说，是人家的研究成果，我如照译，一则会牵涉到版权的问题，二则其中许多内容也不是我国一般读者所必需（例如引证古希腊文的出处），于是我就拿不同的注释来个对照参考，再查阅几本神话辞典，自撰简短的注文。我这里不敢掠他人之美，我得坦率承认：如无法文译者所下的功夫，有些注释，我是无法去加的。写到这里，我不免对周良沛关于戴译的一段话产生了一点疑问：

"译者写了四百多条注文，在这本译本中，占了全书很大一部分篇幅，注文涉及古罗马的历史、传说、神话及那时政治、风尚习俗，显示了译者渊博的学识和做学问的认真。光读这些注文，也大有收益。"[①]

---

① 见《爱经》的"新版前记"（花城出版社1993年版，第6页）。

既然周先生还说"书也可能是根据法文转译的",戴望舒大概不会不参考法译者的注释,如此一来,所谓"渊博的学识和做学问的认真"就势必要打折扣。因为,如果我尽量摘译或借用法译者的注释,要让注文占全书更大的篇幅,也并非难事。只是这样注来,读者是否会不耐烦,那就很难说了。

我这样提出疑问,并无贬抑前人的意思,而只是想还事物一个本来面目而已。尚希戴望舒诗歌的欣赏者(其实我自己也是其中一个)鉴我,谅我!

黄建华

于广东外语外贸大学校园

恋情集

不久前，拙著计有五卷，现在呈献的是三卷；作者宁愿这样做。假设你读它兴味索然，起码也可以减轻两卷的负担。

——奥维德

卷　一

我为什么要歌唱爱情而不是战争

我本想把兵戎、战火写成庄重的诗句；前者宜于合律成诗，后者足与前者相比。据说，丘比特 ① 笑了起来，偷偷截掉了一个音步 ②。

"你这残酷的小精灵，谁给你这个权利，乱动我的诗篇？我们是庇亚里得斯 ③ 的女神，不属于你那一伙。如果维纳斯夺去金发密涅瓦 ④ 的武器，如果密涅瓦迎风挥动燃烧着的火炬，大家会怎么说呢？设想刻瑞斯 ⑤ 统辖覆盖林木的山峰，而身佩箭囊的狄安娜 ⑥ 却去管理田地的耕作，谁又会赞同呢？当战神玛尔斯抚弄阿奥尼 ⑦ 的竖琴，又有谁以锐利的长矛去武装那满头秀发的福玻斯 ⑧？

"你这小精灵拥有强大的王国，已经够厉害的了。为什么还野心勃勃，寻求新的作业？难道整个宇宙都属于你的吗？赫利孔山的坦佩 ⑨ 山谷，难道也属于你？难道连福玻斯也几乎掌握不了自己的竖琴？

---

① 丘比特，爱神。
② 写战争题材的史诗常用六音步的诗行，而情诗之类的抒情诗体则多用五音步诗行，故有此说。
③ 庇亚里得斯，山名，缪斯受崇拜的地方。
④ 密涅瓦，即雅典娜，智慧女神。
⑤ 刻瑞斯，谷物女神。
⑥ 狄安娜，月亮和狩猎女神。
⑦ 阿奥尼，地名，众缪斯生活的地方。
⑧ 福玻斯，即阿波罗，太阳神。
⑨ 赫利孔山，传说缪斯居住于此；坦佩山谷秀丽异常，充满诗意。

"我在新的一页写下了第一行诗，第二行眼看就难以为继；我缺乏宜于韵律轻快的主题，没有少男，也没有梳理整齐的长发少女！"

我的抱怨之声住口，此时爱神突然打开箭囊，选取打击我的致命之箭，然后屈膝挽起强劲的弯弓，说道："诗人，你的诗歌灵感就在于此！"

我多么倒霉啊！这小精灵的箭可真准！我感受到灼痛，爱神占据了我空虚的心。我的诗歌以六音步开篇，复又转到五音步去！别了，残酷的战争，战事的节律，别了！头上戴起海上香桃木 ① 的金色花环吧，缪斯！你的歌儿含有十一个音顿 ②。

被爱神的利箭射中

我能说清楚吗：为什么我的睡床那么坚硬？为什么我的被子无法留在床上应有的位置？为什么我长夜无眠？为什么我辗转反侧，连骨头也痛得难受？如果我受着爱情的折磨，我想我会感受得到的，除非它不动声色地偷偷潜来，而且巧妙地把我伤害。是啊，准是它；爱神的利箭刺进我的心窝；残酷的爱情紧紧把我攫住，搅动了我的五脏六腑。我是妥协退让，抑或起而抗争，从而拨旺火焰？退让吧，如果经受得住，负担会变得轻松：我就见到，挥动火炬，则火焰升腾；无人抖动它，倒慢慢自灭。

---

① 即爱神木。
② 暗指诗人的一首二行诗。

　　顽抗而不愿上轭的牛儿，要比顺从地习惯于犁地的耕牛，少挨皮鞭之苦。如果马儿难驭，就给它套上狼牙的坚硬马嚼子；要是它能征惯战，反少受强制的痛楚。爱神也是这样，抗拒他的人，要比甘愿侍奉他的人，多受难忍的苦痛。

　　丘比特啊！我承认，我成了你的新猎物。我认输的双手听任你的控制。无需再战了，我只求宽恕和安静。再说，这也不会给你带来荣誉：我被你用武器击倒，只因为手无寸铁。

　　戴起你的香桃木花环，配搭好你母亲的鸽子①。适合你驾驶的战车，你的义父②会亲自给你。你将站在战车之上，接受民众的欢呼，巧妙地驾驭套车的群鸟。跟随你后面的，是你的俘虏，一大群少男少女；这一行列，给你增添无比的荣耀；而我也在其中，作为最末一个受害者，带着最新的伤痛；我怀着臣服之心，戴上全新的锁链。后面随行的，还有智慧之神，他双手被捆在背后；还有羞耻之神，以及一切对抗爱情武力的人士。所有人都畏惧你；民众向你伸出臂膀高声齐呼："好哇！伟大的胜利！"你受到温存、幻梦和情欲的护卫，这支队伍始终追随你的左右。你就是率领这些士兵，才制服了世人和天神。如果没有他们的辅助，你又算得了什么！你母亲为你的胜利而高兴，在奥林匹斯山上鼓起掌来，向你脸上投撒摆放在她身旁的玫瑰。你啊，双翅和头发都点缀宝石，全都彩色缤纷；你在金轮的车上驰行，金光璀璨。就在此时，如果我没有认错你的话，你仍在燃烧众人的心，你沿途还在造成伤害。然而，你的箭却无法寂然

---

①　鸽子是维纳斯之鸟，维纳斯就是丘比特的母亲。
②　这里指伏尔甘，火神，维纳斯的正式丈夫，但他不是丘比特的父亲。

不动，即便你想这样也是徒然。你炽热的火焰向周围散发出有害的高温。

就像征服恒河土地的酒神巴克科斯，你借众鸟牵车，他却用众虎驱驰。既然我可以成为你神圣的征服对象，胜利者啊，你就别费气力来打击我了。恺撒是你的族人，请注意他的成功之处吧：他用克敌之手，把战败者也保护起来。

诗人的自我引荐

我的要求正当不过：让那个不久前征服我的情人把她的爱情赐我，或者是让我能够永远爱她。

啊！我的要求过了头了：就让她仅仅允许别人去爱她吧，库忒瑞女神 ① 会令我频繁的祷告如愿。请接受一颗长期侍奉你的心，请接受一颗知道以纯洁而持久之情去爱的心。

虽然，为了自我引荐，我缺乏旧家族那些显赫名字；虽然本族的第一位先人不过是个普通骑士；虽然我的田地无需众多的犁耙耕耘；虽然我的父母不得不节省开支；然而，为了推荐自己，我却可以得到福玻斯及其九名女伴、还有酒神和爱神站在我这边；爱神令我对你比对任何其他人忠诚，给了我无可指责的品德、坦率的性情，再加上易于脸红的腼腆。我不会去爱多名女子，我可不是爱情的浪蝶。如果你愿意相信的

---

① 库忒瑞女神，指维纳斯，一说库忒瑞是其出生地，另一说认为，女神不在那里出生，但该处有祭祀她的著名神殿。

话，你才是我始终如一的眷恋。我乐意和你共度命运之线给我编织的时光；我愿意看到为我之死而痛哭的人是你。请做我诗歌令人快活的主题吧，我的诗歌定能与之匹配。是诗歌令她们声名远扬：因自己长出双角而惊恐的伊娥 ①，因情人以天鹅面貌出现而受骗的她 ②，还有她，被公牛模样的仙人驮载于海上，用她纯洁的手儿紧执弯曲的牛角 ③。我的诗歌也一样，会在全世界受到传诵；我的名字将永远和你的名字联系在一起。

嫉妒的力量

亲爱的人儿，你的丈夫要来和我们共进晚餐；但愿这一餐对于他是最后的一顿，我渴望如此！亲爱的人儿啊，就这样，作为客人，我只能在一旁看看你。肌肤之亲的快乐是属于他人的！想象你紧紧靠睡在另一人的身旁，让胸脯发烫！什么时候他只要愿意，便伸过手来搂你！从前在酒席之间，阿特拉斯的白皙的女儿 ④ 使半马半人的仙人斗殴起来，你就不必为此感到奇怪了。我的住处不在森林；我的四肢没有附在马的躯体上；我想，我会几乎忍不住把手伸向你！

然而，你要做的，请记住吧，可别让我的话随风飘走，不管刮的是

---

① 伊娥，月神，宙斯的情人，天后赫拉出于嫉妒，把她变成母牛。
② 指丽达，海中仙女，宙斯曾化作天鹅与她相会。
③ 指欧罗巴，被宙斯化作公牛拐走。
④ 指希波达蜜娅，在其婚礼上，因半人半马怪客人饮酒过量，心神迷乱，要抢走新娘，因而引起恶战。

东风或是和煦的南风。

请在你丈夫到达之前到来；我也不大清楚先来能够做什么，不过还是提前来吧。当他在床上睡下，而你，露出恭顺的脸容，为了陪伴他，也走到他的身旁躺下，这之前，请踢我一下作个暗示。你要时刻望着我，留意我的一举一动；我的面部表情自有一套言辞；请记住我偷偷的暗示，也请你以示意回答我。

无声的言语，我会借眉毛表示，你会读到我指上的言辞，以及用葡萄酒划下的话语。

你想到我们爱之嬉戏的时候，请用娇嫩的拇指轻触一下你泛红的脸庞。如果你内心对我抱怨，你就用手轻轻摸住你的耳垂。我的幸福使者啊，要是我所做的或我所说的令你欢心，你就用手指久久地转动你的指环。你恨不得你的丈夫遭受无数灾难，本该如此！要想表达这种愿望的时候，就请像求神者触摸祭坛那样，用你的手碰触桌子。他为你备好的饮料，听我的话，你就叫他自己去喝；然后，你自己悄悄地叫奴仆给你想要的饮品。你交回给奴仆的杯子，我会第一个拿过来，你的嘴唇碰过的地方，我的双唇也要吮上去。要是你丈夫偶尔把他尝过的菜肴递给你，你要拒绝他嘴唇沾过的食物。

别让他那双配不上你的臂膀去搂你的颈项；别让你的头颅轻靠他那粗硬的胸膛。他的手指不得抚摸你的胸脯，也不得去碰那温顺的乳头。你务必连一个吻也不要给他。如果你给他送吻，我会宣布我是你的情人；我要说："吻是属于我的。"我要享有我的权利。

这种亲热表示，起码我会看见；而在外套遮掩下的亲密举动，我却担心得不能自已！因此，别让你的大腿贴近他的大腿，你的小腿不要去碰他，你那娇柔的脚别靠近他的粗脚。真不幸啊！我这么担忧，是因为我曾毫不拘束地那样做过。是我自己的先例令我饱受忧虑的折磨。因为我和我的情人，也常常在衣服的掩饰下，把那温柔的活儿干得淋漓尽致，加速快感的到来。你不会那样做的；但为了让我相信你不至那样做，请从你的膝盖掀开那遮掩的衣裳。

可劝你的丈夫连连干杯（但可别连劝带吻）；当他独饮的时候，如果有可能，你就悄悄地给他添酒。这一切完成之时，睡意和酒意会使他倒睡不起；这种机会和场合，会启发我们如何行事。

当你起来要回家去的时候，我们大家都会起来。请记住，你要走在人群中间。你会在人群中找到我，或者我会见着你。你能接触我什么地方，就尽情接触吧！

多么不幸啊！我的主意只可用于短短的几个小时。黑夜降临，我就得跟我的情人分开。晚上，她的丈夫会把她关在家里；而我，黯然神伤，满腔泪水，我所能做的一切，就是尾随着她，直至那冷酷的大门前。他很快就要拥吻她，不久他要做的还不限于拥吻。你偷偷地奉献给我的，却因他有此权利而要献给他。不过，献给他时请表示你的不愿意（你能做到的），并显露出被迫的神情。你的亲密动作要默然无声，维纳斯之爱，你别对他慷慨地施予。如果我的意愿起到某些作用，我甚至希望他得不到任何快感；要不然，起码你自己不要感到快乐。而无论晚上的情况如何，第二天你得肯定地告诉我，他从你身上没有得到什么！

科琳娜委身于诗人

天气炎热；日已过正午；我躺在床上憩息。我的窗户有一扇开启，另一扇关闭。光亮度接近森林的明暗或近似于以其余晖尾随落日的黄昏，再或是黑夜退走、太阳尚未升起的黎明时分，宜于接待腼腆少妇的正是这种光线，好让她们的娇羞能够得以遮掩。

科琳娜来了，身披飘动的长衣，分梳的秀发遮住雪白的颈项；据说令许多男子迷恋的俏丽的塞蜜腊米斯和莱伊斯 ① 就像这样走向婚床！虽然轻柔的衣料并不碍事，我还是拉下她的长衣。然而她挣扎着，要留着衣服裹体；可是她的反抗却并非真的表明她想抑制自己的情欲；由于她自己的迁就，她被制服了，没有现出难过的样子。

她伫立在我的眼前，不挂衣衫，整个娇躯见不到半点微瑕！我看到、我触摸着多美的双肩，多娇柔的胳臂！美丽的乳房抚摸起来多么惬意！在高耸的胸脯之下那肚皮多么平滑！溜圆的臀部多么富有弹性！一双大腿多么富于青春活力！然而，有什么必要逐一细数呢？我只看到值得赞美的地方。她全身赤裸，我紧紧搂着她，让她贴在我身上。其余的，那就不言自明了。玩累了，我们便一起休息。但愿下午时光常常这样美好！……

––––––––––––––

① 塞蜜腊米斯和莱伊斯，两个人均以美貌和淫荡而著称。

哀求守门人打开情人的房门

　　守门人，不光彩地被一条坚硬的链子系着；他负责转动铰链上的不灵便的大门。守门人啊，我有求于你的不多；请给我留少许的空隙，好让我从半闭的门间侧身而过。悠长的情思已令我身体清减，四肢消瘦，因而我是能够这样进去的。爱情指引我在守卫人员当中安然地行走，它引领我稳步前行，绕过障碍。从前我害怕黑夜以及空幻的幽灵；我赞赏一切敢于在黑暗中走动的人。丘比特高声笑起来，好让我听见；他由自己的慈母陪伴着，低声地跟我说："你也一样，将会成为勇者。"爱情便随即在我心中诞生：于是我不惧怕晚间飘忽的阴影，也不担忧会伤害我的武士。我所担心的是，你无动于衷；我要讨好的人只有你，是你掌握了能把我击垮的雷霆之力。

　　请看（为了看清楚，请打开一点这道冷酷的屏障），大门已被我的泪水沾湿！你是知道的，有一天，你在那里光着身子，颤抖着等候鞭笞，是我替你向女主人求情的。怎么啦！我那次的帮忙对你起这么大的作用，而你这个无耻的家伙，现在竟不给我大力帮忙？你就回报我吧，这是你希望对我表达谢意的好时机。晚上的时光正消逝，请你拉下门闩好了。取下门闩吧，但愿有一天，你会摆脱长长的锁链，永远不用再喝那供奴仆饮用象征奴隶身份的清水。

　　然而你却坚定如铁，守门人啊，你听见我的祈求却不当一回事。用橡木加固的大门照样寂然不动。城市被围攻之时，紧闭的大门是起保护作用的；现在是和平时期，你还担心什么武装？你连一个求爱的人也拒之门外，你如何迎击敌人？晚上的时光要过去了，请拿掉门闩吧！

我来这里，没有士兵陪同，也不带武器；如果不是残酷的爱神不离左右，我是孑然一身的。那爱神，即便我愿意，也无法将他遣走；我要摆脱自己的四肢，似乎倒来得容易。

因此，随同我的只有爱神，还有冲到额上的一点酒意，以及从我涂油的头发滑下的头冠。谁会害怕这样的"武器"？谁不能对抗它？晚上的时光要过去了，请拿掉门闩吧！

你是无动于衷呢？抑或是睡意令你不听求爱之人的使唤，把我的话付之于从你耳边吹过的轻风？但我记得，当初我想逃避你监视的时候，你一直守候着，直至繁星璀璨的夜深时分。也许此刻你的女友正在你的身旁歇息。啊，你的命运比我的强多了！只要我能像你那样，你就让我戴上你的沉重的锁链好了！晚上的时光要过去了，请你拿掉门闩吧！

是我弄错了？抑或是门扇不曾在铰链上嘎吱作响？震动的大门不曾发出低沉的警告声？我搞错了，是强风摇动大门。唉！这股风吹走了我的希望！北风之神啊，如果你还多少记得掠走俄里蒂亚①的往事，就请你来这里吧，用你的气息冲破沉闷的大门！城里，万籁俱寂，夜色浸上晶莹的露水，晚上的时光要过去了，请你拿掉门闩吧！

要不然，现在我比你更坚决，我就用兵器以及我所携带的照明火炬来进攻你那傲然的住所。夜色、爱神、酒意都敦促我不必约束自己。黑夜掩饰着羞耻之心，酒神与爱神使人壮起胆来，无所顾忌。我一切都尝

---

　① 俄里蒂亚，雅典公主，曾被北风神掠走。

试过了；哀求和威胁都不能令他动心，他这人比大门还要死硬！

为一位年轻貌美的女子守门，对于你可不合适；你只配守卫阴暗的牢房。晨星已推出沾上露水的车子，雄鸡正呼唤不幸的穷人劳动。你呀，我痛苦地从头发上扯下的头冠，你就通宵留在那无情的门槛上吧。早上，我的情人会见你被撂在那里，你就向她表明，我在此地度过了多少忧伤的时光。守门人，不管你是谁，再见了。你这无动于衷的人，竟恬不知耻地拒绝一个有情郎，但愿你也感受一下我离开时感受到的痛苦折磨！再见了，冷酷的大门连同木然的门槛，用坚木造就的门扇，你们也像守门人那样是奴仆的同伴，再见了。

为自己虐待了情人而自责

你在这里，如果你是我的朋友，请给我的双手戴上手铐吧——它们是值得锁起来的！——现在我的荒唐之举已告中止。我的失常怂恿我向心爱的人儿挥起莽撞的手臂！她哭了，被我无情的手伤害，我的心肝儿宝贝。我那时的怒气，简直连亲爱的双亲也能够毒打，或者能够向威严的众天神打出狂暴的拳头！

怎么啦？那拥有七张毛皮制成的盾牌的埃阿斯①，不是曾经杀掉从战场上夺回来的畜群？那罪过的俄瑞斯忒斯②，为了父亲而向母亲报仇，

———

① 埃阿斯，指大埃阿斯，古希腊英雄，曾精神失常，误把畜群当武士而加以宰杀。
② 俄瑞斯忒斯，古希腊英雄，曾为自己的父亲复仇，杀了谋杀丈夫的母亲。

不是曾经敢于向不可见的天神挑战？

因此，我尽可以打得她发型散乱，而散乱的头发却没有使我的情人美色减退。她依旧那么美丽动人：就像传说中舍内的女儿 ①，她挽弓追逐梅纳尔山的野兽；又像痛哭的克里特公主，当时迅猛的南风吹走背信的忒修斯 ② 的许诺，还送走他的帆船；除了头发没有围上细带之外，还像卡珊德拉 ③，贞洁的雅典娜女神啊，她当时就躺在你神庙的石板上。

谁曾把我叫做疯子？谁曾叫我野蛮人？她，没有。在她惊恐万状的时候，舌头已动不起来。但是，尽管她沉默无言，她的脸容已向我显示出责备之意；她的小嘴儿不吭声，可她的泪水却饱含着对我的指责。我宁愿动手打她之前眼看自己的臂膀从双肩脱落；我这人是不该有这部分肢体的！我使用自己失常的力气来损害自己的利益；我充沛的精力只给自己造成伤害。我拿你怎么办呢，凶杀和罪恶的执行者？亵渎圣物的双手，你就扣上应戴的锁链吧！要是我打了一个最不为人道的罗马公民，我也会受到惩罚。难道我对自己亲爱的人儿会有更多的权利？提丢斯的儿子 ④，因自己的罪过留下可怕的回忆。他第一个打了一位女神，而我是第二个。但他的过错倒没有那么严重：我打伤的是我公开求爱的女子，而他施以残暴手段的是一名女敌。

现在，去你的吧，胜利者，去准备盛大的凯旋，把桂冠戴在头上，

---

① 指阿塔兰塔，著名的女猎手，幼时被弃于山中，吃母熊奶得生，后由猎人养大，善跑，凡向她求婚的人必须与她赛跑。
② 忒修斯，古雅典英雄，克里特王的女儿曾帮助他逃出迷宫，他把她带到一岛上并把她遗弃在那里。
③ 卡珊德拉，特洛伊公主，女祭司，头上的细带是祭司的标志。她曾预言特洛伊陷落，城陷时，她躲进雅典娜的神庙，被抓获。
④ 即狄俄墨得斯，他曾打伤宙斯的女儿阿芙罗狄蒂。

给朱庇特①献祭还愿，让簇拥你车子的群众尾随你高呼："好啊！征服年轻女子的勇士万岁！"这个头发散乱的女战俘，让她走在前面，除了脸上被抓破，她雪白无瑕。最好她还是留着我的唇印，宁愿她的颈项留下我诚挚之爱的齿痕！……

总之，如果我像暴涨的激流那样咆哮，如果说盲目的愤怒占据了我的身心，我用吆喝去冲撞这腼腆的娇娃，我用雷鸣般的声音发出吓人的威胁言辞，或是为了羞辱她，我撕破她的内长衣，从上部撕至腰身，因她有了腰带才免于尽破；这样做不就已经足够了？然而，不，我心如铁石，扯了她额前的秀发之后，还用指甲划破她纯洁的双颊。她长久地站着，落魄失魂，脸容惨白，血色全无，就像从帕罗斯山岗采下的大理石的雕像②。

我看见她四肢木然，全身颤抖，活像受微风轻摇的垂杨细絮，又像在轻风下颤栗的纤弱芦苇，还像被柔和的南风吹起涟漪的春水。随后，她长时间强忍的眼泪流到了脸上，像雪融后出现的水流。这时候，我才开始感到自己的罪过：她涌出的泪水，就是我的血啊！最后，我三次想蜷伏在她脚前求饶，她三次推开我那令人恐惧的双手。噢，你呀，不要犹豫了（以牙还牙将会减少你的痛苦），用你的指甲划破我的面容吧，无论眼睛、头发都不要姑息放过。虽然你的双手柔弱，但是你的愤怒会令其坚强。为了不让我的罪过留下如此凄惨的痕迹，请你把发式整理复原吧！

---

① 朱庇特，主神，相当于宙斯。
② 该处的大理石以亮白而著名。

诅咒那怂恿情人做高级妓女的老妪

你想认识一名可恶的皮条客，请听着，有一个老妇人叫狄普萨姒。她取的是现世的名字。她从来都是醉醺醺地去见骑坐粉红马的曙光女神。她熟习魔法，深谙埃阿岛 ① 的咒语。她依仗自己的法术可使流往低处的水回流到源头。她了解草药的功用，知道盘绕带动小轮转动的细绳 ②，熟悉发情牝马的液体 ③。她欲念闪现的时候，整个天空便尽盖乌云。只要她愿意，灿烂的太阳便又高悬纯净的天宇。我看见，要是你相信的话，群星滴血，月亮因出血而露出紫红的颜容。我猜想她变形而穿越夜间的阴影飞行，她那老妇之躯已裹上了毛羽；我揣测是这样的，传闻也是如此。她的眼睛闪烁出双重的瞳孔，火光从瞳孔中射出来。她能召回古墓内的曾祖、高祖，用长长的咒语劈开土地。她要玷污腼腆少女的童贞，她那舌头不乏有害的雄辩言辞。由于偶然的机会，我亲自听到她的言语（我借一道双扇的大门隐藏起来），请听听她说些什么劝喻：

"你知道吗，我的小天使，你昨天令一位富家子弟多高兴。他惊讶得目瞪口呆，定定地看着你的仪容。有谁会不喜欢你？你的美丽无与伦比。我真该死呀！你的服饰不配你的身躯。我多希望你的富有程度可与你的美貌比拟。而我自己，如果你富裕了，我就不会贫穷。你曾饱受不

---

① 虚构的地名，传说曾有女巫师在此居住。
② 发咒语时，一边转动小轮子。
③ 此种液体用于春药。

利于你的火星之害；火星消逝了，此刻金星带着有利的星光来临。① 瞧，它的到来对你真是天赐良机：一个富家的有情郎正追求你，他关心地想了解你短缺什么。他的英俊可与你的美色相比。如果他不是想把你买过来，他真会把自己卖出去。"

美人儿羞红了脸……

"羞怯显露于白皙的皮肤上固然不错，但除非它是装出来的，真的，否则它几乎总是有害处的。当你低垂眼睛俯视自己胸脯的时候，只按人们对你出的价钱来面对他们。也许，在塔迪奥②的统治下，粗鲁的萨宾女人不愿意委身于多名男子。现在，战神在远地的战争中考验人们的勇气，而爱神则正支配她所保护的埃涅阿斯③的城市。

"美人儿作乐寻欢！端庄的女子谁也不去追求。或者，甚至她主动追求，如果她不是新人，也不会得手。这种假正经的女人，一脸严肃，眉头紧皱，你走近去看看她们；严肃脸容的后面流露出多少罪过！帕涅罗珀④用弓弩试验年轻人的力气；她以角弓去考验他们的腰板儿。时光不知不觉地过去，使我们意识不到它的飞逝；年岁驾上烈性骏马匆匆驰去。青铜因常用而光亮；华丽的衣裳需要有人穿着；废置的房子因满布难看的霉斑而失去光泽。美色，如不加以呵护，如果无人利用，就黯然

---

① 火星是战神之星，被视作是不和的制造者，而金星则是维纳斯之星，被认为可促进人们接近和结合。

② 塔迪奥，意大利古民族萨宾人的领袖，萨宾人以生活规范严格而著名。

③ 埃涅阿斯，特洛伊英雄，特洛伊王与阿芙罗狄蒂（即罗马神话中的维纳斯）所生的儿子。

④ 帕涅罗珀，奥德修斯的忠实妻子；丈夫远征时，为了摆脱求婚，她以丈夫留下的弓迫追求的人比试射箭，而她知道，那弓是任何人也拉不开的，而另一传说则称帕涅罗珀用弓去挑选最精壮的汉子。

无光。一两个情人，并不足够；许多情人，更有好处；这就不再引起更多的欲念；有经验的老狼就在羊群中吃饱。

"算了吧，诗人能给你什么，除了一些新的诗句？我建议你接纳的情人会给你千千万万的金银！诗神自己也金袍披身，他弹拨的是金竖琴的响弦！但愿给你馈赠礼物的人，在你的心目中比伟大的诗人荷马还要伟大！请相信我吧：施赠就是非凡的才智。你呀，就是连赎回自己自由的人，也不要鄙视；一只脚涂上白粉①，这是徒然的污蔑。可不要被那些布置在中庭周围祖先的蜡像迷惑了。

"贫穷的追求者，连你的祖先也一起滚蛋吧！

"怎么啦？另一个人，因为英俊，就要求你与之过夜而不付酬？要问问情人来看你之前，有什么可贡献给你！

"当你撒开情网的时候，要价要合理些，以免情人溜脱。到你已经逮住他们之时，就用你严厉的规则制服他们吧。伪装的爱情并无害处，让人家相信你在热恋，但要注意，这种爱情可不是无须付酬的。你要常常拒绝夜宿，有时假装头痛，有时以祭祀伊西斯②为美妙托辞；随后，要把他再掌握住，以免他习惯于不见你，不让他那常常被拒绝的情爱减弱下来。

"但愿你的大门不向祈求者开启，而向礼物敞开；让被接纳的情人听到被拒绝者的言语。有时候你要对所伤害的人表示生气，就仿佛你自己首先受到伤害；抢先责备他的过失，你的过错便不再存在。但不要让

---

① 脚涂白粉是要出卖的海外奴隶的标志。
② 伊西斯，丰产和母性的保护神，司生命和健康的女神，在对其祭祀期间，要实行某种禁欲规定。

自己生气太久，长时间的愤怒产生怨恨。而且，你的眼睛要学会挤出泪水，随便哪个人都能令你泪挂两颊。如果你对某人不忠，不必害怕违背誓言。维纳斯不会让诸神过问此等小事。

"为你自己找一个奴隶和一名女仆，他们要善于担当自己的角色，会打听人们可能对你出的价。就让他们去讨一些小礼物，如果向许多人都要到，久而久之便会积小穗而成大麦垛。让你的姐妹、你的母亲、你的乳娘都来向你的情人伸手。多几个人手参与此事，不久即取得丰收成果。如果你再没借口去要礼物，你就以蛋糕表示：这是你出生的日子。

"你可特别注意，不要令你的情人放心，不要让他以为没有对手。如果你取消争夺，爱情就无法维持下去。让你的情人从你的床上看到另一个男人的痕迹，让他看见你的颈项留有那个男人示爱的余痕；尤其是要让他见到别人送给你的礼物。如果没有人送你东西，那就上廉价商场去买点吧。当你要到不少东西之后，为了不让他觉得你什么都要他送，你就向他借吧，过后，你永远不要还给他。但愿你的如簧之舌有助于此；隐藏起你的想法吧。向他表示亲热，给他造成伤害；表面甜蜜，内藏恶毒心肠。

"长期的经验教会我这些手段，如果你照着去做，如果我的言语没有随风而去，你将来一定会感谢我，会常常对我说：'愿你生活得幸福！'你会常常祈求我死后的遗骸得到好的安息！"

她还继续说着，其时我因身影露出了马脚。我几乎忍不住出手扯掉她灰白而稀落的头发，毁掉她那双带酒意的湿润的眼睛，划破她那起皱纹的面颊。但愿众神不给你安居之所，只给你一个一无所有的风烛残年，给你漫长的寒冬和无尽的饥渴。

凡情人都是战士

　　凡情人都是战士。丘比特拥有自己的阵营。阿提居斯 [1]，请相信我吧，凡情人都是战士。适宜于征战的年龄，也适合于爱神。让老兵感到羞耻吧，老者的爱情也不光彩！长官对勇敢士兵的年龄要求，与美丽少女要求其床上男伴的年龄一致。士兵和情人都要守夜，二者都睡在地上；一个为自己的爱人守门，另一个替自己的长官把守。士兵的任务是长时间行军；叫美丽的少女起程吧，她勇敢的情郎便会尾随不舍。他会闯过险峻的高山，涉过因暴雨而倍涨的河水；他把积雪踩在脚下；行将登船之际，他不会顾及风神的咆哮，不会等待渡水吉利的星辰！如果不是士兵或情人，夜间的寒冷以及雨雪交加，谁可以忍受到底？人们派遣士兵去侦察前进的敌人；情人用眼睛紧盯其对手，也有如监视敌兵。一个是去围攻设防的城市，另一个是把住冷酷女友的入门处。一个是攻破城门，另一个是冲破那道房门。

　　猛扑入睡的敌人，以武装去扼杀徒手的队伍，常常很有效果。色雷斯王瑞索斯 [2] 的凶猛部队就是这样覆亡的。由此，被俘的马匹便离开了自己的主子。情郎也常常利用丈夫的睡意，当敌手熟睡的时候，便挥动兵器。躲避门卫与哨兵，这是倒霉的士兵与情人的苦差事。

---

① 阿提居斯，此人身份不详。
② 瑞索斯，色雷斯王，特洛伊的盟友，他拥有多匹白色神马，传说神马来到特洛伊，该城就不会陷落；瑞索斯在赶赴特洛伊的途中神马被掠，本人遇害。

战神不可靠，爱神游移无定。战败者又站起来；你认为不会倒地的人却垮下去。因此，如果有谁称爱情为慵懒，那就让他停止去爱吧，因为爱情是富于进取精神的人的事情。伟大的阿喀琉斯①热恋着被人劫走的布里丝；特洛伊人啊，当时你们有此能力，就把希腊军队打垮好了。赫克托耳②从他妻子安德洛玛克的怀抱中挣脱出来，飞跑去拿武器，还是他妻子本人给他戴上头盔。阿伽门农③，帅中之帅，见到普里阿摩斯的女儿④，长时间地目瞪口呆，她散发披头，有如酒神狂女。

战神玛尔斯自己就被当场抓获，曾尝受锻匠的大网⑤。天下的任何故事都没有引起如此大的反响。我自己也一样，我是个慵懒之人，生来就偏爱解带宽衣的消遣乐趣；睡床和阴凉的住房令我精神松弛；对美人的关心令我感到兴奋，促使我誓要为她效劳。从此你见到我活跃非常，而且进行夜间的征战。你们是不是不想无所事事呢？那就请你们去求爱吧！

斥责情人出卖自己的肉欲

你就像那曾被劫到欧罗达河特洛伊船上的海伦，为了她，两个丈夫

①　阿喀琉斯，特洛伊战争中的希腊英雄，除脚踵是致命弱点之外，身体可抵御任何武器的伤害；他心爱的布里丝是其女俘，曾被希腊军队另一将领阿伽门农夺走，以致军中失和。
②　赫克托耳，特洛伊的英雄。
③　阿伽门农，特洛伊战争中的希腊军主将。
④　指卡珊德拉。
⑤　战神与爱神私通时，曾被锻冶之神伏尔甘逮住，抓进网中。

曾经开战；又像那被巧妙的奸夫诱骗的丽达，那男人化作鸟儿，身上裹着雪白的毛羽；还像那在干涸的原野上游荡的阿蜜摩妮①，她头顶上压着水罐；你就是这样的啊，我为你担心雄鹰，担心公牛，担心伟大的朱庇特所幻化的一切。现在所有担忧已经消失；我的心灵因你的过错而恢复常态；你的美丽再也迷不住我的眼睛。

这种变化从何而来呢？你自己打听一下吧。就是因为你索取礼物，这一原因令你失去我的欢心。那时你十分单纯，我爱你的心灵，也爱你的身躯；现在你邪恶的灵魂已令你面目全非。爱神小精灵是个赤裸的孩子；他不因年岁增加而多一份心计。他袒露在众人的目光下，毫无掩饰。为什么竟要维纳斯的孩子为了金钱而出卖自己？他可没有钱兜去收藏要价的酬金。维纳斯爱神与爱神之子都不擅长使用无情的兵器；不善于从战的神人不配领取薪酬。

妓女按价出卖给任何人；她作践自己的身体来换取微薄的收入；但她诅咒贪婪的妓院主的专横；她被迫去做的事情，你却是自愿做的。

请以毫无理性的动物为榜样吧：你看到禽兽的灵性比你更通情理，你会感到羞耻。牝马不向雄马索取任何礼物；母牛不向公牛要什么东西；牡羊不靠赠物去吸引逗它欢心的雌羊。只有女人才乐于去剥夺男人；只有女人才出租自己的夜间时光；只有女人才把自己租赁出去。她出卖令两个人都感到快乐、两个人都想要的肉欲的欢乐；她既得到了钱，还获得享乐。爱神是令两个人都同样称心惬意的，为什么一个出卖，另一个购买呢？男人和女人协同动作而获得这感官之乐，为什么它

---

① 阿蜜摩妮，埃及一公主，曾为寻找泉水而到处奔走。

令我破费而却使你得益呢？

证人出售假证词是可鄙的；为选定的法官而开银箱行贿也是可鄙的；替不幸的被告人辩护而出卖自己的口才并不光彩；法庭追求致富也是可耻的事；靠床上的收入增加家庭的财富，为了利润而出卖自己的美色，也是丢人的啊！

人们对无偿的情爱自然心怀感激；对于不正当出租的睡床，毫无感激之意可言。承租者交了费，也就一切都结清了；他对你的示爱已不欠什么。

美人儿啊，千万不要给自己晚上的时光标价；不义之财是难以享用的。那贞女为赢得萨宾人①许诺的金环而死于武器之下，可真不值得；而有个儿子手刃自己的生母，她遭此惩罚竟是为了一串项链。②

然而，向有钱人索礼却不算丢脸：他有东西可以给向他索要的人。请采摘满挂枝头的葡萄吧；但愿阿尔希诺斯③的果园自愿献出果实。让穷人把自己的服务、热情、忠诚好好地保存起来吧。每个人所拥有的，就让他全都献给自己的爱人好了。以诗歌去赞颂配得上称赞的女子，是不寻常的事情。瞧，这就是我的财富！我要赞扬的人因我的艺术而美名传扬。衣服会撕烂，宝石会打碎，连黄金也是如此；而我的诗句所颂扬的名字将会长存下去。

----

① 此处指塔耳珀伊娅故事，塔耳珀伊娅是罗马城防官的女儿，她以索要敌军萨宾人臂上配戴的金环为代价为敌人打开城门。敌军进城后，向她头上投掷金环和盾牌，结果把她压死。
② 指阿尔克迈翁，希腊神话中的后辈英雄，他母亲因接受一串项链而透露其父的隐藏处从而导致其父丧生，他后来便为父报仇而杀死生母。
③ 阿尔希诺斯，史诗《奥德赛》中的国王，为人好客，拥有上好的果园。

　　真正让我愤怒、使我憎恶的并不是他人的赠予，而是你的索取。你要索取的，我必然拒绝；你不要的时候，我却会慷慨地赠予。

诗人恳请娜佩传递情书给她的女主人

　　你呀，娜佩，巧手梳理零乱的散发，凭手艺使你的女主人拥有美妙的发型，你这样的人是不应该做奴婢的。娜佩啊，我从你设法安排我们的夜间幽会中，从你发暗号的机敏中，感受到你的作用。你常劝犹豫不决的科琳娜投入我的怀抱，我常常觉得你始终同情我的不幸；请早上来取这些我写满字的书版，把它带给你的女主人；请凭着你的灵巧排除任何障碍，任何拖延。你并非心如燧石，也不是心如硬铁；你并没有天真到过了分寸。依我看，你也曾感受过丘比特之弓；请与我一同捍卫我们为之效力的旗帜吧。如果她问我过得怎样，你就对她说，我为盼良宵一宿而活着，其余的，我用柔情的手写在蜡版上了。

　　在我说话的当儿，时光已悄悄地流逝。当她有空的时候，请把这些书版交给她吧，可是，要让她立刻阅读。我建议你在她阅读的时候，看看她的眼睛和前额；从无语的面容中，可以看到某种征兆。切勿迟疑，她一读完，就叫她详细地回答。我最担心的是，那蜡版上仍然留着一片发亮的空白。就让她写得密密麻麻吧，我的眼睛宁愿慢慢辨认蜡版旁边几乎被抹去的字母。

　　但她又何必为执笔而致纤指疲劳呢？在整块蜡版上，只需写一个"来"字就行了；我就会立刻以月桂去装饰获得成功的蜡版，并且将其悬挂在维纳斯的神庙当中，附上这样的题词：

　　"谨把这些忠诚之物献给您，维纳斯，不久之前，那不过是卑微的槭树版！"

诅咒情人拒绝邀请的回信

　　我真不幸啊！回来的蜡版令我伤心；那不祥的信说："今天不行。"预兆的确有点儿不妙：刚才娜佩临走的时候，脚趾碰到了门槛，停了下来。娜佩啊，今后人家遣你外出的时候，记住跨门槛要加倍小心，谨慎行事，把你的脚高抬。可恶的蜡版，不祥的木头，还有你，写满拒绝字样的蜂蜡，都远远离开我吧。我想，你这样的蜂蜡，那是科西嘉的蜜蜂在毒芹的花朵上采集，以其污秽的蜜糖造成的！你似乎具有铅丹的红色，直透深层，这种颜色就是血色啊！你，无用的木头，被抛到十字路口，就躺在那儿吧，让路过的重重的车轮把你碾个粉碎！就是那个把你从树上取下来出售的人，我也会令他承认：他的双手是不干净的。这种树木用来做套在不幸者的脖子上的绞架；它为刽子手提供残忍的十字架；它给声音嘶哑的猫头鹰留着可恶的树荫；它的枝桠上藏有山雕与海雕的卵儿。

　　我真糊涂，竟向这样的蜡版托付自己的情爱，我在上面写下甜言蜜语，为的是带给自己的情人！

　　这种蜡版倒更宜于记下冗长的传讯文字，让某个诉讼代理人以粗栎的口吻去读它；这蜡版倒更适合作为大事录和笔记册，对着它，一个吝啬者痛哭自己已花掉的财富。我就看到，你的用法和名称都带有双重性①，而你这成双的数字乃是不祥之兆。在这愤怒的时刻，我能够期待什么呢？唯有希望时光把你侵蚀、毁坏，肮脏的霉斑令你的蜂蜡褪色。

责备曙光女神的来临

那乘坐满布霜露的车架把白昼带来的金发仙女，已离开她年老的夫君，出现于海洋之上。

"奥罗拉，曙光仙子，你奔向哪里呢？请留步吧，要是你停下来，就让众鸟每年向门农②的英灵奉献庄严的祭奠。此刻，我在情人温柔的臂弯中安歇，快乐之至；她从来没有像现在这样紧靠我的身旁。此时睡意尚浓，空气清新，鸟儿伸出娇柔的脖子，唱出清脆的歌声。

"情郎所憎恶的仙人，少妇所讨厌的仙人，你奔向哪里呢？用你绯红的手，收住露水沾湿的缰绳吧。你起来之前，航船舵手更易于观察星象，而不致在海中盲目漂流。你一到来，行旅之人虽然疲劳也得起床，士兵则用手执起残酷的武器。你第一个见到农人背负双齿锹；你第一个呼唤步伐迟缓的耕牛套进牛轭之中。是你，偷走了孩子们的睡眠，把他们交给教师，让他们娇嫩的双手，饱受残忍的敲打。还是你，

---

① 事实上，那是一种可折合的双连板。
② 门农，曙光女神之子，死于特洛伊战事中。

把人们遭到法庭处提交保证，那儿人们对一个字也要负起沉重的责任。
无论法学家或律师都不喜欢你，二者都不得不为新的案件而早起。是
你，在女红的活计可以停止的时候，却把纺纱女的双手召回到毛线包
之上。

"其余的一切，我都可以忽略不顾；但在清晨，当美丽的少女起来
的时候，除了没有美人儿作伴的人，谁又能够忍受呢？我多少次希望：
黑夜不让步于你，静止的星辰不因你的露面而逃遁！多少次我希望：狂
风把你的车驾吹个粉碎，或是你的马匹，陷进浓厚的云层中而倒下。嫉
妒的女仙人，你奔向哪里？你的儿子所以是黑的，因为他母亲的心肝也
是这种颜色的呀！

"我多想提托诺斯①能够谈一谈你，天上也许没有比这更可耻的故
事了。由于高龄令他提不起热情，你为了逃避他，一清早便登上你那
丑恶的车驾，把一个老者远远抛开。但是，如果你臂挽一个你所爱的青
年，你就呼唤：'夜神的坐骑，请慢点离去！'为什么我的情爱要忍受痛
苦？是因为你丈夫受年岁的重压而衰颓之故？难道是我把你嫁给一个老
头的吗？你看看月神给自己年轻的情郎多少个钟头的睡眠时间？而她的
美貌却并不比你逊色。就是众神之父自己，为了不多见你，也曾干脆将
两夜合成一夜以遂自己的心愿。"

我结束自己的责备言辞，似乎曙光女神已经听见；她满脸羞红；然
而，白日却没有比平常晚一点出现。

---

① 提托诺斯，曙光女神之丈夫。宙斯应女神之请，赐予提托诺斯永生，但女神
并未为他请求青春永驻，因而他变成了一个老态龙钟而又死不了的老头，女
神便不再爱他。

抱怨情人亲手毁掉了自己美丽的秀发

我已跟你说清楚："别再染头发了。"你瞧，今后你再也无可染之发。然而，要是你听从了我的话，有什么东西能比你的头发更茂密呢？它下垂至腰部，而且十分纤细，细到连你也不敢梳它。它就像丝织的褐色薄纱，又像蜘蛛在孤寂的梁下编织自己的作品时，从其纤弱的小爪之端所铺的丝线。它的颜色既不黯淡又非金色，非此非彼，而是二者之混合，就像陡峭的伊达山 ① 潮湿山谷中的雪松，它剥掉树皮时正是这种颜色。我说，你的秀发柔顺，任凭千百种梳理摆弄，也不曾引起你任何的痛苦。无论饰针或梳齿都不曾折断过它；梳妆的女仆完全不必担惊受怕。我常常看着她为女主人整理发型，主人从来没有生气地夺过别针扎她的手臂。

清晨，她的头发尚未梳理，她半躺在紫红色的睡床上，即便是未经打扮，她也像色雷斯 ② 的女酒神那么美丽——那带着倦意的女仙子，躺在碧绿的草地上，并不在意自己的姿态。虽然她的秀发柔软如绒毛，可是，真可惜啊！这头秀发却不得不忍受千百次虐待！为了让那趋于平顺的波纹整理成波浪形的卷曲，它耐心地接受铁与火的锻炼不知多少回啊！我呼喊道："这是罪过啊，灼烫这样的头发，真是罪过，它自己长得好好的。残酷的女子，饶了你的头发吧！别让它受任何暴力对待，你的头发不适合灼烫。这些头发已表明，它为饰针留着位置。"这样美丽

---

① 伊达山，此地的雪松，以其树心的颜色经久不变而著称。
② 色雷斯，希腊地名。

的头发，现在竟然掉光了；阿波罗和巴克科斯都愿意借它来装饰自己的头颅。我本可以把它比作从前画上裸体的狄俄涅 ① 用她的湿手所挽起的秀发。

但是为什么你要抱怨失去你认为梳理不好的头发呢？你这不通情理的人，为什么用透露出忧伤的手把你那镜子放下呢？你无法像以往那样用温柔的眼睛怡然自得地观看镜中之影。为了自得其乐，你应该忘掉自己的过去。

毁掉你的头发的可不是某个情敌的神奇药草；也不是埃蒙尼 ② 的老巫婆把它泡在毒水里；更不是疾病令你受到伤害（愿上苍排除这种推测！），也不是嫉妒的诅咒使你浓密的头发稀疏。

都不是的，而是你的手造成这一切，是因为你的过错，你才遭受这惨重的损失。是你自己把这种调和的毒剂涂在头上。现在日尔曼把女奴的头发送给你，装饰你的是臣服的民族的礼物。当人家欣赏你那头青丝的时候，噢，多少次你羞红了脸，说道："今天我招人喜欢，得靠买来的物品了。此刻，那男人赞赏的我不知道是哪个西坎布尔 ③ 女子的秀发。然而，我记得，从前这种荣耀也属于我的呀！我真是不幸啊！"

她几乎忍不住眼泪；用右手把脸蛋儿遮掩起来；天真的双颊透出了红晕。她提起勇气瞧瞧放在膝上的先前的头发；唉，真可惜，这本不是它应放的位置。整整你的颜容吧，提起勇气来；损失是可以补救的；有一天你还会长出令人赞叹的天然美发。

---

① 狄俄涅，一说是宙斯的妻子，维纳斯的母亲。
② 埃蒙尼，传说此地的妇女精通巫术。
③ 西坎布尔人，日尔曼族的一支。

不朽的诗篇

折磨人的嫉妒者啊，你为什么要针对我的闲暇时光呢？你为什么把我的诗篇称作是懒人的产物呢？你责备我，在精力旺盛的时候，没有按祖先的习惯追求沙场上的功业，也没有学习律法的空言，更没有把我的言论出卖给背信弃义的政坛，这又是为什么呢？你所谋求的功业都是速朽的。而我所追求的是永恒的光辉。我希望永远为世人赞颂。

美奥尼的诗人 ①，只要特内多斯和伊得岛屹立海中，只要斯摩依河的急流还流进海里 ②，他就会长存下去；阿斯克拉的诗人 ③，只要葡萄还发酵起泡，只要谷物女神的麦子还在弯镰的刀刃下倒下，他就不会死去。巴杜斯的儿子 ④，将在世界上永远受到颂扬，虽然他的天才不如他的艺术。索福克勒斯的厚底靴 ⑤ 永世不磨蚀；阿拉杜斯 ⑥，与日月长存；只要世上存在狡猾的奴隶，横蛮的父亲，奸诈的媒婆，温柔的宫女，梅南德洛斯 ⑦ 就会存在下去。恩纽乌斯 ⑧ 不事雕琢；音调雄壮的阿克齐乌

---

① 美奥尼，小亚细亚古国吕底亚的旧名；此诗人指荷马。
② 此三处均为特洛伊附近的地名。
③ 指古希腊诗人赫西奥德，阿斯克拉是他所住的小村。
④ 指古希腊诗人卡利马科斯，他是亚历山大派诗歌的代表人物。
⑤ 古希腊悲剧演员穿的靴子，索福克勒斯，古希腊悲剧诗人。
⑥ 阿拉杜斯，古希腊诗人。
⑦ 梅南德洛斯，古希腊喜剧诗人。
⑧ 恩纽乌斯，古罗马第一位大作家。

斯 ① 名垂千古。瓦隆、第一艘大船、作为领袖的埃宋之子所寻求的金羊毛 ②，哪一个时代会对这一切茫然无知？

崇高的卢克莱修 ③，他的诗句，只有大地与之一起消亡才会失去生命。《牧歌》、《农事诗》和《埃涅阿斯纪》④，只要罗马还领导它所征服的世界，人们就会去读它。可爱的提布卢斯 ⑤，只要火与弓，丘比特的武器还存在，人们就会学习你的诗律。西方民族会认识加吕斯 ⑥，东方民族也会认识加吕斯，而因为有了加吕斯，连他亲爱的丽科莉斯 ⑦ 也被人认识。因此，石头会烂，坚固的犁齿会被时光磨蚀，而诗歌却长生不死。就让战绩辉煌的国君给诗人让路；就让诗篇凌驾于金沙滚滚的塔霍河的幸福河岸！

俗人可能赏识贱物；而我啊，我宁愿金发的阿波罗给我满斟卡斯塔里 ⑧ 的泉水，就让我以畏寒的爱神木为冠，但愿我的诗篇到处被不安的恋人传诵。在世之时，人们被嫉妒啮咬；死后，当每个人得到自己应得的荣誉，嫉妒就会平息下来。因此，我一旦被最后之火吞噬，我还会活下去，我的大部分将会留存下来。

---

① 阿克齐乌斯，古罗马悲剧作家，语言学家。
② 埃宋的王位曾被其兄弟篡夺，后来其子要求叔父归还王位，叔父提出要埃宋之子为其寻取金羊毛。
③ 卢克莱修，古罗马诗人、哲学家、思想家。
④ 古罗马诗人维吉尔的作品；原文直译应为："狄蒂尔（《牧歌》中的牧羊人）、收获和埃涅阿斯之武器"，意指这三部著作。
⑤ 提布卢斯，古罗马哀歌格律体诗人，主要写情诗。
⑥ 加吕斯，古罗马诗人，维吉尔的朋友。
⑦ 丽科莉斯，加吕斯的情人。
⑧ 卡斯塔里泉，位于太阳神阿波罗和文艺女神缪斯的所在地。

卷　二

为何我再一次不由自主地歌颂爱情

这又是我的一篇作品，我嘛，生长在佩里涅人当中，那里水源丰富，我啊，我就是自己狂热行为的歌唱者。这又是一篇不能自已的爱情之作。远远地走开吧，假正经的女人！你们不是适合欣赏爱情韵律的听众。我愿读我诗篇的人，是一见自己的情人便激情涌动的淑女，或是被爱情击中而不自知的新手少年。我希望，像我一样受到爱神之箭所伤的年轻人，认出令他热情激荡的标志，惊讶不已而致大声喊道："是哪个不守秘密的人给诗人透露，让他说出发生在我身上的事儿？"

我记得自己曾经敢于颂扬天堂之战，歌颂百臂的古革斯①——我有的是才气——我颂扬地神以可怜的方式报复，把陡峭的奥萨推上奥林匹斯山，把佩利翁群山拖进深渊里。我手中掌握着云雾、朱庇特及其雷电；天神要发出霹雳为的是保卫自己的天宇。可是我的女友却对我关上了大门。我便把朱庇特及其雷电都置于一旁。是的，连朱庇特自己也不再在我脑海里。对不起啊，朱庇特！你的利箭于我何用？这扇关闭的大门对于我是个晴天霹雳，比你的雷霆还更可怕。

我又在写情爱的诗篇，还有轻盈的哀歌；这才是我的利箭。温柔的词语软化了硬邦邦的大门。

---

① 古革斯，他和他的两个兄弟都有一百只臂膀、五十个头，英勇善战，是宙斯阵营里的天神。

　　咒语令血红的新月尖角落下；咒语唤回落日的雪白骏马；咒语令诸蛇暴死，嘴巴碎裂；咒语使流水回溯源头。我神奇的词语令大门退让，门锁开启，虽然它装配在橡木的门扇里。歌唱飞快的阿咯琉斯于我又有什么用处？阿特里代兄弟 ① 于我何干？还有那个花了多年时间流浪和打仗的人，以及被埃蒙尼骑士拖行的不幸的赫克托耳，这对我又有什么关系？然而，当我赞扬美丽迷人的妇人，她却常常向诗人献身，作为对诗歌的酬报。这是多么高的奖赏啊！别了，威名显赫的英雄们，你们的宠信并不适合于我。而你们哪，年轻的美人儿，请把你们的脸庞靠近那肤色绯红的爱神授意给我的诗句。

请求阉人巴古允许自己与他的女主人相会

　　你呀，巴古 ②，你的责任是照顾女主人，我有两句话跟你说，都是重要的话，你就听我的吧。昨天我见到那年轻的佳人在门廊下漫步，和她在一起的还有达那俄斯 ③ 的众女儿。她令我为之倾倒，于是我随即写信向她求爱，派一奴仆把写在蜡版上的信捎给她。她以颤抖的手就在蜡版上回答我："不可能！"而当我打听为什么"不可能"的时候，人家跟我说你把她看得太紧了。

　　看守人啊，如果你通情达理的话，那你就不要再去招人憎恨了，请

---

① 迈锡尼国王阿特柔斯的两个儿子，合称阿特里代兄弟。
② 巴古，一太监的名字。
③ 达那俄斯，埃及王，他有五十个女儿。这里实际上指的是门廊下的雕像。

相信我吧：造成威胁的人，人家恨不得他去死。她的丈夫也不通情达理。他为什么要费力气去把这一宝贝看管起来呢？即使不加以照管，她也会完好无缺的。但作为她丈夫，那还说得过去：他受疯狂的爱情驱使，以为博得众人欢心的人仍能够保持贞洁。而你呀，就暗地里给你的女主人一点自由吧，好让她也同样回报你。你就做她的同谋者好了，你的女主人将会对你感激不尽。

你害怕当同谋者吗？你可以闭起你的眼睛。她躲在一旁看信吗？就设想信是她妈妈写来的。来了一个陌生人吗？第二回，就不陌生了。她去看望一位其实身体很好的病友吗？那就让她去看望吧。你在提供情况时，也说那位朋友生病好了。如果她迟迟未回，为了免于长时间闷闷地守候，你就尽管头垂胸前，睡到鼾声大作吧。你别到依西斯神庙① 去了解什么事情，那里的仙人只接纳亚麻布料。你也不必担心他们会在剧场的半圆形梯级座位② 发生些什么。

保守秘密的知心人定会得到一连串的好处，有什么事情比默不作声更容易做的呢？这样的知心人教人喜欢，他会成为家中的主管，而不必挨打受骂。他是强者，而其他所有人，不过是一群奴才，受人鄙视。为了向丈夫隐瞒真相，他虚构一些理由；就这样，男女主人都赞同的，其实是女主人一个人的意思。丈夫皱眉蹙额也无济于事，她做些亲昵的表示，他就去做符合她意愿的事情。然而，有时候女主人也骂起你来；她还假装流泪，把你叫做该死的家伙；你嘛，你就对她回以她不难洗刷干

---

① 伊西斯神庙，约会及进行荒淫放荡活动的场所。传说那里的祭祀品只接纳亚麻布匹，另有一说是那里的祭司只穿亚麻布料。
② 也是一个约会的去处。

净的责备，要以虚假的指责，令人对实在的事情不以为真。这样，你的
威信就会日益提高，你的积蓄也会增长不已。请听我的忠告吧，用不着
多长时间，你就会成为自由人。

你看那些颈挂重锁的告密者，黑暗的牢狱就是不守秘密的人的共同
归宿。坦塔罗斯 ①，站在水中求水喝，想摘果子而不可得，这就是他饶
舌的结果。朱诺 ② 的卫士把伊娥看得太紧；卫士早死了，而伊娥却成了
仙子。我看到一名奴仆，他青肿的双脚拖着沉重的铁锁，只因他把奸情
透露给女主人的丈夫。他所受的刑罚算是轻的，因为他恶毒的饶舌伤害
了两个人：丈夫痛苦，妻子失去名誉。

请相信我吧：没有丈夫会喜欢这种告发的。他可以去听，但不会高
兴。如果他不在乎，他的耳朵就听不进去，你的告发等于白花时间。如
果他真的热衷听取，那么你殷勤的效劳便造成他的不幸。再说，无论奸
情如何明显，要加以证实可不容易。被告发的人不惊不慌，因为判决者
带着宽恕的倾向。即使他亲眼目睹了什么，他也宁愿相信否认之词。他
不信任自己的眼睛，就让自己蒙蔽自己。要是他看见妻子痛哭，自己也
会哭起来，说道："这胡言乱语的人该受惩罚！"你进行的是彼此力量
多么悬殊的斗争！你败了，等待你的将是鞭笞棒打；而她，那美丽的人
儿，却坐进判决者的怀里。

我们并不是要图谋犯罪；我们也不是合计下毒；我们的手中也没有
刀剑闪烁。我们寻求的只是：靠着你，能够毫无顾忌地去爱。还有什么

---

① 坦塔罗斯，希腊神话的主人公，传说他曾泄露诸神的秘密，被罚永世站在水
中，水深没颈，他想喝水时，水就退去；他头上长有果树，肚子饿想摘果子
吃时，树枝就升高。
② 朱诺，天后，即希腊神话中的赫拉。

比我们的祈求更不带恶意的呢？

再次请求看守人成全自己与情人的幽会

唉！我真可怜啊。为什么让你来看守我的情人？你呀，非男非女，无法了解男欢女爱的乐趣。第一个给孩子阉割的人，他自己本人也应该遭受同样的命运。如果你自己曾经热烈地爱上过哪个美人儿，你对我的请求就会充满同情和理解。你并不适宜跨马驰骋，也不习惯使用武器，你的手执不好战斗的长矛。且让那些真正的男儿去运用兵器吧，你呀，别指望履行一般男性的职责了。你就紧紧跟随你女主人的旗帜吧。尽可能地为她效劳，好好地享用她的恩宠。如果你没有她，你又有何用处呢？她的相貌，她的年龄，都适宜情爱的欢愉；可别让她的美色在无所事事中消逝。她可能瞒过你的耳目，虽然据说你的警觉性很高。两个情人的共同愿望不难取得成功。但是，考虑到还是诉诸请求的好，我们就向你恳求，这时候你还能够凭你的效劳而获得好处。

诗人表达对各类女人的迷恋

不，我不敢为自己恶劣的品行辩解，也不敢以欺骗的手段维护自己的罪过行为。我承认，如果承认过失仍有某些用处的话。在我狂热的迷惘中，我又重犯曾犯的错误。我恨自己的弱点，而又禁不住想得到所恨的东西。唉，想摆脱的枷锁而又不得不戴着，那是多么沉重啊！因为我没有力量也没有本领来控制自己的感情。我就像一叶小舟，随急速的水流而漂荡。

激发我爱意的，并不是某一特定类型的美人儿。我爱恋不断的原因有千种百种。一名妇人羞怯地俯首低眉？我就为之动起激情，她的腼腆成为我掉进去的陷阱。另一名显示挑逗之意？她便吸引住我，因为她不是个新手，她令我想到，一旦在柔软的眠床上，她会显示出多姿的动态。第三名严肃有余，像萨宾女人那样一本正经？我就想，其实她巴不得去爱，只是深藏不露而已。你学问高深？我因你罕见的才能而倾倒。你一无所知？我因你的单纯而欣喜。有这么一位妇人，她声称卡利马科斯的诗篇和我的比较起来就显得缺乏技巧；她喜欢我，我随即就喜欢了她。还有一个，她批评我的诗篇，不承认我是诗人，我倒想感受一下我的批评者的大腿。有人步履轻柔，我就迷上她婀娜的步态。另一人身板僵硬，她接触男人之后可能就柔软起来。这个歌声悦耳，轻而易举地唱出颤音；她唱的时候，我真想偷偷地给她几个吻。那个以纤纤的手指拨动和弦；谁又能不爱上如此的妙手？还有另一个以其动作博得欢心，她按节律晃动臂膀，巧妙地扭动、弯曲淫荡的腰身。且不说我吧，我总会找到激动的缘由；就是希波吕托斯 ① 在我的位置上，他也会变成普里阿波斯 ②。你呀，个子高大，活像古代的女英雄；凭你硕大的身躯，可以占满整张睡床。她呀，身材娇小，可以随意拨弄。二者都叫我入迷，大小都合我心意。你瞧这一个不施粉黛，我便想象：她打扮起来，可能更

_____

① 希波吕托斯，雅典王的儿子，曾被其父的第二个妻子勾引，不为所动。

② 普里阿波斯，肉欲和淫荡之神。

加美丽。另一个已经浓妆艳抹，她自然倍添魅力。肤色白皙的，吸引我；肤色透红的，吸引我；就是琥珀色的皮肤，也无损于行爱的乐趣。乌黑的秀发飘在白净如雪的颈项上吗？我就想起，丽达也是因她那头黑发而受赞赏。头发金黄吗？曙光女神就靠橘黄的秀发而取悦。总有某些方面令我动情。稚嫩之龄把我深深吸引；成熟之龄叫我动心。前者凭娇美的玉体而取胜，后者却有的是经验。总之，罗马城人们所欣赏的所有美人儿，我都贪婪地爱上，一个也不例外。

情人的背叛

不，没有任何别的爱情（滚开吧，丘比特及其箭囊！）值得我多次地、热切地去寻求一死。因为当我想到你对我的背叛，我就宁愿死去。唉，你这女人，生来就造成我永久的不幸！并不是因为我发现那暴露了你背叛行为的情书，也不是因为那昭示你罪恶行径被你秘密接受的礼物。如果我指控你却不能证实你有什么，那就谢天谢地了！可我多么不幸啊！为什么我的理由竟那样充足？能够为自己心爱的人儿公开辩护的人，那是多么幸运啊！能够听到女友对他说："我什么也没做过"，这样的人该是多么幸福啊！谁逼对方承认自己犯有某种罪过并以此来博取残忍的荣誉，他就是铁石心肠，他必将沉溺于自己的悲痛，受着怨恨的支配。

真倒霉啊！你以为我睡着的时候，我却亲眼看见你的背叛。我身旁放着醇酒，可我没有去喝。我看见你长时间地眉目传情，你点头示意几乎代替了话语！你的眼睛并没有沉默；酒洒在桌子上，你的玉指写出了自己的言辞。

我认出了有着双关含义的词句，还有你赋予暗含意义的话语。许多宾客已经离去：只留下了两三名醉意浓浓的年轻人。我看见了你们交换罪过的亲吻——我清楚地瞥见你们的舌头交叠在一起——不是妹妹与庄重的哥哥的拥吻，而是温柔的情妇与炽烈的情郎的热吻。这样的亲吻，福玻斯无疑不会给狄安娜 ①，而维纳斯则常常献给她亲爱的玛尔斯 ②。

“你怎么搞的？”我大声嚷道，“怎么啦？你把该属于我的欢愉带往别处！你是我当然的宝贝，我要把宝贝拥有起来。这种快乐，只有我能给你，也只有你能给我，那是我俩共同享有的。为什么竟插进第三者来分享？”

我说了以上的言辞，还说了痛苦驱使我说的话语；而她，面泛红潮，表明确有其事。那情景就像是天空在曙光女神的面前染上了玫瑰红，又像是新订婚的未婚妻暴露在情郎的目光之下；还像是绚丽的玫瑰开在百合花的丛中；或者又像是坐骑因魔法而受阻的月亮发出月蚀的红晕；还像是美奥尼妇女为其着色使其不致因年深月久而变黄的亚述象牙。

那差不多就是这薄情人的颜容，或许她从来没有像此刻这般美丽。她低头望地，此时望地对她正合适。她露出忧伤的面容，忧伤的神情于她正适宜。她梳理整齐的秀发，我恨不得把它扯下，我还要撕破她娇嫩的脸皮。一看见她的娇容，我粗鲁的双臂又无力地垂下；我的美人儿真会用自身的武器来保护自己。刚才还恶狠狠的我，现在竟对她哀求起

---

① 两位仙人为同父同母所生。

② 维纳斯曾热恋玛尔斯，后者是战神。

来，恳请她像从前那样给我温柔的亲吻。她微微地笑了，给了我深情的热吻；这样的吻啊，就连盛怒的朱庇特也要缴出他手中的雷电三叉戟。

唉，令我深受折磨的是，我的情敌也享受到这样的亲吻。我不希望他们的吻也同样热烈。而此时她给我的亲吻超过我对她的传授，看来她曾从别处学到了新玩意儿。这吻太美妙了，她的整个舌头伸进我的口中，而我的舌头也进入她双唇之间，这可不是一个好征兆。不过，这还不是我唯一的痛苦。虽然我抱怨这样的亲吻，但还不仅仅限于此；学会这样接吻的地方只有一处，那是在睡床之上，我不知道哪一位导师享受到如此高的酬报。

悼念情人的鹦鹉

鹦鹉，那模仿人类声音的鸟儿，来自印度——曙光升起的地方，已经死去了。众鸟儿啊，成群结队前来参加它的葬礼吧。来吧，虔诚的飞禽，用翅膀拍打胸膛，用利爪抓破嫩脸以示悲痛吧。你们没有头发，为了表示悲哀，那就拔掉些竖起的羽毛吧。没有长号，且用歌声来作为哀乐。

菲罗墨拉①啊，你为什么一个劲儿诉说色雷西亚暴君的罪行呢？随

---

①　菲罗墨拉，其姐夫忒瑞俄斯是色雷西亚的国王，她被姐夫强抢施暴，割掉舌头，后设法将自己的遭遇告诉姐姐，其姐得知丈夫的罪行，就杀掉儿子依提斯，让丈夫吃他的肉。色雷西亚王知道吃的是自己的儿子，怒不可遏，要杀死两姐妹；二人赶紧逃跑，途中宙斯把菲罗墨拉变成夜莺，把姐姐变成燕子（另一传说则相反）。

着岁月流逝，你该倦于呻吟了。请以这呜咽之声去哭珍贵鸟儿的惨死吧。你的依提斯是一个伟大但是已经遥远的痛苦主题。

你们无论气流如何变幻，都懂得振翅飞翔，你们大家，尤其是你，鹦鹉之友的斑鸠，都来痛哭吧！你们毕生和睦相处，这种忠实的友谊和高度的信任直至生命结束之时。鹦鹉啊，斑鸠之于你，只要命运能允许，就像皮拉得斯与俄瑞斯忒斯的交情①。

然而，你的忠诚友谊，你罕有的绚丽羽毛，你能摹仿各种声音的歌喉，又有何用？人家把你送给了我的情人，你立刻就博得她的欢心，但这又有什么作用？你是众鸟的光荣，唉，可惜，却在我们面前直躺着死去。你的毛羽可叫翠玉失色，你的嘴鼻带上了橘红的色彩。世上没有任何鸟儿学人的声音学得那么好；你用颤音重复着人的语词，达到尽善尽美的地步。

而你竟被嫉妒的命运夺走了。你没有鼓动残酷的战争，虽然你喜欢饶舌，但你热爱安逸和平。瞧啊，鹌鹑生来就不停地打斗，也许是这个缘故，他们往往变得衰老异常。你只吃一点就满足了，你太爱说话，嘴巴闲不下来多吃什么。作为食粮，你只需一个核桃，再加一点罂粟，就足以令你沉沉入睡；为了解渴，你只需几滴清水。活得长久的是凶狠贪婪的座山雕，是在长空盘旋的鸢鹰，是唤雨的寒鸦；还有那好斗的密涅瓦②极其讨厌的小嘴乌鸦，它差不多经历九代的时光才死亡。而这善晓人言的鹦鹉，这来自遥远世界的宝贝，却一下子被夺去生命。死神的贪婪之手往往攫取最美的造物，而最糟糕的造物却得以享尽天年。忒耳西

---

① 二人为好友，皮拉得斯曾助俄瑞斯忒斯报杀父之仇。
② 密涅瓦，即雅典娜，智慧女神。

忒斯①目睹普洛忒西拉俄斯②的悲哀葬礼。赫克托耳已成灰烬，而他的兄弟却依然活在人间。

要不要重提忧伤的年轻女主人曾虔诚地为你祝祷？她的祝愿已被迅猛的南风带到了海上去。第七天了，再不会有明天，命运之神已放尽你的生命之线。然而，话语却没有在你衰弱的喉头停住，临终了，你的舌头还喊出："永别了，科琳娜！"

在爱丽舍的山坡上，有一片黑叶的圣栎森林，湿润的土地常年覆盖青草。如果某些不肯定的传说是可信的话，据说这地方是供虔诚的鸟儿栖息的，不祥之鸟不得进入。在这广阔的领地中，生活着纯洁的天鹅和永生的凤凰，后者始终是独一无二的鸟类。那里的孔雀不待赞美便开起屏来，温柔的雌鸽亲吻着热恋中的雄鸽。我们的鹦鹉被它们接纳，也栖息在此地；它用自己的语言赢得众鸟的赞赏。

它的尸骨葬于坟墓之中，那坟头就像它的身躯那么细小；小墓碑上刻上与其大小相称的铭文："此墓表明我赢得女主人的欢心，我会说话，比一般鸟儿说得都好。"

诗人让科琳娜确信，他从未产生背叛她的念头，更不可能跟她的女奴有过见不得人的勾当

就这样，我会一直成为不断抱怨的对象？每当我成功驳回一个罪

---

① 忒耳西忒斯，古希腊军中以怯懦而出了名的士兵。
② 普洛忒西拉俄斯，以勇敢而著称，他在特洛伊战争中最先阵亡。

状，你便马上捏造另一个来冤枉我。我赢得胜利又有何用，我已厌倦于经常的争斗。在以大理石雕像为装饰的剧场上，要是我朝上面的梯级看一眼，你就从千百名女观众中挑选你担忧的根据。如果有一名无邪的美人儿瞧我一眼，你就从她的目光中看到默然的表示，从而对我加以责备。如果我称赞一名女子，你就用你的指甲，狠抓我的头发，如果我批评另一名，你又以为，我在掩饰自身的过错。如果我气色不错，你就说我对你漠不关心；如果我脸色不佳，你就说我恋着别人，饱受折磨。

我真想因确实犯有过失而感到罪过；人们当禁得住应受的惩罚而不抱怨。而你呀，你无缘无故地指责我；你毫无根据地相信一切，使自己的怒气失去任何价值。你瞧那长耳朵的畜牲，那命运悲惨的驴子，它饱受鞭笞，但却不会走得快一点。

瞧，又来一轮新的指责！提到你灵巧的梳洗女仆西巴西丝，竟说我和她玷污了女主人的睡床。但愿众神垂鉴，令我少受折磨！如果我真有不忠的念头，追逐一个地位卑微的粗女子又能得到什么快乐！哪个自由人愿意和女奴相好？谁乐意把背上满是鞭痕的躯体揽在怀抱？再说，她负责替你梳妆，以她的巧手为你提供宝贵的服务，我又怎会侵犯对你如此忠实的女奴！我除了遭拒绝，被揭露，还能得到什么？我以维纳斯、以其长翼之子①的弓箭起誓：我没有犯过你所指责我的过失。

---

①　即丘比特。

要求女奴再一次委身

你呀，西巴西丝，你晓得熟练地把头发梳成千姿百态，你配得上只为仙女梳妆；一次偷欢向我表明了你不是个生手，你的女主人觉得你十分可贵，而我更是这样；有谁可能揭发我和你的关系呢？科琳娜又怎么晓得你我之间的欢愉？我脸红了吗？我曾经说漏了嘴，某个字眼透露出我们的私情？正好相反，我不是一再坚持说，跟女奴鬼混，那准是失去理智？

英雄阿喀琉斯曾迷上美丽的女俘布里丝；卡珊德拉女祭司是个奴隶，却被阿伽门农所爱。我比不上阿伽门农，也比不上阿喀琉斯。君王可以认为合适的事情，为什么我竟认为对于我是个羞耻？

然而，当她向你投以愤怒的目光，我看见你满脸通红；而我，如果你还记得的话，我指全能的维纳斯女神为证，是多么的镇静！你呀，女仙人，请下命令，让温和的南风，把我心中的假誓言带到爱琴海去！

而你，肤色棕黄的西巴西丝，对于我这次出力，今天你就和我亲热一番作为酬报吧。你这忘恩负义的女子，为什么竟拒绝我呢？为什么又在假装担惊受怕？你为你的其中一个主人服务已经够多的了。

如果你傻乎乎地拒绝了我，我就会把过去的底细都揭露出来，然后表白自己的过失。西巴西丝，我会一边认错，一边告诉你的女主人：我在什么地方和你相会，约会的次数，交欢了几回，还有我是如何动作的。

与丘比特对话

上

丘比特啊，你对我总是怒气冲冲，你这留驻我心中的小精灵，为什么要攻击我呢？我是一贯高举你的旗帜的士兵啊！为什么我在自己的阵营里竟被伤害？为什么你的火炬竟灼烧你的友人？为什么你的利箭竟直穿他们？战胜抵抗的敌手才会赢得崇高的荣耀。埃蒙尼的英雄①，以其长矛刺伤敌人之后，还不是又为其医治创伤？猎人追逐逃跑的猎物，一旦到手，又不屑将其弃置；他总是去追求未遇的新猎物。我们是你忠诚的臣民，正感受着你那武器的威力；可你懒惰的手臂却放过抗拒的敌人。何必直对嶙峋的瘦骨来挫钝你带钩的利箭？我正是因情爱而致骨瘦如柴。世上多少男子缺乏爱情，多少女子没有爱意！你该针对他们来赢取你崇高的荣誉。如果罗马不曾使用武力向世界扩展，那么它今天仍然是一片茅草房顶的棚屋而已。士兵到了疲倦的时候，就作为移民留在赏赐给他的土地。马匹完成了里程，就放出来吃新鲜草料。拖到岸边的船只，就进入长长的厂棚；斗士放下了利刃，就要求佩带木剑，不再冒生命的危险。

我也是一样的啊，我已长期为美人儿效劳，该到退隐将息的时候了。

---

① 这里指的是阿喀琉斯和忒勒福斯，后者被前者的长矛所伤，后来阿喀琉斯用长矛上的铁锈为忒勒福斯治愈伤口。

下

"不必为爱而活。"如果有神灵对我说这话，我是不会接受的，因为美人儿带给我们的痛苦也是甜蜜的呀！当我倦于情爱、心中的激情渐渐平息，我不晓得什么强烈的骚动占据我六神无主的心灵。就像一匹嘴巴死硬的马儿，骑手收紧沾满白沫的嚼子也无济于事，还是照样把骑士拖进深渊里。又像一只船儿，正要进港靠岸的时候，被一阵狂风吹向了大海，我的情形正是这样：丘比特多变的气息再度煽起我的情欲，玫瑰肤色的爱神又再射出我所熟悉的利箭。你这小精灵，来攻击好了；我放下武器，毫不防御地任你为所欲为。对付我，你是个强手；对付我，你的手段可真够厉害。此刻，你的利箭自动地直向我插来，好像受着你的命令支配。利箭熟知我的心，几乎超过它的箭囊。

多么不幸啊，那种能够整夜安睡而且把睡眠称做宝贵赏赐的人！真是糊涂透顶！何谓睡眠呢？无非是表现僵冷的死亡形象而已。命运给我们的休憩时间够长的了。我嘛，我宁愿：我的情人有时候用谎言骗我（起码希望能带给我满怀喜悦），有时候给我说些甜言蜜语，有时候找碴儿跟我争吵；常常委身于我，又常常把我推开。战神玛尔斯之所以反复无常，那是因为你，丘比特，你是他的继子 ①；他仿效你的榜样，才时而为这个而动武，时而为那个而开战。你是个轻佻的精灵，比你自己的双翼还要轻浮得多。你赐予或拒绝赐予爱情的欢乐，凭你的心血来潮而定。然而，要是你和那美丽仙子——你的母亲 ② 听到我的祈求，就请

---

①　因玛尔斯与丘比特的母亲维纳斯有爱情关系，故有此说法。
②　指维纳斯。

常驻我的心里吧。让朝三暮四的美人儿都来承认你在我心中的王国，这样，无论男女都会对你爱戴非常。

诗人甘愿在爱的欢愉中死去

你跟我说，我记得很清楚，格雷斯奴斯①，你跟我说，一个男人不可能同时爱上两个女人。正是由于你，我才掉进了陷阱里，由于你，我才毫无防备。现在我的确同时爱上两个美人儿了，我为此感到羞愧。两个人都同等美丽，两个人都一样重视修饰。很难说得出谁优谁劣。有时候这个比那个漂亮，有时候那个比这个漂亮。时而我更喜欢这个，时而我更喜欢那个。我的心啊，就像一叶挂帆的轻舟，被两股相反的爱风推动，不知往何处漂流，心分成了两半。维纳斯女神啊，为什么你要我受双倍的折磨？我看不见尽头在何处。一个女人已经够我操心的了，可不是吗？为什么还要给树木添枝加叶，给天空点缀星星，给深深的大海再注新的水流？

然而，这还是比无爱的委靡生活远胜一筹。我愿我的对手去过无情的严峻生活，我愿他们在空荡荡的睡床上安睡，在宽大的铺盖里自由地伸展四肢。而我，我宁愿爱情的折磨令我不眠不寐，我希望我的床铺不仅承担自己一人的重量。我愿意和情人不受任何人的打扰；如果她一人能够做到，就让她把我弄到力尽精疲；如果一个人不足够，那就来两

_____

①　本书作者奥维德的友人，古罗马的执政官。

个更好！我坚持得了。我的肢体纤弱，可劲头不减。我身体缺乏的是重量，而不是精力。爱的欢愉还会使我的力气倍增。在爱的活动中，我从来没有令美人儿失望过。我常常整夜交欢，第二天依然浑身是劲，还能干事情。在爱情的决斗中耗尽力气的人真幸福啊！但愿诸神就让我死在爱里！

让士兵以胸膛迎击敌人的利器，就让他用鲜血换取不朽的名声。让守财奴到遥远的地方去寻宝，就让他说假话的嘴巴在船沉之际尽饮航迹留下的海水。而我自己，我愿意能够有幸在维纳斯的情爱活动中终老，到死亡来临的时候，感到四肢渐冷，而尚在房事当中！这样，在我葬礼的时候，人们就能够哭着说道："你的死亡没有辜负此生！"

为科琳娜的航行祈祷

砍倒佩里翁山上杉树，第一个教人在波涛翻滚、凶险的海上航道航行的人；他莽撞地在密集的礁石间行进，遭送着产金毛的羊儿。噢，但愿诸神使阿耳戈号①失事，让它沉没于吞噬人的海中！

现在科琳娜离开她熟悉的睡床和我们共同的家居；正准备出发，去走那危险的航道。唉，我真不幸！为什么我要替你担忧东风、西风、寒冷的北风、温热的南风？你在路途中，看不见城市，也看不见树林，只见一片湛蓝、单调而且危机暗伏的大海。茫茫的海上不会见到精致的贝

---

① 阿耳戈号，古希腊英雄寻觅金羊毛所乘的船。

壳和各式各样的鹅卵石子。唯有在湿润的海滩才有这些东西令游人驻足流连。年轻的美人儿啊，你们雪白的双足该在海滨留下印记，只有它完全可靠，其他的道路处处险象丛生。

让其他人向你叙述如何与风搏斗，如何抗击被风翻腾、被暗礁激荡的大海，如何抵御由险要的塞罗辇山投在海中的礁石，如何绕过暗藏一大一小两个沙洲的海湾。让其他人把这些告诉你们吧。你们只要满足于相信就好了。相信一场暴风雨中的故事，无需冒任何危险。

一旦解缆启航，鼓胀的船身驶向茫茫大海，当逆风令水手担惊受怕，发现死亡就像海水那样近在眼前，这时候再回顾陆地，那可就太迟了。

要是海神掀起巨浪，你准会吓得玉容失色！你可能会祈求多育的丽达的儿子，那两颗著名的星辰①，而且会这样说道："留在陆地的人真幸福啊！"躺在温暖的睡床上，翻阅几页小书，用手指拨弄色雷斯②的竖琴，那可要安全得多。

不过，如果我的言语被风暴吹得无影无踪，不起作用，那么起码还是希望该拉忒亚③对你的乘船仁慈一些。涅柔斯的众女儿——海中的诸仙女，还有你，涅柔斯——海中仙女的父亲，要是那位美人儿遇难，那可是你们的过错！

启程吧，请惦挂着我，好让顺风送你归程，但愿强劲的海风鼓起你的风帆吧！此刻，就请伟大的涅柔斯将海水推向海滨，就让风向一直朝

---

① 指双子星座（一说为太白星和启明星），据说见到它们，即可预告风暴平息。
② 色雷斯，诗人兼歌手俄耳甫斯的故乡。
③ 该拉忒亚，海中女神之一，海神涅柔斯的女儿。

着海岸，还让东风指引航向！而你自己，就请祈求和风，仅仅祈求和风轻轻地鼓动风帆吧！当风扬起风帆的时候，你就协助把握方向。

　　我在岸边将第一个发现你的乘船，在千百艘的归船中，我也会认得出来；然后，我会喊道："此船带回我的仙人。"我会把你举在肩上，拥着你给你无数的狂吻。为了庆祝你的归来，将献给神灵许下的祭奠。我们就以柔软的沙丘作为睡床，近旁的土堆就作为我们的桌子。在那里，手执酒杯，我听你叙述许多历险故事：你的乘船如何在汹涌的波涛中几乎沉没；为了赶着见我，你如何不怕吓人的夜晚，如何不畏狂暴的南风。我会相信你这一切言辞，就像是真的一样，哪怕不过是纯粹的想象。为什么不拿我所期待的事情来抚慰我呢？这样的时刻，让高悬上空、光芒耀眼的晨星，骑上自己疾驰的车驾，尽快地把它带来。

征服女人的快乐

　　让胜利的桂冠戴在我的头上吧！我是个战胜者。行了，科琳娜正投进我的怀里。她曾经受到多重保护：丈夫，门卫，还有坚固的大门，以及我许多的敌手，足以预防任何不测。这是一场值得佩戴桂冠的胜利，尤其是，不管战利品如何，那是无需流血取得的。这不是简陋的墙垣，也不是环绕壕沟的要塞，而是我用计谋智取的美人儿。佩加姆①被围十

————————

　　①　佩加姆，特洛伊的城堡。

年而攻陷，在众多的围攻者中，哪一份光荣该归于阿特里代兄弟？而我的荣誉仅仅属于我自己一人，它不被任何士兵分享，其他任何人都不拥有这一荣衔。为了实现自己的愿望，我既做指挥官，又做普通士兵；我同时是骑手、步兵，还是旗手。我的战绩不是因为幸运，也不是出于偶然机遇。这完全是我努力的成果，因此光荣归于我！我从事的不是一场新的战争。如果海伦①不曾被劫，欧罗巴与亚细亚之间便依旧会和平相处。在大家喝得醉意浓浓的时候，是一名女子促使野蛮的拉庇泰人和半人半马的肯陶洛斯人彼此恶斗。公正的拉丁努斯②，在你的王国里，又是一名女子使特洛伊人重开血腥的战争。还是一名女子，在罗马早期，推动其父辈与罗马人争斗，引起一场残酷的战事。我也看过几头公牛为争一头亮白如雪的母牛斗个不休。牝牛观战，促使公牛斗得更加起劲。我自己也一样，在前面所列的许多人之后，丘比特令我高举他的旗帜继续前进，但起码我没有引起流血的战争。

诗人祈求诸神挽救试图流产的科琳娜

　　冒失的科琳娜，想方设法要摆脱她腹中的骨肉，使自己病倒了，面临生死的关头。她竟然瞒着我冒如此大的危险，当然令我非常生气；但在面临担忧的情况下，我的怒气消退下来。她毕竟因为我才怀上了身孕，至少我是这样相信的；因为我常常把纯然是可能的事情视作真实

---

① 海伦，著名美女，因她被劫，引起了持续十年之久的特洛伊战争。
② 拉丁努斯，拉丁部族的名祖。

无疑。

伊西斯 ① 啊，帕雷托纽姆 ②、卡诺普的欢乐原野、芒非斯、盛产棕榈的法罗斯、还有迅猛的尼罗河流经的平原，这些都是你常驻的地方；尼罗河从宽阔的河床分七大河口入海 ③。伊西斯啊，我以西斯特拉琴 ④ 的名义，以阿努比斯 ⑤ 那可怕面容的名义请求你，请你垂顾于她，你挽救她，就挽救了两个受害者（但愿由此俄西里斯也来参与对你的膜拜，但愿圣蛇缓缓地盘旋于放置在祭坛上的祭品 ⑥，而在你庄严的队列里，但愿神牛阿庇斯陪伴你前行）。因为你救活我的情人，她则赋予我生命。为了膜拜你，她在祭祀的日子里常常整日坐在神庙中，而祭司则用鲜血把你祭坛上的月桂染红。

而你呀，厄勒提亚 ⑦，你是垂怜怀孕女子的，她们被怀中收藏的包袱撑得大腹便便；请你为我大发慈悲，接受我的祈求吧！她是配得上受你保护的。我将亲自穿上素白的衣装，在你的祭坛上烧香祈祷；我将在你的双脚下亲自放上我这里许愿的献礼。我还会留下这样的题词：“奥维德为得救的科琳娜而敬献。”

而你，科琳娜啊，我在极度的焦虑之中，如果还允许我给你一个忠告的话，那就是你跟自己过不去，仅仅这一次就足够了。

---

① 伊西斯，古埃及重要女神，丰产和母性的庇护者。
② 帕雷托纽姆以及后面的几个地名都是该女神受崇拜的地方。
③ 这是古尼罗河的情况，现在只剩下两个河口。
④ 埃及古琴，祭祀伊西斯时所用的乐器。
⑤ 阿努比斯，古代埃及的死神，以狼头人身的形象出现。他曾经收取并以防腐香料保存俄西里斯的尸体，俄西里斯是古埃及死而复生之神，伊西斯的丈夫。
⑥ 蛇舔祭品，表示神愿意接受祭献。
⑦ 厄勒提亚，分娩女神。

指责情人不该堕去腹中骨肉

如果美人儿不必为战神效力，却自我伤害，以盲目的双手面对自己的命运而执起武器，那么，虽然她们免于从战，过安静生活，也不必配备轻型盾牌参与战士们的残暴队伍，但这又有什么用呢？

哪一个女子首先试图摘掉自己腹中的稚嫩果实，那她就该死于自我残害的举动之中。怎么啦，为了避免有人非难你肚皮上长出皱纹，你竟然进行一场苦战，让人家把不祥之兆的沙子铺于地上 ①！

如果在古代世界，母亲们都奉行这一惯例，那么人类就会因此罪恶之举而消亡。于是就得找到那位神人 ②，他向荒芜的世界抛掷石头，再一次创造了人类。如果海中仙女忒提斯 ③ 拒绝保留腹中的身孕，谁去打破普里阿摩斯 ④ 的威力？倘若伊利亚 ⑤ 不愿保存怀中的孪生子，世界之城的缔造者就不会存在。如果维纳斯怀上埃涅阿斯之时就把他拿掉，世上就不会有恺撒大帝及其众子孙。就是你自己，如果你母亲也像你这样去做，你早就已经死去，连同你后来的美貌。而宁可为爱情而死的我，如果我母亲不愿要儿子，我就绝不可能生下来。

---

① 古罗马斗士决斗时，铺沙子于场地上，用以吸血。
② 指丢卡利翁。大洪水过后，人类悉被消灭，只剩下他及妻子二人。受神的提示，他和妻子都向身后抛掷石头。他抛的石头变成男人，他妻子抛的变成女人。就这样，重新创造了人类。
③ 忒提斯，她生下的儿子阿喀琉斯，曾参与特洛伊战争，大败特洛伊人。
④ 普里阿摩斯，特洛伊国王。
⑤ 伊利亚，罗马城两位奠基人的母亲。

为什么把日渐饱满的葡萄从丰产的葡萄藤上摘下？为什么以残酷之手扯掉青绿未熟的果实？让它成熟之时自然落下吧！一旦出生，就让它成长起来。生命的价值极高，值得为它作短暂的耐心守候。为什么以尖锐的利器去穿刺你腹中的产物？怎么可以对尚未出生的孩子施放剧烈的毒药？人们诅咒美狄亚①，她沾满自己孩子的鲜血；人们怜惜依提斯，他竟被自己的母亲杀害。两个母亲都十分凶残，但两人都抱着向丈夫复仇的动机，把愤恨发泄在共同的后裔身上。可你，告诉我是哪个忒瑞俄斯、哪个伊阿宋②促使你以不安的小手戕害自己的身体？这样的罪恶，雌虎绝不会在自己洞穴中制造；从来没有母狮敢于扼杀腹中之子。可是，娇柔的美人儿却做得出来！不过，她们并非总是得不到惩罚。她们杀害腹中之物的时候，常常自己也赔上了性命。她们死去了，散乱着头发，被人抬往焚尸的柴堆，所有见到她们的人都喊道："活该！活该！"

但是，我希望自己这番言语随风消逝，散入茫茫的天际，但愿我的预示没有任何效果！仁慈的神祇啊，请允许她犯一次罪过而不受惩治。这是我的全部请求。到她犯第二次错误时才给予惩戒！

指环传情

指环啊，你即将戴在我美丽的情人的纤指上，你的价值仅在于替我传达我的爱情，去吧，但愿你成为她喜欢的礼物。希望她兴高采烈地接

---

①　美狄亚，曾因丈夫伊阿宋另有所爱而杀死与丈夫所生下的儿子。

②　伊阿宋，美狄亚的丈夫。

受你，立刻把你戴在她的玉指上！但愿你适合她就像她适合你一样；希望你的小环紧套她的手指，不宽也不窄。

幸运的指环啊，我的情人就快把你抚弄。唉，我真不幸啊，我竟然嫉妒起自己的礼物来。噢，如果我能通过喀耳刻女仙的魔法或海神普洛透斯的幻术，一下子就把自己变成礼物，那该多好！

这样一来，如果我想触摸情人的胸脯，想把左手伸进她的内衣之中，我便从她的手指滑落（虽然我套得很紧）；我以奇妙的方法使自己松动起来，从而掉进她的胸膛。为了以我的印记确保书信的秘密，而不让裸露的宝石沾上封蜡，同样地我会首先接触美人儿润泽的双唇；只愿我的印记不用于带给我痛苦的书信上！如果她想把我取下来放进首饰盒里，我就会拒绝离开，让自己缩窄起来，紧紧地附在她的玉指上。

噢，我的命根儿，但愿我不会成为你的纤指不愿去戴的羞耻品或负担。当你的肢体浸入热水的时候，请依然戴着我，不必担心水会浸润底座，令其光泽减色。可能那时候，在你全裸的玉体面前，我的欲念会令自己四肢伸展起来，尽管我是个指环，还是担当了男人的角色！然而，抱着此等虚妄的愿望又有何用呢？小指环啊，去吧，但愿我的情人领会：我把你献出去，同时向她献出自己的真诚！

诗人期盼情人造访他在乡间的住宅

此时我在苏尔莫纳，它是佩里涅人的三处住地之一；地方不大，但浇灌它的水流使此地显得清新洁净。太阳的光线更为直接，可能使这里的土地绽裂；炽烈的天狼星也可能照耀此处；但佩里涅人的田野到处都有清澈的流水灌注；繁茂的青草使柔嫩的土地一片翠绿。田地盛产小麦，更加盛产葡萄。这里还种有橄榄树，生产油橄榄。溪水流经再生的草丛，润湿的土地覆盖着绵延的细草。

但是，燃起我激情的人儿不在这儿。或者说，我错用了字眼：激发我热情的人儿在远方，而我的激情仍在这里。真的，即便把我置于双子星座之间，如果没有你在我身旁，我宁愿不住天上。那些首批在世上长途跋涉的人，就让他们死时得不到安息，就让沉重的泥土重压他们！如果不得不长时间周游的话，他们起码也该令妙龄的美人儿与他们一同为伴！

至于我，如果我不得不攀登被风袭击的阿尔卑斯山，冷得直发抖，只要我爱的人儿在身旁，这样的旅途我也会觉得惬意。带着我的情人，我会毫不犹豫地去闯利比亚的浮沙，我敢于面对凶险的南风张帆。不，我无惧在室女腰间狂叫的怪物①，不怕马莱阿曲折海峡的危险小海湾，也不怕女妖卡律布狄斯，她吞下沉没船只之后，把海水吐出来，吐出了海水，然后又再吞下去。虽然海神的威力和风暴是胜利者，虽然波涛冲走保护乘船的神像，你呀，用你白净如雪的玉臂紧抱我的肩膀吧，我的身体能够轻而易举地背起这轻柔的负荷。

年轻的情郎，为了与海洛②相会，常常泅渡海峡；他又一次泅水而

---

① 指神话传说中的息库拉，女妖，长有六个头，十二只脚，每张嘴有三排利牙，住意大利和西西里岛之间的一个岩洞里，在其对面住着另一女妖卡律布狄斯，二者紧扼水路通道，构成航海上的严重威胁。

② 海洛，女祭司，其情夫常常夜间泅水渡海峡与之相会，她都在灯塔上点火指引。一个暴风雨之夜，灯塔上的灯火被吹灭，情夫因而淹死。翌晨，海浪把尸体冲到灯塔脚下，海洛见状悲痛万分，在绝望中投海自尽。

渡，可是这一回却见不到引路的灯光。

而没有你，尽管田野景色迷人，丰产的葡萄正等候辛勤的收获，尽管草地上的溪水交错纵横，尽管农人把驯服的水流引进灌溉的渠沟，尽管清新的微风将树梢抚弄；不，没有你，我不认为自己是住在佩里涅人的净土，我不感到自己是在父辈的土地、生养我的故乡。相反，我觉得自己是在蛮荒之地，住在粗野的西里西人、四面环水的布列塔尼人的地方，或者是在被普罗米修斯鲜血染红的岩石上。

小榆树喜欢葡萄藤，葡萄藤离不开小榆树。可我，为什么常常和自己的情人分开？然而，你曾经发誓，你要成为我忠实的伴侣。你是用你自己、用你的眼睛——我的星辰起誓的。美人儿的誓言毫不可靠，就像落下的树叶那样轻飘，一任风和流水随意带走。

然而，你对你离开的人要是还抱有一点情思，那就开始实践你的诺言吧。尽快乘上快马牵引的轻车，亲自扬鞭挥打飘动的鬃毛，将你自己带来吧。高山啊，在她通过的地方，请俯身让路；道路啊，在深谷之处，请变出易于行走的通途。

诗人劝科琳娜不要太自负于自己的容貌

如果有人把做美人儿的奴隶视为羞耻，那么，根据他的见解，我会承认这份耻辱。但是，只要维纳斯女神对我宽厚一些，我就甘愿忍受这种屈辱。愿上苍保佑，既然我的命运要成为美人儿的猎物，就让我成为亲爱的情人的猎物吧！美貌令人骄傲；科琳娜因美丽而变得难于伺候了。唉！她了解自己的貌美，为何那么清楚呢？她肯定是常看镜子中的形象才养成这么高傲的举止。她梳妆完毕总是要照镜子的。

虽然你的美丽令你威震一切（你的美貌也震慑我的眼睛），但你却不应拿你跟我比较，对我鄙视起来，真的不要这样啊！伟大是可以和较渺小的结合在一起的。据说，卡吕普索仙女 ① 爱上一个凡人，曾不顾那位英雄的意愿硬把他留住。人们认为，有一名海中女神曾与佛提亚国王 ② 相好，埃吉丽亚 ③ 也与公正的努玛国王往来。维纳斯是伏尔甘 ④ 的妻子，虽然她的丈夫一旦离开了铁砧，弯曲的双脚走起路来又丑又跛。诗的节奏也一样，各部分并不平均，英雄史诗的长行和短行也极为相配。

你也是一样的呀，我的阳光，无论在什么情况下，请都接受我；在你的眠床上，按你的规矩你喜欢对我怎样摆布就怎样摆布。你对我的责备我不会怨恨；我不是那种人家希望他远远离开的人，你该不致否认我们的爱。

我写的美妙诗句就作为我的财富，不止一位美人儿想借我的诗而扬名。我就认识这么一位，她到处以科琳娜自居。为了弄假成真，她有什么不愿意奉献给我？但是两条远远相距而又迥然不同的河流，一条是冰冷的欧罗塔河，另一条是岸夹垂柳的玻河，二者是流不进同一道河床

① 卡吕普索，岛中仙女，曾把从特洛伊回国的奥德修斯留在岛上，一心想与他结为夫妻，留下七年（一说十年）才把他放走。
② 佛提亚国王，指珀琉斯。据一则神话说，众神把海中仙女忒提斯嫁给珀琉斯，另一神话则说，是珀琉斯藏在山洞里守候海中仙女，用暴力将她占有。
③ 埃吉丽亚，水泉神女，成为罗马国王努玛的妻子，曾帮助丈夫建立了许多可行的制度。
④ 伏尔甘，火神和锻冶之神。

的。只有你，不是任何其他人，在我的诗歌里受到称颂。只有你，才能激发我的才华。

爱情战胜一切

马塞尔 ① 啊，你在诗中歌唱大事，乃至歌唱阿喀琉斯的愤怒，你给立誓为盟的勇士穿上第一批戎装；而我，我却在书斋里歇息；陪伴慵懒的维纳斯。温柔的爱神粉碎我描绘重大主题的努力。我常常跟我的情人说：“还是饶了我吧！”她随即坐进我的怀里。我经常对她说：“这真羞死人！”她几乎忍不住眼泪，对我说道：“我真不幸啊，你竟因为爱我而感到羞耻！”她便用双臂环抱我的颈项，亲吻我百遍千遍，令我失去任何抵抗之力。

我战败了，我的脑子远远离开了它所选择的战争主题。我开始歌唱家事以及我自己的争斗。然而，我拿起了权杖 ②，经过一番工夫，我的悲剧发展了起来。我在这方面的才能，不在他人之下。爱神便开始嘲笑我的戏服、我的彩绘厚底靴，还笑我作为普通诗人竟如此年轻便手执权杖。专横的情人又一次使我离开自己的创作；爱神战胜了富有才气的诗人连同他的厚底靴。

既然命运如此，我就来传授温柔的爱神教给我的箴言，（唉，真可

---

① 马塞尔，史诗作家，本书作者奥维德的友人。
② 权杖是悲剧的象征。

怜！我自己首先就感受到这些劝诫的可怕威力！）或是写出帕涅罗珀 ①

交给尤利西斯的信札。菲利斯 ② 啊，或是我来描绘你被抛弃时的忧伤，

写下后面这些人都会去读的故事：帕里斯 ③、玛卡勒 ④、无情无义的伊阿

宋 ⑤，还有希波吕托斯 ⑥ 及其父亲。我重述苦命的狄多娜 ⑦ 的话语，她手

执利刃而自尽。我再写备受疼爱的莱斯比 ⑧ 的言辞，她手抱古弦琴，那

是诗歌的象征。

　　我的友人萨比努斯，曾经跑遍了全球，以极快的速度把不同国家的

信件亲自带了回来。忠诚的帕涅罗珀认出尤利西斯的印记；希波吕托斯

的后母读到她心爱的人儿的来函；虔诚的埃涅阿斯回信给了苦命的狄多

娜。我这里也有一些菲利斯会读的材料，如果她还活着的话。希普西皮

勒 ⑨ 接到伊阿宋的来信，为此而伤透了心。极受疼爱的莱斯比只好把她

许诺交出的古弦琴，献到阿波罗的脚下 ⑩。

　　马塞尔，你也一样，在一篇史诗中，遇到有可能的时候，你歌唱战

事的当儿，总不会不给长上金翅膀的爱神留一点位置。在你的诗篇中，

写了帕里斯和他的情人，因他的过失而使那美人儿名声远播，还出现了

---

①　帕涅罗珀，尤利西斯的妻子，丈夫去特洛伊远征时，她一直守在宫里，拒绝
　　了无数的求婚者，终于等到丈夫归来。

②　菲利斯，色雷西亚国公主，因被情人德摩福翁抛弃而自尽。

③　帕里斯，特洛伊王子，他曾抛弃自己的情人去抢掠美女海伦。

④　玛卡勒，曾与自己的妹妹相爱，因这种不正常的爱情被发觉而自尽。

⑤　伊阿宋，他娶美狄亚时已有所爱，后来又打算抛弃美狄亚另娶。

⑥　希波吕托斯，雅典王忒修斯的儿子，忒修斯的第二个妻子曾勾引他，遭其拒
　　绝，被诬陷为品行不端，企图强奸后母。

⑦　狄多娜，曾与特洛伊王埃涅阿斯相爱很长一段时间，因后者离去而失望
　　自杀。

⑧　莱斯比，女诗人，曾献诗给自己的情夫。

⑨　希普西皮勒，伊阿宋爱上美狄亚之前的情人。

⑩　因为她曾许诺：如果她得到情人的回话，就把手中的古弦琴献给阿波罗。

拉娥达蜜亚 ①，她陪同丈夫拥抱死亡。如果我对你的认识不错的话，你乐意描绘战争也乐意描绘爱情主题，你从你的营垒又转到了我的领地。

轻易得来的爱情索然无味

你这没头脑的人，如果你不必为你自己去监视妻子的话，起码你得为我去好好看管她，这样我对她就会愈加向往。许可做的事情引不起任何兴味，禁止的东西愈是激发乐趣。爱别人允许自己爱的人，自尊心就不会受伤害。我们这些求爱者，我们要有所担忧，有所希望；有时还需要遭到拒绝，从而激起我们的渴求。万无一失的机缘，能对我起什么作用呢？不，我不喜欢从不令我感受折磨的人儿。

机灵的科琳娜，她清楚地看出，这就是我的弱点；她巧妙地把我控制起来。唉，她身体好好的，多少回却偏装作头痛，把我打发出门！我犹豫了很久只好拖着缓慢的步伐离开。她的清白能许可她这样做的时候，多少回她都自认有过错，并且摆出犯了错的样子！就这样，她把我牢牢地逮住，重新燃起她认为我那已经降了温的爱火，然后她变得温柔起来，对我的意愿千依百顺。她给了我多么温存的爱抚，多少甜蜜言语！神人啊，她给了我多少个亲吻，那是怎样的热吻哪！你也一样，你刚刚叫我着了迷，却又常常害怕落入陷阱之中 ②，经常拒绝我的请求；

---

① 拉娥达蜜亚，传说她丈夫普洛忒西拉俄斯死后，她的哭声凄切，感动诸神，于是神人答应让她丈夫复活三个小时，三小时过后她即自杀于丈夫的怀抱中。
② 她担心原来的情人会发现。

你竟让我睡在门槛上，忍受长夜的寒冷和霜冻。就这样，我的爱愈加强烈，在漫长的岁月中日益增长。我所喜欢的正是这点，它不断激发我的欲望。

一种完全满足、得之极易的爱情，我不久就会对之腻烦，它会使我不适，即如过甜的菜肴令胃部不受用一样。如果达娜厄①不曾被幽禁在青铜塔楼之中，朱庇特就不会令她怀孕生子。朱诺看管着伊娥，使之变作母牛，这叫朱庇特更为喜欢。有人想得到被许可的、而且是轻易可得的东西，那么他就去摘树上的叶子或者去饮大河里的水好了。如果美人儿想长期处于统治地位，她就该懂得去愚弄自己的情人。唉，但愿我本人不致受自己的告诫之害！真是倒霉透了。垂手而得的，我看得一钱不值。随我而来的，我远远躲避；避开我的，我却主动去追求。

而你呀，你对你的心上人太放心了，请你今天夜幕一降临就开始关门吧，请开始追查是谁经常来偷偷扣门，为什么狗在宁静的夜晚会吠，机灵的女仆传来递去的是什么纸条，为什么你的美人儿一人独睡而把你撂在一边。让千忧万虑缠绕着你，啮咬着你的心，令我要寻找地方和机会施展我的计谋。

谁都可以到无人的海滨去偷沙子，谁都可以去爱一个笨蛋的妻子。从现在开始我得告诉你：如果你开始放松监视你的美人儿，她也就开始不再属于我了。

我表现出长时间的极大耐心，我常常希望你把自己的情人看得紧紧

---

① 达娜厄，阿耳戈斯王之女，因神曾预言她的儿子将要杀死外祖父，国王为防患于未然，便把她幽禁在铜塔里，主神宙斯化作黄金雨跟她幽会，她因而怀孕生子。儿子后来在掷铁饼时无意中果然把外祖父打死。

的，这样便能激发我更多的热情。可你却木然地无动于衷，你承受的是任何丈夫都不会忍受的。好吧，既然这爱情我是垂手而得的，那我就不愿意再要了。

怎么啦？人们从来不阻止我去接近？晚上，我不必担心有任何人报复？我什么事情都不用害怕？我可以安枕睡眠而无任何懊悔？你为什么不做点事情使我恨不得你去死？对于一个迎合他人的丈夫，一个出卖自己妻子的丈夫，我该拿他怎么办呢？正是他的这种软弱无能的默许戕害了我的快乐。

你还是另找别的喜欢这样耐性子的人吧。如果你接受我成为你的情敌，也请你起而保卫自己。

卷　三

悲剧与哀歌二神争夺对诗人的支配权

有一处古老的森林，经历漫长时间未被开垦。其中一草一木都令人相信：这就是神灵的居住之所。林中有一神泉，并有一处悬挂着钟乳石的山洞。周围可闻百鸟吟唱。我就在这里的林荫之下徘徊，寻找着诗歌的灵感。我看见哀歌飘然来到，头发梳得讲究，飘着幽香。若没看错，她的脚一长一短①。她美丽优雅，衣着轻盈，显示出一副恋人的媚态。连她腿上的小毛病也为她增添一分妩媚。我也看到大步奔来的悲剧，粗野豪爽，额上乱发蓬然，他长袍拖地，左手挥舞着君王的节杖，足蹬吕底亚厚底靴。

悲剧首先向我发话："噢，你这太沉迷于自己主题的诗人，总有一天会结束你的情爱吧？在酒醉狂欢之时，人们常谈论你的放肆言行。在街市路口，你经过时人们便指指点点，说道：'看哪，看哪，这位便是受无情爱火煎熬的诗人。'你自己也许还没有意识到，你不顾廉耻地炫耀自己的艳行之时，已成为街谈巷议的人物。该是考虑高雅著作的时候了。你已放松自己多时，着手去写更高尚的作品吧。你的作品主题狭隘，抑制了你的才华，歌颂英雄们的伟绩吧。——你会反驳道：'我选择的道路正适合我自己的才能，'——可你已创作了许多温柔少女吟唱

---

① 暗示哀歌的二行诗，一为六音步，一为五音步，一长一短。

的轻巧情诗；你的青春年少时期，已经献给适合于这个年龄的诗律；而今，我，罗马的悲剧，期待着借你而名扬世界，你诗歌的音律会合上我的节拍的。"

他高高地站立在彩色厚底靴上，晃动着满头浓密的厚发，对我说出这番话来。

记得当时哀歌斜着眼睛，对我微微一笑。如果我没弄错，她当时手执一根香桃木这样说道："脾气暴烈的悲剧，为何你总这般大言不惭以势压人呢？难道你总也忍不住，非得大吹大擂不可吗？别忘了你也采用了高低不等的二行诗律，你在贬我之时竟也采用了我的诗句。我当然不能与你比语调的高雅；你层叠的宫殿越显我寒舍的卑微。我自是轻巧，如同我钟爱的丘比特爱神一般：我的能力并未超越我歌唱的主题。然而，我却能承受你高傲地皱起眉头加以排斥的东西，我比你有更大的影响力，那是理所应当。缺了我，淘气的爱神的母亲 ① 无非是个村妇，我天生就作为这位女神的助手和伴侣。你用坚硬的厚底靴踢不开的大门，我用柔和的声音便将它催开。正是从我这里，科琳娜学会怎样骗过她的门卫，打开关闭的深闺大门，从床上下来，穿着轻飘的内长衣，悄然在幂夜中行走。多少次，人们将我刻在蜡版上，挂在意中人紧闭的门上 ②，丝毫不怕自己的情思暴露在过路行人眼前！还有呢，我还记得：我曾作为情书寄出，女仆在等待严厉的门卫走开之时，将我珍藏在胸前的内衣里。怎么！你不是把我作为生日礼物，寄给科琳娜的

---

① 指维纳斯。
② 求爱的男子进不了情人紧闭的大门，把带来的物品挂在门上，这是当时的习俗。

吗？这骄横的科琳娜竟将我撕作碎片，扔到水中①。正是依靠我，你的才华才得以萌芽生长；悲剧夫人想夺去你的才华，而这正是我赐予给你的。"

她话音落下，我说道："祈求二位，请仔细听听不才的愚见。悲剧赋予我节杖和厚底靴，我随即便倾吐出崇高的音调；而你呀，哀歌，你却让我的爱情流芳百世。来吧，哀歌，让我将长短不一的诗句结合起来吧。悲剧呀，且让我再享受片刻时光，在你的诗域里耕耘是长久的工作，而哀歌所要求的仅仅是短暂的时光而已。"悲剧为我的真情所动，接受了我的请求。但愿在这偷来的片刻，我能尽快地完成轻柔的"恋情集"：今后还有更崇高的作品待我去谱写呢。

竞技场的马车赛

不，我之所以坐在这里，并不因为对人们谈论的高贵马匹感兴趣；尽管如此，你满心希望它赢的那一匹马，我也会衷心祝愿它取胜。我来到这里，是想与你倾谈，是想坐在你的身边，让你感觉到你激发起的情思。你两眼盯着赛马场，而我却凝望着你；且让我们两个人都看着令我们赏心悦目的东西，让我们各自大饱眼福吧。那位得到你关心支持的驭手，该多么幸福啊！他成为你此时关心注目的对象，真是幸运；若我得到这般青睐，也会变得勇不可挡，俯身马上，从神圣的马闸冲出来，飞

---

① 可能科琳娜不解情诗，或是她等候的是另一类礼物。

奔向前。我不时会放松缰绳，不时会在马背上抽上几鞭，我的马车轮会不时轧着内圈跑线。如果赛马当中，我瞥见你的话，我会放慢速度，缰绳将会从我手中滑落。就会像珀罗普斯① 一般，的确，就在珀罗普斯凝望着心上人希波达弥亚② 的刹那，就几乎中了皮萨王的长矛而倒下。幸而他靠着他心上人的支持，终于赢得了胜利。但愿我们都能凭着我们心上人的支持而取胜！

可你为什么要往旁边挪开呢？这无济于事。座位间隔就让我们这般紧紧相依。好在竞技场的座位就是这样安排的。不过，右边的邻座，请小心让着我的美人儿：你紧挨着她是会妨碍她的。后排的观众，请把腿往后缩缩，你若懂点礼貌的话，就别让膝盖碰着夫人的后背。

哟，我看见你的裙子撩起来的时候没有折好，拖在地上。把裙边撩起来吧，否则我就忍不住用手帮你的忙了。你呀，你这裙子竟起了妒心，紧紧遮住美丽的双腿；细看下去，确是裙子起了妒意。矫健的阿塔兰塔③ 的双腿也是这个样子，弥拉尼翁曾恨不得用双手去托起她的腿儿呢。画幅上的狄安娜④ 的双腿也不过如此，她在追赶野兽时撩起长袍，比野兽还要勇猛。

---

① 珀罗普斯，应赛向希波达弥亚求婚的英雄；希波达弥亚是皮萨国王的女儿，美貌无双，她父亲要求向她求婚的人必须与他自己比赛驾车，比赛失利的人便被她父亲杀掉。珀罗普斯应赛时，买通国王的御手，赛前偷偷拔掉国王车轴上的销钉，于是得胜，便把希波达弥亚带走。
② 希波达弥亚，皮萨国王的女儿，见上注。
③ 阿塔兰塔，著名的女猎手，幼时被弃于山中，吃母熊奶得生，后由猎人养大，善跑，凡向她求婚的人必须与她赛跑，赛输的她就立刻把他刺死。弥拉尼翁得神女之助，施巧计赢了阿塔兰塔。赛跑时，他边跑边扔女神赐予他的金苹果。阿塔兰塔因为捡金苹果而落在后面，终告失败。于是她成了弥拉尼翁的妻子。
④ 狄安娜，月亮和狩猎女神。

我在见你的双腿之前就已受爱火煎熬，如今还用说吗？你这是火上添油，恰似水涨船高。从你的双腿我就可以断定，我也会爱上你轻盈的衣裙下其余的诱人部分。

在比赛开场前的空隙，你愿享用一丝怡人的凉风吗？我会用节目单为你扇风。不过我觉得热不可耐，恐怕不是因为气温，而是因为内心的热情。你将我的心俘虏了去，我为爱上一位女子而热血沸腾。正在我倾吐心声的这一刻，一层薄薄的灰尘落在了你洁白的裙子上。肮脏的尘土，远离美人雪白的身体吧。

仪仗队来了，请庄严肃穆地迎接它的到来吧，该是鼓掌的时候了。光辉的行进队列已到。打头的是胜利女神之像，高展着双翼。胜利女神，保佑我吧。让我赢得她的欢心。现在让我们击掌欢迎海神，你们对他左右浪涛的能力无比信任，我却不大喜爱海，我钟爱大地，大地是我的灵魂。士兵们，现在鼓掌欢迎玛尔斯战神吧，我厌恶战争。我喜爱的是和平与和平环境中的爱恋。但愿太阳神福玻斯保佑占卜者，月亮女神菲贝保佑猎人！艺术家和艺人，请向智慧女神密涅瓦伸出求援之手。农夫们，起来迎接谷物女神刻瑞斯和充满青春气息的酒神巴克科斯吧。但愿波吕刻斯 ① 保佑斗兽士，卡斯托尔 ② 保佑骑士。而我们，我们最欢迎的是温柔的爱神维纳斯和她拉弓射箭的孩子丘比特。噢，维纳斯女神哪，请支持我的行动吧，促使我的心上人接受我的爱。女神似向我点了点头，给了我成功的预兆。既然女神已经答应了我的祈愿，求求你，请你也答应我的祈求吧。我会请女神原谅我的冒犯，因为对我来说，你竟

---

① 波吕刻斯，宙斯的儿子，力大艺高的斗士。
② 卡斯托尔，波吕刻斯的孪生兄弟，骑士，驯马高手。

然在她之上。我向你起誓，而且当着队列中所有神灵起誓，愿你永远是我的心上人。

哦，你的双腿似没有依托，那么，如果你喜欢，你可以把脚尖搁在围栏上。

仪仗队走过，竞技场变得空阔起来。主持人一声令下，马厩门一同打开，四马二轮战车飞奔而出，成为注视的焦点，我看得出你最关心的是哪一辆马车。无论你支持的是哪一辆马车，它一定会取胜；就连马也似乎明白你的心意。哎哟，可惜！这马车在跑道边上绕了一大圈，车夫，你在做什么？紧跟着你的那辆马车贴着跑道快要追上你了。可怜的车夫，你怎么啦？你要让美人儿的心愿落空了。求求你，赶快拉紧左手的缰绳。难道我们看中的竟是一辆笨拙的马车！不行，马车赛必须从头再开始，市民们，请你们抖动长袍作为信号，要求重开新的一轮马车赛。好啊！大家都要求重新开赛。到处长袍飞扬，为了不让挥动的长袍乱了你的秀发，你就依在我的怀中吧。

看啊，锁已拉开，马厩门再次打开，两队不同颜色的驭者放手让马匹四蹄腾空，疾驰而过。这一次，车夫，你一定要取胜，快呀，前面没有丝毫障碍，你一定要让我的愿望，让我心上人的愿望得到实现。啊！我的情人终于如愿以偿了，而我还在等待。马车已经获胜了，我的心愿还有待实现。

我的美人儿欢笑起来，她眼中含情，似向我许诺什么。在这个地方，暂时就满足于此吧。请在别处再给我其余的恩赐。

众神袒护女人的背信弃义

是啊，本该相信神灵的存在。可为什么她背信弃义，美丽的容颜却一如往昔？以往她长发飘扬，触犯神灵后青丝依旧；以往她颜容姣好，白里透红，现在依旧面白如雪，颊红似玫瑰；以往她双脚娇小，现在依然玲珑；以往她高挑苗条，现在依旧窈窕动人；以往她双眼含情，现在她目如明星，而且常用这双动人的眼睛来欺骗我！看来，就连神灵也容许女人不断背信弃义，因为美貌本身就具有神灵的威力。曾几何时，她以自己的眼睛、也以我的眼睛起誓，而痛哭流泪的只是我的眼睛。诸神哪，她竟能这般背叛你们而不受罚，为什么却该由我来为他人赎过呢？可是刻甫斯①的女儿最后不也惹怒了你们吗？即便她母亲对她的美貌引以为荣，最后你们还是赐死刻甫斯的女儿。我忍无可忍，你作为她誓言的证人却毫无作用，她背叛了神灵，欺骗了我，却逍遥自在。她正在用我的苦楚来为自己赎罪，难道我在受骗之后，还要把自己呈献出来作祭品吗？

或许神灵无非是个空名，我们只是无端地对他们敬畏，百姓的天真信奉才使神灵显赫逼人；或许真的有神灵，而神灵却偏爱女子，一任她

---

① 刻甫斯，埃塞俄比亚国王，其女儿是安德洛墨达。安德洛墨达的母亲曾夸口女儿比海中仙女还美，触怒仙女。丁是仙女请海神骚扰埃塞俄比亚，海神还派出海怪美杜莎吃安德洛墨达；她父母为了免除灾祸，把她送到海边绑到一块岩石上；幸而珀耳修斯勇杀海怪，把她救出并与之成亲。珀耳修斯是宙斯之子。

们胡作非为。

战神玛尔斯举起战剑攻击的是我们男子；战争和劳动女神帕拉丝也是向男子舞动长矛；阿波罗神拉开长弓射向的是我们男子。朱庇特右手执着的闪电枪也是向男人投来。而面对女子的冒犯，诸神往往放任不究，他们甚至害怕那些大胆犯上的女人。这样，谁还愿意在神龛上烧香供奉呢？男子肯定会有更多的怨恨情绪。

为何我在此怨天尤人呢？神灵有眼，也有心。如果我也是一位神灵，或许我也会容忍女人的谎言把我欺骗。我甚至可能发誓说：女人从来不会背信弃义；我不愿意人家认为我是个粗野的神灵。

可你呀，年轻的美人儿，可别滥用了神灵的宽厚之意；至少别当着我的面做出不光彩的事情。

被禁限的女子更能激发男子的爱欲

残酷的恋人，你竟给你的爱人设置门卫。可你这样做却无济于事：一名女子不出事情靠的是自己的美德。若是她因没有放荡的可能而保持贞洁，那也就算不上是贞洁。若她因没有与人私交的条件而保持忠贞，则一如她与人私交了一般。你尽可以小心地看管着她的躯体，她的灵魂已经背叛了你。若是你违背了一名女子的意愿将她强加看管，就算将她锁在深闺，也保不住她躯体的贞洁：你即便将重重门闩关紧，那情夫依旧会到来。

一个女人若无束缚，反而容易做到忠贞不渝：放任她使坏的时候，做坏事的愿望反而没那么强烈。请相信我吧，别再用禁止的手段推动行恶；抱着宽容的态度，你会获得更大的成功。

不久前我见到一匹马，不服马笼头的束缚，它推开了马嚼子，冲击如雷电。可是它一旦感觉到骑师放松缰绳，任由缰绳落在飘扬的马鬃上，就立刻停止不前了。我们总是这样，企图逾越禁区，摘取禁果。病人节制饮食时愈觉干渴，亦出于此理。尽管百眼巨人阿耳戈斯头颈上长有一百只眼睛，爱神还是常常躲过他的监视。达娜厄走进牢不可破的用铁、石筑成的房间时还是处女，当她走出房间时已经做了母亲。帕涅罗珀无人看管，在众多年轻的求爱者当中却依旧保持了贞洁。

层层看管下的禁果，越是激起我们的欲望。看守严密反而引起贼心。很少人去爱别人容许你爱的女子。有些女人并不因为自己的美貌而是因为丈夫的妒忌而引起他人的窥测之心。人们猜度，这些女子不知有着什么吸引男人的魅力。丈夫看管下的女子无须美艳过人，若她对丈夫不忠，便会招来男子。担心被发现的心情比起她的风韵带来更强烈的刺激。你也许会为此而感到忿忿不平：禁果格外有滋味。唯有能说"我害怕"的女子，才会给人实在的欢愉。

然而，我们是无权关禁一个生来自由的女子的，只能对外国女子采取这样的做法。也许你想你的门卫能够这样说："多亏了我！"而且，倘若你的妻子保住贞洁，你就能对你的奴仆大加赞扬。如果一个人因妻子有外遇而感到奇耻大辱，那他就丝毫不了解罗马的风情，不了解战神玛尔斯对伊利娅①施暴后生下洛摩罗斯和瑞穆斯两兄弟的故

---

① 伊利娅，供奉灶神的贞女，与玛尔斯结合后，生下孪生子洛摩罗斯和瑞穆斯，洛摩罗斯是罗马的创建者和第一任国王。

事。若你想要一个贞洁的女子，为何又要求她美艳呢？二者是不可兼得呀。

如果你明智的话，你就对你的爱人宽宏大量一些吧。别再绷着严厉的面孔，别一味强调你作为丈夫的特权，跟妻子的相识（她会有不少的）交朋结友吧。这样你便可以毫不费力地博得众人的好感。这样你在所有年轻人的宴会上就有一席之地，家中便会堆满并非来自于你的各式礼物。

梦境预示情人的离弃

夜色降临，我的双眼疲惫怠地合上了：眼前的幻觉令我心惊胆跳。

阳光普照的山坡上长着一片神圣的橡树林，枝繁叶茂，枝桠成为百鸟栖息的乐园，树下有一片绿草茵茵的平地，潺潺的溪水流淌其中。我在林阴下寻觅一片阴凉，即便在树叶遮挡下依然感到天气炎热。

一头白色母牛，在散布绚丽花朵的草地上寻觅青草，就停在我跟前；她毛色洁白，似刚落而未化的白雪；她的伴侣，一头幸福的公牛陪伴着她，伏在柔软的地上，依在他妻子的身旁。他卧在那里反刍，嘴里咀嚼着草叶，似已昏昏欲睡，头顶上的双角，就快要伏在肥沃的土地上了。一只小嘴乌鸦轻巧地在天空中滑翔而过，朝他们飞去。乌鸦停在草地上，喋喋不休地叫着。它曾三次粗鲁无礼地啄了白母牛的前胸，扯下几撮雪白的长毛。

母牛犹豫良久，终于带着胸前一道黑色的伤痕，离开公牛和这片草地。当她看到稍远的地方另有几头公牛在吃草时，她就飞跑过去，混入公牛群中，低头向这片更肥美的草地寻觅食物了。

"占梦者啊，无论你是什么人，若这些梦幻包含某些真情的话，请告诉我预兆如何。"

我说完之后，占梦的人仔细掂量了我梦中的全部情节，答道："你在林荫里尽力寻觅阴凉，却总也避不开热浪，那是爱火在燃烧。母牛象征你的情人，她洁白如雪。你则是她的配偶，你的情人是母牛，所以你则形为公牛。那在母牛胸前乱啄的尖嘴乌鸦，便是在你情人耳边进谗言的媒婆。母牛犹豫许久后终于离开公牛，意味着你将被她抛弃，独守空床。母牛胸前的伤口和黑斑意味着你的情人曾对你不忠。"

解梦的人说完了，我只觉脸色苍白，脸颊冰凉，眼前黑夜无尽。

致无名小溪，它阻碍诗人去往情人之处的道路

岸边满是淤泥、长满芦苇的河流呀，我急着奔向我的情人，请你暂停流淌吧。你既无桥梁，亦无渡船，我无法仅靠一根缆绳渡到彼岸，不得不倚仗摆渡的船夫。

曾几何时，你还是小溪一条，我可以不假思索地趟水而过，水最深处也只及我的脚面。而如今，你吸饱了邻近山区的融雪，泥泞河床的污水滚滚向前。

早知困在此地，早知无法抵达近在咫尺的彼岸，我又何苦匆忙赶路，何必不顾休息，日夜兼程地急行呢？此时，我多么想能效仿达娜厄

的儿子①，手捧可怕的长满蛇的头颅，展翅飞翔；我也想拥有那神奇的
马车②，跑遍荒芜大地，到处散播谷种；我说的都是老一辈诗人们想象
中的虚无缥缈的传说，现世不会兑现，将来也不会看见。

倒是你呀，汹涌澎湃的河水，请你恢复平日的模样吧，这样你才好
在你的河床内细水长流。湍急的河流，请相信我的话好了，若我指责你
挡住了情人的脚步，这般罪名你如何担当得起。

河川应为年轻人的恋情助一臂之力，因为江河本身也晓得爱是什
么。传说中河神伊那科斯因爱恋比杜尼的林中仙女墨利娅而变得苍白
无力，清冷的河水中却藏着对墨利娅的炽烈爱火。特洛伊围城未满十年
时，克桑西河便对内尔拉一见钟情了。还有河神阿尔斐俄斯，他爱恋
着阿卡迪亚地带的一位女郎③，一往情深竟为她流向遥远的地方。还有
佩内河，传闻你曾将许配给克苏托斯的克瑞乌萨藏在弗西奥蒂德的田野
中。更不用提河神阿索波斯了，他爱上了玛尔斯后代好斗的忒贝，与她
共生育了五个女儿。

还有河神阿刻罗俄斯，如果我问你，你头上的双角为何不见了？你
会痛苦地告诉我，是情敌赫丘利一怒之下将它们折断的；阿刻罗俄斯和
赫丘利争夺的并非是卡吕冬尼亚地区，也不是埃托利亚整个领地，而是
为一名叫得伊阿尼拉的女子展开搏斗。还有博大的尼罗河，他小心保守

---

① 指珀耳修斯，宙斯之子，希腊著名英雄，曾勇杀海怪美杜莎救出被绑在海边
一块岩石上的美女安德洛墨达，并与之成亲。"长满蛇的头颅"是海怪美杜
莎的头。
② 指古代农神特里普托勒摩斯的车驾。
③ 指山林水泽女神阿瑞托萨，她在河中沐浴时，被阿尔斐俄斯发现，遂发生
恋情。

着源泉所在的秘密，波涛汹涌，共有七个入海的河口，就连这澎湃的河水也扑灭不了他对阿索波斯的女儿厄汪特燃起的爱火。为了拥吻萨尔摩纽斯的女儿 ① 而避免她沾湿衣服，河神厄尼剖斯竟令河水退去。河水也就乖乖地退下了。

我不会不提你的呀，安纽奥河，你从陡峭的岩石中穿流而过，浇灌着阿耳戈斯蒂布尔 ② 的果实累累的田地。伊利娅虽然颜容不整，模样可怕，还是得到了你的欢心：她抓乱了自己的头发，抓破了自己的双颊，赤脚独自徘徊在荒无人烟的野外，申诉她叔叔的罪过 ③ 和玛尔斯的暴行。在奔腾不息的浪花中，安纽奥看见了伊利娅，他在水中以洪亮的声音发问道："伊利娅呀，为什么你满脸愁容地来到我的河岸，你可是伊得山的拉俄墨冬 ④ 的后代呀。"

"为什么你不施脂粉，独自彷徨？为什么你头上没戴洁白的发圈？为什么你双眼湿润，泪流满面？为什么你有如失去理智一样捶打着自己裸露的前胸？看到你姣好的面容上淌着眼泪，除非是铁石心肠才不会感到心痛。伊利娅呀，不用担心，我流过的地区居住着千百位林中仙女，她们都会听从你的吩咐的。特洛伊人的女儿，请别拒绝我，我的要求只限于此。我带给你的，会远远超过我的许诺。"

他说完了，伊利娅眼睛含羞地望着地上，痛苦的泪水滴落在她的胸前。她曾几次想逃去，但每次还是在深深的河水之畔停住；她胆战心惊，鼓不起逃跑的勇气。沉默良久，她终于以颤抖的声音说出令人心碎

① 指忒萨利亚公主堤洛。
② 蒂布尔，传说为阿耳戈斯国王安菲阿拉俄斯所建。
③ 她叔叔杀了她的父亲和儿子。
④ 拉俄墨冬，特洛伊国王；伊得山是特洛伊城附近的山脉。

的话：

"为什么诸神在我还是贞女之时不让我早些化为灰烬，长眠在祖先的墓地呢？昨日，我冰清玉洁，如今却名誉丧尽，连伊利昂城 ① 之火都配不上，而人们却建议我举行婚礼！为什么啊？为什么不让我早些化为灰烬？世人都在指点，骂我是个野合的女子，噢，让我这蒙受羞耻污辱的人离开这世界吧。"

她这样说着，以衣衫掩着红肿的双眼，绝望地投入汹涌的浪涛之中。传说安纽奥河顿时变得舒缓柔和，轻轻地用手托着她的胸脯，把她送到他的河床——新婚床上。

你呀，眼前的河流，你也一样，你一定也曾爱上美丽的女郎，但往昔的秘密深藏于河畔的森林之中。在我言谈之间，眼前河水猛涨，汹涌澎湃，虽然河床宽广，似乎也容不下奔腾的水流。河呀，你为何冲我发怒？你为何阻碍我们幸福团圆？

为什么，你如同一个粗俗的村夫，将我拦在旅途当中？若你是一条长流不息的河流，若你是一条为人熟知的大河，名扬天下，那也罢了！可你竟是个无名之辈，由断断续续的小溪汇聚而成；你既无源头，亦无固定的河道。雨水和融雪是你的源泉，这是休闲的冬季提供给你的财富。

或者你在多雾的季节里流淌着污水，或者是河道干裂，只剩灰尘。旅行者可不能指望借你来解渴。哪一位旅客不以感激的口吻祈愿："愿你的河水长流不息！"

---

① 伊利昂，即古希腊的特洛伊城，伊利昂城之火由贞女维护。

你的流水不仅妨碍了牲畜群，而且也损害了农田作物；也许还有别的受害者呢。而我，我就在此列。我真可怜，我竟然这般无知地向它讲述江河之爱！我竟不知羞惭地列举了大江大河的名字。当着这无名小溪，我竟然举出了阿刻罗俄斯、伊那科斯和尼罗河的大名。

可恶的溪流，我愿你罪有应得，终年阳光暴晒，冬日断水干涸。

诗人怨恨自己面对玉体横陈的
情人却无法满足她肉体的欢愉

如此说来，这位女郎恐怕美貌不足，欠缺风雅，而且也不是我长期追求的对象。然而，我已经将她拥入怀内，但我却提不起劲来，无所作为地躺着，成为床上的负担，羞辱的对象。尽管我有此意愿，女郎亦由衷期待，我却感到疲软无力，无法给她带来快乐。她用洁白如斯托尼 ①雪山的象牙般的手臂绕着我的颈项，她给我以多情的深吻，用舌头挑逗着我，淫荡地将大腿伸入我的大腿之下，说了百般甜蜜的悄悄话，把我唤作她的"征服者"，还加上千万种挑逗的言辞。可这些都无济于事。我的四肢就像擦过冷毒芹一般，发麻的肢体无法助我实现自己的意愿。我如朽木一般卧着，或如一具僵尸，或如一尊雕像；的确，我似活人亦如鬼影。

我正当青春年华，就这般无用，若是长寿，老来该会如何？的确，

①　斯托尼，此雪山在色雷斯境内。

我为自己的年龄而感到羞耻！既是少壮的男儿，却无法令我钟爱的女子感受自己的阳刚之气。她离床之时，像一位准备去看守祭神长明灯的女祭司，又像是该受自己兄弟尊重的亲姐妹。然而不久之前，在尽男子之责时，我可以毫不间歇地与金发的施尔德两度云雨，与肌肤雪白的皮托三度交欢，还与莉芭三次做爱。[①] 我还记得，在一个短短的夜晚，科琳娜曾九次向我提出请求，我亦满足了她。

难道是一份有毒的春药令我中魔而瘫软无用？难道是一道巫术，一份媚药带来这般恶果？抑或是一个巫婆将我的名字刻在红蜡上，又或是一根细针插进了我的肝脏？

谷神刻瑞斯中魔之后，曾经变成了一棵疲软不结果的植物。在巫术作用下，泉水也会干涸；咒语之下，橡子会从树上脱落，葡萄从藤上掉下来，果实，树不摇而自下。或许巫术也对人的精力产生影响？恐怕这便是我阳痿的缘故。除此之外，还加上了羞愧之心。我为自己的无能而感到耻辱因而精神愈加紧张，这就是我未能勃起的第二个原因吧。

然而这位女子确实妩媚动人，而我却只能享享眼福，轻触芳体！我贴近她，犹如她的衣衫紧贴她的肌肤。抚摸着她，就连皮罗斯王[②] 也会返老还童，就连高龄的提托诺斯[③] 也会焕发青春。而我，当时本有机会拥有她，可惜的是，她却没有这个幸运，她跟前并非是阳刚的男子。到如今我该如何祈祷、如何来做新的许愿呢？我甚至这样去想：至上的神灵，见到我这般无能，丢人现眼，该会后悔在我出世时赋予我这样的

---

① 施尔德、皮托、莉芭，三人身份不详。
② 皮罗斯王，指涅斯托尔，特洛伊战争中的名将，英勇善战，足智多谋，善于辞令。
③ 提托诺斯，曙光女神之丈夫。

厚赐。

　　的确，我当初有心探访这位美人，她也向我打开了闺门。我希望能
亲吻她，心愿得到了满足；期望将她拥入怀中，也如愿以偿。可是，面
对如此好的机会又有什么用呢？

　　我得到了王位却无法行使王权，恰如吝啬鬼守着财富而不会享用一
般。好比泄露秘密的坦塔罗斯，身在水中，却无法饮水，焦渴难耐；眼
前随手可摘的水果，却不能触碰。一名男子，晨起刚离开美人儿的睡
床，能马上去祭拜神灵，谁曾见过呢 ① ？

　　不过，也许她体贴温柔的话说得不够，也许她给我的甜吻（这也无
济于事）不够多？也许她没有尽力去刺激我的欲望？然而，她的抚摸本
应是可以唤醒最厚实的橡树、最坚硬的金刚钻、最顽固的岩石的。她
本可以催动生命，焕发阳刚之气。可我却丝毫没有感到往昔的强壮和
活力。

　　斐弥俄斯 ② 的歌声能带给聋子什么愉悦？而瞎了眼的可怜的塔密里
斯 ③ ，面对一幅名画又有什么欣喜可言？

　　然而，我却早就梦寐以求与她享受床笫之欢！也曾设想和安排种种
的姿势！而我的身体却给我以奇耻大辱！这般疲软无力，如同僵尸一
般，甚至比不上隔天采下凋谢了的玫瑰花，如今，时机已过，而我好像
又恢复了强壮和活力；现在又跃跃欲试想出击了。

　　噢，我身上最卑贱的部位，难道你不感到羞愧难当吗？在与美人幽

────────

① 因为拜祭之前，必须严禁性事。
② 斐弥俄斯，《奥德赛》故事中的著名歌手。
③ 塔密里斯，著名歌手，敢于向缪斯女神提出比赛，被缪斯弄瞎眼睛。

会之前，我听信了你的许诺，而你却背叛你的主人！你令我束手无策，羞惭不已，损失重大。

而我的美人儿，为了唤醒它，竟至于不惜以纤纤玉手去抚摸。她眼见它毫无动静，似忘却了昔日的荣光，全无生气。她喊了起来："混账家伙，你为何这般羞辱我，谁强迫你来我的眠床上？难道是埃阿岛①下毒的女巫用针刺和毛绒小人施法使你着魔了？抑或是你赴约之前已经在另一名女子身上用尽了精力！"

她随即跳下床来，只用轻飘的长袍裹住身体（她赤脚逃去，倒合时宜），而且为了不让侍女们晓得她的床笫幽会已经落空，便以淋浴来遮掩这一耻辱。

富有者霸占爱情

当今谁还会看重自由艺术，将情诗放在眼内呢？从前，人贵有才；而如今，若无金银财宝，则一钱不值。我赞美心上人的情诗赢得了一致欢迎，诗篇畅行无阻的地方，我却被拒之于门外。有些人当时夸奖我，过后却向我关上大门：我虽然不乏才华，却只好到处游荡，脸上无光。人们宁愿款待新近获得纳税权的新富，宁愿迎接满身血污的骑士，而将我拒之门外。

我的命根儿呀，你怎能用美丽的双臂去拥抱他呢？怎能热切地投入

---

①　虚构的地名，传说曾有女巫师在此居住。

他的怀抱呢？也许你不知道，他头上常戴着头盔，你环抱的腰间常系着佩剑。他的左手常执盾牌，戴着后来夺得的大小不配的金戒指。你碰碰他的右手吧，这只手曾沾染过鲜血，这只手曾夺走过生命，你怎可以去握这只手呢？唉，往日你细腻敏感如今怎么变了？看看他的伤疤吧，尽是过往征战中留下的痕迹，他正是靠卖命才获得了今天的一切。他甚至会告诉你曾亲手掐死过多少人吧。而你这贪婪女子，他承认这些之后，你还是摸他的手！可我，我是诗神和太阳神的信徒，从未叫人洒过鲜血，我却只配在你紧闭的门外吟唱无用的诗句！

聪明的年轻人哪，你们别仿效我们了，我们在安定环境中学到的东西并无用处；你们该去从军，到处征战，体验粗犷的军营生活，不该去吟诗写歌，而该去指挥百人团队。若是荷马愿着戎装，他也能获得某种军衔。就连朱庇特也深知黄金比什么都更有威力，他为诱惑一位女郎 ① 也曾化作黄金。他最初空手而来，女郎的父亲对他置之不理，女郎本人也无动于衷，当时女郎家门似青铜，楼若铁石；他机灵地摇身化作一份厚礼时，美人儿顿时就张臂相迎，在诱惑之下也就以身相许了。

曾几何时，当农神萨图恩统治天国之时，所有的宝藏都埋藏在幽暗的大地深处：青铜、白银、黄金、铁器充塞着阴间，人们亦不像现在这样大摆各种金银器皿。昔日大地赐予我们更为宝贵的财富：田地不经犁铧耕作亦丰收喜人，就连橡树也结果产蜜。从前无须费力用犁铧扯开大地，也没有丈量员去给土地划成小块。无须用船桨拍打大海，拨开浪

---

　① 指达娜厄。

涛。海岸对于世人来说便是世界的尽头。

人啊，你自命不凡竟至违反了自己的天性，你聪明绝顶却反害自己。你环城构筑城墙和城楼，有何益处？你把武器交到你敌对者手中，令其互相攻击，于你又有何好处？大地本已够给你施展身手，你又何苦与大海纷争不休？那么，你又为何不试图也去征服天空作为第三个领地？从前，人们刨地，期待的是作物丰收，如今却是企图找到地下财宝。士兵们用鲜血换来累累财富。元老院是穷人无法问津的衙门。凭借财富，高级行政长官们高踞象牙椅上；是财富造就了道貌岸然的法官，高高在上的骑士。那就让他们占有一切好了，就让他们操纵竞技场和市集广场吧。让他们呼风唤雨，决定和平或是血腥的战争吧。可至少别让他们的贪婪之心发展到出高价去抢夺我们所爱的人儿。但愿他们给穷人留下一点私己。这便是我们的全部请求。而如今，就连如萨宾女人①一般规矩的女子，也被富人束缚监禁。我的美人儿的门卫竟将我拒之门外，她亦借口丈夫的威严对我不加理睬；而如果我奉上金银，他们都会让我进入屋内的。天哪，但愿哪位神灵能为被抛弃的情人申冤出气，将这些不义之财尽化为灰烬！

哀悼提布卢斯

两位神灵，门农和阿喀琉斯的母亲都曾为自己的儿子洒泪。多少神

---

① 萨宾人，意大利古民族，他们以生活规范严格而著称。

通广大的女神都曾哀叹命运的不幸。面对眼前悲惨的一幕，如泣如诉的哀歌，你就任由你的头发披散飘拂吧。此时此刻哟，你可说不负哀歌之名！提布卢斯，这位曾从你那里汲取灵感的诗人，这位你引以为荣的诗人，现在毫无知觉地躺在柴堆之上，任由烈火焚烧着他的躯体。

你瞧，就连维纳斯的儿子①也打翻了箭囊，折断了弓箭，吹灭了火炬！你瞧，他满怀悲伤地走过，双翼低垂，悲恸得用手拍打着赤裸的胸膛！眼泪沾湿了他的散发，顺着他的颈项流下，他的呜咽声时续时停。人们还说，为了参加与自己的兄弟埃涅阿斯②共同主持的葬礼，他是从英俊的尤路斯③家里出来的。

而维纳斯，她为提布卢斯离世而痛不欲生，也不下于凶猛野猪撕破阿多尼斯④腹部时那样肝肠寸断。

然而，人们有时将我们这些诗人称作圣人，说我们得到神灵的宠幸。有人甚至说我们拥有超凡的本领。错了，事实上，在无情的死神面前，所有看似神圣的事物尽皆凡俗，死神将一切推入无底的黑暗之中。俄耳甫斯，你这位色雷斯的歌手，你的父亲、母亲⑤对你起什么作用呢？你的歌声拥有能使野兽为之低头的魅力，又有什么作用呢？利诺斯⑥也是同一神灵之子，其父曾在林深之处，伴着艰涩的竖琴，呼喊

---

① 指爱神丘比特。
② 埃涅阿斯，他也是维纳斯的儿子，也领葬礼队列。
③ 尤路斯，埃涅阿斯的儿子。
④ 阿多尼斯，著名的美少年，维纳斯的情人，打猎时为野猪所伤而死。维纳斯为此十分悲痛。
⑤ 传说俄耳甫斯的父亲是太阳神阿波罗，母亲是一位缪斯。
⑥ 利诺斯，阿波罗的又一儿子，美少年，传说他被母亲抛弃，由牧人抚养，被群狗撕碎丧身。

着："啊，利诺斯呀！"

再说那美奥尼的歌手① 吧——在美奥尼，诗人们都来到比埃罗斯山② 下，汲取长流不息的灵感之泉。连这位歌手最后也落进了黑暗的阴间。所有人最终都会被柴堆的烈火吞没，唯有诗作永久留存。正是诗人之作将特洛伊战争永载史篇；正是诗人之作，使人们永远传颂那随织随拆没完没了的织布故事。正因为如此，提布卢斯的最后恋人涅茉西斯，初恋的情人迪莉亚，都将名垂青史。

涅茉西斯和迪莉亚，你们当初的虔诚又有什么益处？你们的埃及祭器如今又有何用？你们当时将人家拒于闺门之外，又有什么好处啊？

残酷的命运夺走最杰出的人物的生命时，我就不免内心不安地这样想：神灵并不存在（诸神啊，请原谅我的坦白）。无论你一生中多么虔诚，也逃脱不了死神的魔爪。无论你如何供奉神灵，死神也会从神殿中将你拖走，把你推入坟墓的深处。你以为能指望优美的诗句之助，请看看提布卢斯便知，这位卓越的诗人，末了还不过也是一撮灰土，仅够盛进小小的骨灰瓮。

你呀，神圣的诗人，柴堆的火焰毫不留情地吞噬你的心脏，它有什么东西不能化为灰烬？既然它面对此类恶行毫不犹豫，它也就可以吞没那令人敬畏的诸神的金殿。埃里克斯山峰的女神③ 不忍看下去，据说她泪流不止，心痛欲裂。

然而，我的朋友还是幸运的，他本来有可能死于客旅之地，无声无

---

① 美奥尼，小亚细亚古国吕底亚的旧名；此歌手指荷马。
② 比埃罗斯山，众缪斯居住的地方。
③ 指维纳斯，埃里克斯山，西西里岛上的一座山，山上建有维纳斯的神庙。

息地承受着他并不喜欢的陌生土地的重压。而此时在这里，至少有一位母亲合上离去者迷惘的眼睛，将最后的献礼供奉在他的骨灰前面。这里，你的姐妹和不幸的母亲一样，心怀悲痛，头发蓬乱地来到你的墓地之前。涅茉西斯和你的初恋情人也给予你最后的亲吻，陪伴你来到柴火堆前。迪莉亚走下柴堆时道："你爱我的时候是你最幸福的时光：你活着的时候，我领受着你热烈的情火。"涅茉西斯却答道："为什么你为我失去他而感到悲哀呢？临终之时，他无力的手拉住的正是我啊。"

如果说人去之后留下的不仅是名字和影像，那么提布卢斯还会永久生活在极乐世界的山谷之中，而你呀，年轻人，你光洁的额上环绕着青藤，和你钟爱的卡尔沃 ① 以及博学的卡图卢斯 ② 一起来这里迎接他吧。不惜牺牲鲜血和生命的加吕斯 ③，你也来吧。人们指责你得罪了朋友，我想是错怪你了。瞧，就是这些魂影来陪伴你；若是躯体的影像长存的话，提布卢斯，优美的诗人，你使英灵群中又多一员。但愿你的骨灰安息在灰瓮之中，但愿你的骨灰免受大地的重压。

节庆之时，诗人苦于不能与情人享受肉欲的欢乐

一年一度的神圣的刻瑞斯谷神节到了：年轻的娇丽独自睡在显得空旷的床上。金发的谷神，美丽的秀发环绕着谷穗，为何你在节日之时禁

---

① 卡尔沃，与西塞罗同时代的诗人、雄辩家。
② 卡图卢斯，古罗马抒情诗人，尤以情诗著名。
③ 加吕斯，古罗马诗人，维吉尔的朋友。

止我们享乐呢？女神哪，普天下的人民都在传颂你的慷慨，没有哪位神灵如你这般造福于人类。

在你降临之前，无知的农夫无谷物可翻晒，亦不知"打谷场"为何物。当时，橡树按天神的旨意，结出了橡实，再加上青嫩的绿草，便构成人类的食粮。谷神刻瑞斯首先在田野撒下种子，用镰刀割下金黄的谷穗；也是谷神第一个用轭将牛套住，并借着弯曲的犁耙，翻耕了处女之地。人们却以为她喜欢看情人落泪，而且希望人家以禁欲的方式来纪念她。然而，她虽然钟爱丰腴的田地，却不是粗野的村姑，也并非怀有不通情爱的铁石心肠。克里特人民可以作证。克里特人有时也说真话①。这里的人民为养育过朱庇特而感到自豪。主宰星空的朱庇特，在他孩童时期就以娇嫩的嘴唇吸吮过克里特土地上的奶。克里特人的作证值得相信，朱庇特会担保克里特人民的真诚，我想谷神刻瑞斯对我下面即将说到的偏差也是会承认的。

在克里特岛的伊达山脚下，女神见到了伊阿索斯②以坚定有力的手刃刺穿了猛兽的背部。她一见钟情，内心爱火奔腾。她左右为难，碍于腼腆娇羞，又受着情火的煎熬；终于情爱战胜了羞惭。

那时只见田野渐变干涸，谷物无收，农夫们照旧熟练地用镢头翻耕田地，用弯曲的犁头敲碎坚硬的泥土，将种子均匀地播在广阔的耕地上。然而，他们满心的期待却尽成泡影。那是因为司耕种的谷物女神在林深之处无所事事，谷穗编成的冠冕从长发上滑落下来。那个年头仅有克里特岛丰收喜人，硕果累累。谷神足迹所经之处就有收成：就连依达

---

① 传说古代克里特人以说谎话而著称。
② 伊阿索斯，特洛伊战争中雅典人的领袖。

山上也长满金黄的麦穗，森林中的野猪竟以麦子作食粮。执政官弥诺斯 ① 祈愿年年如此，也祝愿谷神的恋情长久维持。

金发的谷神哪，在庆贺你的节日之时我却受到孤独的折磨，与你当初所受的孤寂之苦一样。节庆之日，该是爱恋、歌唱、畅饮之时；这才是奉献给主宰宇宙的诸位神灵的最佳献礼。

诗人厌倦了情人的背叛

上

我深受折磨，由来已久。你的背信弃义，已令我失去耐心。这羞辱人的情火，请离开我这饱受折磨的心吧。是的，从今我彻底得到了解脱，挣脱了枷锁。从前我忍受着一切，不觉得羞耻。如今，想到从前忍受的一切，就无地自容。我战胜了往昔的恋情，将它抛在一边。我终于鼓起了勇气。坚持到底吧！这苦楚可能大有好处，常常是良药苦口，能挽救病人。

怎么！我被多次拒于门外，我这样一个自由人，竟会忍受睡在坚硬的地板上！怎么！你怀中搂抱着一位情郎之时，我竟像奴仆一般，在门户紧闭的屋外站岗！我眼见你的情郎走出屋外，腰板不挺，疲惫无力。更令人难过的是，他竟看见了我。天哪！这般耻辱，留给我的敌人吧！

什么时候我不是耐心忠实地守在你身边，既做你的门卫、丈夫，又

———————

① 弥诺斯，克里特王。

做你的伴侣？正是依靠着我，你才得到了许多人的青睐。我们的恋情引来了多少妒忌的爱火？要我重提你无耻的谎言，你背信弃义的誓词吗？你竟以我的头颅向神灵立誓。难道我要重提你在餐桌前对别的男子眉来眼去，以示意代替言辞？

有一天，她推说身体不适，我便气急败坏赶去看她，待我到达时，这才发现：原来她称病是为见我的情敌！

这接二连三的屈辱，我都曾耐心地忍受过，有些我还未说出来呢。试找另一个人取代我的位置吧，看谁能有这般耐心容忍！我的船尾，正悬挂起祈愿许下的花环，已不再为骇浪惊涛动心了①。无须轻柔爱抚，无须甜言蜜语，往昔无法抗拒的魅力已经消失。我再不是从前那样的笨蛋。

下

我心神不定，爱恋与仇恨在心中争持不下。可我相信，情爱终将占上风。我会恨她；也会不由自主地爱她。公牛不喜欢牛轭，却照样背上他所憎恶的枷锁。她背信弃义，令我疏远她；当我离她远去之际，她的美貌却又把我唤回来。我痛恨你灵魂的丑恶，却醉心于你的玉体。就这样，我既不能没有你，却又不能和你在一起，自己也迷茫不知心之所向。我愿你美色稍减，或是心地善良一些。如此绝色的美貌怎会配上如此邪恶的灵魂！你的行为令人憎恶，而你的颜容却又让人怜爱。不幸的是，她的不良品性却更有威力！

唉，我请求你，饶了我吧，看在我们同床共枕的情分上，看在不时

---

① 古罗马人航行顺利或遇难脱险时，习惯于在船尾挂上花环，以示庆贺。

被你蒙骗的所有神灵的情面上，看在令我为之倾倒的你娇艳的脸蛋儿上，看在你勾魂摄魄的眼波上！无论你变得怎样，你始终是我心爱的人儿。或是我满心自愿地爱你，或是因摆脱不了你的魅力而不得不爱你，就请在这二者之间选择吧。噢，我可宁愿乘顺风而扬帆，因为不管我愿意与否，我都得始终爱你！

诗篇招致祸患

这一天是怎样的日子呀？报忧的鸟儿，为我忠贞的爱情唱出了预示凶兆的哀歌？是哪颗星辰横挡我的命运之路？是哪位神灵向我宣战？不久之前，我心爱的人儿，原来只献身于我的女子，今后我担心要与千百个情敌分享她了。

也许是我猜错了，也许是我的诗篇给她带来盛名，的确，我的诗才将她造就成了高级妓女。我简直是自食其果。为何我要赞美她的容貌呢？如今，她以容颜做交易，这都是我的过错。是我在撮合，使她得到百般青睐；是我将情敌引至她身边；是我打开了她的闺门。诗歌有益处吗？这竟成了疑问。诗篇只给我惹来祸患，它使我的财富成了他人的窥测目标。

我本可以歌唱底比斯①，歌唱特洛伊，或是歌颂恺撒的战绩，但只有科琳娜才激发我的灵感。若是当初我动笔写诗之时，缪斯女神就令我

---

① 底比斯，古希腊的著名城邦。

灵感枯竭，若是在我刚开篇之后，福玻斯太阳神就不再保佑我，那该多好哇！然而，既然目前的时尚是不相信诗人的言辞，我倒愿意人们不把我的诗篇看得有多大分量。

我们诗人，描绘了息库拉 ① 扯下她父亲宝贵的生命之发，为此被判罪，腰间和阴阜长出了恶狗。是诗人们使双脚长出双翼 ②，使人披上满头蛇形的头发 ③。也是我们诗人描绘了阿巴斯 ④ 的外孙珀耳修斯在取胜之后骑着飞马远去。也是诗人们描述了提提俄斯 ⑤ 被抛弃在旷野之中的情景，构思出刻耳柏洛斯，一只三头颈上长满蛇的地狱之狗。我们诗人还想象出用千臂投枪的恩刻拉多斯 ⑥，想象出男子倾倒于半人半鸟的美貌处女。我们也曾将风神埃俄罗斯的狂风禁锢于伊塔刻岛之王 ⑦ 的羊皮袋中；让泄密的坦塔罗斯身处河水之中也感到焦渴；我们将尼娥柏 ⑧ 变作岩石，将处女卡利斯托 ⑨ 变作狗熊。雅典的神鸟歌唱依提斯。朱庇特

---

① 息库拉，女妖，长有六个头，十二只脚，每张嘴有三排利牙，原是墨加拉国王尼索斯的女儿。尼索斯长有一头紫红色的头发（另一说是金发），那是他的生命安危所系。弥诺斯围攻他时，他被困于城中，他女儿因为爱上弥诺斯，便剪掉父亲的神奇头发，把他置于死命。弥诺斯攻下城池后，下令把尼索斯的女儿淹死。后来这女儿成了海怪。
② 指珀耳修斯，宙斯之子，曾勇杀海怪美杜莎。
③ 指美杜莎，海怪。
④ 阿巴斯，阿耳戈斯王。
⑤ 提提俄斯，巨人，曾非礼一位女神，遭到宙斯的雷电的惩罚，被打入地狱。
⑥ 恩刻拉多斯，巨人，曾反叛众神，后被雅典娜压在西西里岛下面。
⑦ 伊塔刻岛之王，指尤利西斯。
⑧ 尼娥柏，底比斯王之妻，曾夸耀自己子女众多，嘲笑阿波罗母亲只生二人，被报复，阿波罗将其子女全部射死，她因而整天哭泣，宙斯把她变成石像。
⑨ 卡利斯托，仙女，美貌无比，为宙斯所爱，天后赫拉出于嫉妒把她变成母熊，后宙斯把她变为大熊星座。

摇身变作鸟儿或变作黄金，再或是变成公牛。他身背一位女郎 ①，破浪
前行。且不提普洛透斯 ②，不说生出底比斯人的龙牙，口中喷火的公牛，
还有太阳车驭手法厄同 ③ 的姐妹们洒下的琥珀泪珠；也不提埃涅阿斯 ④
的船只变成海中的女神，太阳神在阿特柔斯 ⑤ 的可怕餐桌之前掉转车
驾，顽石也被竖琴之声所打动，谈这些情节又有什么用呢？

　　诗人们创造性的想像力任意驰骋，不受空间的局限，也不拘泥于历
史的真实性。我如此赞美一名女子，也属虚构之列；你们竟然轻信，令
我苦不堪言。

朱诺在法里斯克的节日

　　我的妻子来自遍布果园的法里斯克，我们一同去游览了曾被卡弥
尔 ⑥ 征服的这片城镇。当时朱诺 ⑦ 的女祭司们正安排庆贺这位女神的神
圣节日，预备了各种常见的游戏，并准备以一头本地小牝牛作祭礼。我
对于当地的风俗极感兴趣，还是决定留步看个究竟，虽然通往祭祀地点

---

① 指欧罗巴，古代农神。朱庇特曾爱上她，趁她与女友在海滨玩耍时，化作公
　　牛把她驮走。
② 普洛透斯，能变成任何形状的海神。
③ 法厄同，传说曾驾着太阳神的四马金车出游，不善驾驭，车子离地球太近，
　　几乎把地球烧毁，被宙斯用雷击毙。
④ 埃涅阿斯，特洛伊英雄，特洛伊王与维纳斯所生的儿子。
⑤ 阿特柔斯，迈锡尼王，其妻子埃洛珀曾与其弟堤厄斯忒斯私通。丈夫得知
　　此事，怒而把妻子投进海中，并杀死堤厄斯忒斯的儿子，把肉做成佳肴宴请
　　堤厄斯忒斯。福玻斯（太阳神）得知此事，将车驾折回。
⑥ 卡弥尔，古罗马独裁官。
⑦ 朱诺，天后，即希腊神话中的赫拉。

的道路崎岖难行。

　　但见一处古木苍苍的森林，枝叶繁茂，遮天蔽日，阴暗异常。一眼望去，便晓得这是神仙的住地。祭台上香烟缭绕，坛前信徒们祈愿求神。这一祭台古朴无华，由先人亲手所制。笛子吹起祭乐之时，一年一度的祭奠队列便穿过平直的街道，朝祭台行进。人们一起鼓掌，将那些用法里斯克牧场之草喂肥的雪白的小母牛引到前面，献礼还包括尚未威风慑人的牛犊，还有一头拴在寻常猪圈里的猪，更有牲畜群的头羊，这头公羊前额坚挺，双角弯曲。

　　唯有母山羊最令神通广大的女神憎恶。因为山羊的告密，她在森林的深处被发现，据说不得不在逃跑的途中停了下来。直至现在，孩子们还用标枪投向这告密者，谁投中了就能得到这头山羊作为奖品。

　　在女神通过的路上，青年人和娇羞的少女用地毯将宽阔的道路铺上。女祭司的头发上装饰着黄金和宝石，她们的长裙拖地，长及描金的鞋子。她们沿袭了祖先希腊人的传统，浑身素白，头上托着归自己保管的祭礼物品。人们静静地迎接这光彩夺目的队列，在女祭司们之后，便出现朝前行进的女神。

　　队列完全显示阿耳戈斯的地方特色。在阿伽门农王被谋害之后，阿莱苏斯①想远离凶手，也远离父亲富庶的王国。他在陆地、海上流浪多时之后，终于在神灵的辅助之下，修筑了这座城池。法里斯克人，他的臣民，从此开始了对朱诺的膜拜，但愿朱诺永远保佑我，也保佑法里斯克人民！

_____

　　① 阿莱苏斯，此人身份不详。

致情人，请求她说些善意的谎言

你多美艳呀，美人儿，我要求你的，并不是对我忠贞不渝，而是别让我知道你的不轨行为。我不是个死心眼儿的人，并不要求你洁身如玉，可求你起码要遮掩自己的过失。当一名女子能够否认自己曾有外遇，谁也不好说她不贞；除非她承认事实，丑闻才会大白于世。难道你疯了，竟将夜里的隐私公之于众，竟把暗地里做的事情告诉大家，竟将隐私昭告天下？就连随便接客的妓女也要插上门闩；你呢，津津乐道自己的过失，使自己臭名远扬，竟然显摆自己的过错！请你今后放聪明一些，至少学学良家女子；起码哄哄我，让我相信你的忠实，虽然你并非如此。你可以"我行我素"，但求你否认这些行为，求求你在众人面前大胆地说些违心的话吧。

寻欢作乐自有专门场所，在那里尽管尽情享乐，无须顾及廉耻。可在你走出那里时，请收敛你的举止，将你的罪过都留在方才的眠床之上吧。在那里你尽可以毫无顾忌地脱下衣衫，大腿上面压着另一个人的大腿；在那里你可以用柔红的嘴唇含着另一个人的舌头，做爱的方式千姿百态。在那里你可以情话绵绵，激动的叫声不断，在云雨之欢中弄得眠床吱吱作响。可在你梳妆打扮之后，请装出一副纯洁无瑕的神态吧，请装得腼腆害羞，让人觉得你绝不可能这样寻欢。就装给所有人看吧，也装给我看吧。我情愿蒙在鼓里，盲目地相信你，就让我享受这种痴傻轻信吧。

　　为什么，在我面前，情书频繁地传来递去？为什么床上的床单、被单尽起褶皱？为什么你平日起床不乱的头发这般蓬乱，为什么你颈上竟有牙咬的轻痕？好像就只差让我亲自目睹你们的一举一动了。若你不在乎自己的名誉，也请顾及我的名声吧。我已心神迷乱，痛不欲生。每次你向我坦白了你的过错，我都觉得浑身直冒冷汗。我爱你，又恨你，但终又恨不成你，因为我无法不爱你：我想到要死，但要和你一起。

　　况且我不会进行调查，你想对我隐瞒的东西，我不会追根究底。我满心愿意做个糊涂人。若是万一我正好遇上你，亲眼见到你正做着该感到羞惭的事情，纵然目睹，我也会怀疑自己的所见，会听信你的辩白之词。战胜我这样甘愿认输的人，对你而言，真是轻而易举不过。只要你记住说出这句话："我没做任何事"，这就足够了。仅仅靠这六个字便可为自己开脱，多么幸运呀；那你就来说服我吧，不是靠你的所作所为，而是靠你自己的认定。

告别哀歌

　　请找另一名诗人，去吟唱温柔的爱情吧；在这本诗集中，我的哀歌式的诗句正接近最后的尾声。我是佩里涅乡村的孩子，我创作的诗篇，既是为了自娱，也让我多少获得些荣誉。如果说爵号还有若干价值的话，那么，我是自己祖先名位的继承人，而不是在动荡的战争中刚刚争取得来的骑士。

　　曼图亚 ① 为维吉尔而自豪，维罗纳 ② 为卡图卢斯感到骄傲；人们会说我是佩里涅人的光荣。当罗马担心意大利人联合起来反对它的时候，佩里涅人曾为保卫自己的自由展开了一场光荣的战争。将来有一天，某位过路的游客，在凝视这幅员有限、遍布小溪流的苏尔莫纳 ③ 城的城墙之时，也许会说道："此地曾出过某某诗人，地方虽小，我认为非常重要。"

　　可爱的小精灵丘比特，以及你的母亲阿马冬特 ④ 的女神维纳斯，请远离我的领地，另树旗帜吧。头顶双角的巴克科斯酒神已经传给我更高贵的灵感，我勇猛的战马该奔向更广阔的疆场。别了，柔软的哀歌，轻浮的缪斯；别了，我身后会留存下来的诗册。

———————

① 曼图亚，古罗马大诗人维吉尔的出生地。
② 维罗纳，卡图卢斯的出生地，位于意大利北部。
③ 苏尔莫纳，小城镇，奥维德的出生地，位于罗马附近。
④ 阿马冬特，塞浦路斯地方，维纳斯有神殿建于此。

爱的技巧

开场白

如果我们国人中有谁不懂爱的技巧，那就请他来读读这部诗作吧；读后受到启发，他便会去爱了。凭着技巧扬帆荡桨，使船儿高速航行；凭着技巧驾驶，使车儿轻快前进。爱神也应该受技巧的支配。奥托墨冬 ① 善于驾车和运用柔软的缰绳；迪费斯则是埃蒙尼船 ② 的舵手。而我呢，维纳斯让我当上了年轻的爱神的导师。人们把我称作爱神的奥托墨冬和迪费斯。

诚然，他野性难驯，常常不听我的教诲；但他还是个孩子，这是个可塑的年龄，易受引导。菲丽拉的儿子 ③ 曾借琴韵陶冶年幼的阿喀琉斯，凭着这平和的艺术，驯服了他野蛮的个性。

他这个人，常常令同伴生畏，也常常令敌人恐惧。有人觉得，他在垂老的长者跟前，却战战兢兢。他那双手，连赫克托耳 ④ 也感到其致命的力量；当老师要他伸出手来时，他便递出手来受罚。喀戎是阿喀琉斯的老师，而我则是爱神的导师。两个孩子都十分暴烈，都是女神的儿子 ⑤。但是，公牛终于套进牵犁的牛轭；烈马终于咬上马嚼子。爱神也一

---

① 奥托墨冬，希腊英雄阿喀琉斯的驭手和朋友。
② 埃蒙尼船，指寻找金羊毛的阿耳戈号，船用埃蒙尼地区的木头建造。
③ 菲丽拉，喀戎的母亲，喀戎是英雄阿喀琉斯的导师。
④ 赫克托耳，特洛伊英雄，后为阿喀琉斯所杀。
⑤ 爱神是维纳斯的儿子，而阿喀琉斯是忒提斯的儿子。

样，虽然他的箭穿透我的心，而且在我面前挥动燃烧正旺的火炬，他还是受我的支配。他越是刺伤我的心，越是把我烧灼，我就越要为他给我造成的创伤而进行报复。

福玻斯 ① 啊，我不会谎称是你给了我灵感而写此诗作；也不是鸟儿的歌声和飞翔给了我启发。阿斯克拉 ② 啊，我在你山谷放牧的时候，没有看见过克丽娥 ③ 及其姐妹。是我的经验使我创作这部作品，请听听一个受实践启发的诗人吧。我要歌唱的是真实，请帮助我实现自己的意图吧，爱神之母！

别靠近这里，狭长的小带，贞节的标志；还有你，把纤足遮了一半的曳地的长袍 ④。我们要歌唱的，是不触犯法律的爱情，是被允许的关系，我的诗歌无可指责。

计 划

你呀，第一次迎接战斗的新兵，首先，请留心寻找你爱的对象；然后，努力去打动你所喜欢的少女的芳心；最后，让那份爱情长久维持下去。这就是我们的活动天地；这就是我们的车驾留下轨迹的赛场；这也是飞驰的车轮紧靠而过的界碑。

---

① 福玻斯，即阿波罗，太阳神，文艺之神。
② 阿斯克拉，古希腊诗人赫西奥德所住的村庄。
③ 克丽娥，缪斯之一，一说她司勇士歌，另一说她司历史。
④ 小带是未嫁处女的标志，而长袍则只有自由公民的妻子才能穿着。

往何处找寻？就在罗马本身

　　当你毫无羁绊、随意去哪里就去哪里的时候，请选择一个你可以这样跟她说的人儿："你是我唯一的欢乐。"她不会透过捉摸不定的空气从天上掉下来，你应当寻找自己心目中的女子。猎人懂得在何处设置捕鹿的网儿；他知道嗥叫的野猪在哪个山谷出没。捕鸟的人熟悉丛林；钓鱼的人了解哪个水域游鱼众多。你也是一样的呀，你要寻找恒久的爱情对象，就得首先知道在什么地方会遇上众多的年轻姑娘。

　　你寻找她们，无需扬帆出海，要找到她们，也不必长途跋涉。安德洛墨达①，珀耳修斯到黑印度②寻找她；一名弗里吉亚人③劫走一个希腊女子。事情可能真是这样。然而罗马有着如此众多的美女，你可以这样说："我们的城市拥有世界上可能见到的全部尤物。"

　　加尔加拉多种小麦，梅丁那盛产葡萄；水底藏鱼，林荫栖鸟，天布繁星；你所居住的罗马也一样，它拥有众多的美人。埃涅阿斯④的母亲就定居在她这爱子的城里。假如你迷恋尚待长成的娇嫩少女，白璧无瑕的年轻女子便呈现在你的面前。如果你更喜欢成熟的美人儿，那就会有千万朵盛

----

①　安德洛墨达，埃塞俄比亚公主，她母亲曾夸口她比海中仙女还美，触怒仙女。于是仙女请海神骚扰埃塞俄比亚，海神还派出海怪美杜莎吃安德洛墨达；她父母为了免除灾祸，把她送到海边绑到一块岩石上；幸而珀耳修斯勇杀海怪，把她救出并与之成亲，珀耳修斯是宙斯之子。
②　指埃塞俄比亚。
③　弗里吉亚人，这里指帕里斯，他曾抢走希腊美女海伦。
④　埃涅阿斯，传说是罗马的先祖。

放的鲜花令你陶醉。你会不知道如何选择自己的意中人。倘若你爱成熟而又富有经验的女子，那么，请相信我吧，这样的妇人为数更多。

漫步于公共建筑

当太阳触到狮子星座之背的时候①，你一定要到庞培柱廊的凉阴处漫步，或是到那个由异国云石造成的华丽建筑之下留连——那华美的建筑是由母亲的赠物加在儿子的礼物之上而成②。还请到以古画为装饰的柱廊下一走，那柱廊用丽薇亚③命名，是献给她本人的。再请到阿波罗柱廊下闲步，从那儿的艺术品中你可看见柏罗斯④的众孙女谋害不幸的堂兄弟，而她们残忍的父亲却站在那里，手持利剑。

可不要忘记参加阿多尼斯节的庆祝活动，维纳斯曾为阿多尼斯⑤而痛哭；也不要忘了叙利亚的犹太人每周第七日所举行的宗教典礼。

不要避开牝牛神庙，母牛乃希腊之女神，身披麻衣。她曾为朱庇特所做的事儿⑥，让许多妇女都仿效她那样去做。

---

① 指到了七月份。
② 屋大维娅门廊紧靠马塞卢斯剧场；而屋大维娅是马塞卢斯的母亲。
③ 丽薇亚，罗马大帝奥古斯都的妻子。
④ 柏罗斯，古埃及国王，其儿子达那奥斯有五十个女儿。达那奥斯为了摆脱兄弟的五十个儿子对自己五十个女儿的追逐，曾远走他乡；那五十个儿子穷追不舍，达那奥斯便令众女儿在婚礼之夜杀死各自的丈夫。
⑤ 阿多尼斯，著名的美少年，维纳斯的情人，打猎时为野猪所伤而死。维纳斯为此十分悲痛。为纪念他的死，民众每年举行庆祝活动。
⑥ 主神朱庇特爱上月神伊娥，天后出于嫉妒，把伊娥变成母牛。在传说中，很早就把伊娥与埃及女神伊西斯混同起来。

在市集广场上

谁能相信呢？就是市集广场，也是爱神喜欢的地方。随它多么喧闹，情欲之火常常在那儿生长。在供奉维纳斯的大理石神殿脚下，一群山林水泽仙女以喷泉挥洒上空①。就在那个地方，法学家也常常成为爱神的奴隶；劝人家小心谨慎的人，自己却不知提防。在那个地方，能言善辩的人也往往失去辞令。新的关注占据着他的身心，他不得不为自己的利害而进行辩护。邻近神殿里的维纳斯嘲笑他的窘态：刚才他还是个保护者，而现在竟希望人家保护他。

在剧场

而尤其是请在剧场的阶梯座位中去猎取，那儿会给你提供你意想不到的机会。你在那里会找到你所爱的人儿，能与其调情的女子，一日之交的对象，长久相伴的爱人。就像看到一大群蚂蚁，列成长队来来往往，嘴上拖着作为日常粮食的谷粒；又像看见一群蜜蜂，找到了喜爱的树林、芳香的牧草地，忙于采集百花，轻飞在百里香之上；妇女们也一样，个个浓妆艳抹、花枝招展，都拥向民众群集的戏场。她们人数众

---

① 指喷泉的装饰雕像，多为裸体或半裸。

多，常常令我选择为难。她们为了看戏而到此地，她们到此地也是为了给人家看的。对于贞洁的羞耻观念，这是个危险的地方。

洛摩罗斯①啊，正是你第一个扰乱剧场，掠走萨宾女子，给你手下的单身战士带来欢乐。那时候，大理石剧场还没有垂幕装饰；舞台也没有用藏红花汁浇洒。从巴拉丁山上的树木采下枝叶加以草草安排，那就成为当时的舞台背景，谈不上讲究的艺术。观众都坐在分作梯级的草地上，头上用些枝叶遮盖，以保护蓬乱的头发。每个人都向身后张望，用眼睛搜索意中的女子，心里悄悄地盘旋着万虑千思。一名丑角演员，应和着托斯卡纳笛手的粗鲁节奏，在平地上顿足三声，这时候响起了阵阵的喝彩（当时的喝彩纯是自发行为），就在这喝彩声中，洛摩罗斯国王向自己的部下发出暗号，他们就等这一号令去抓自己的猎物。号令一发，他们喊声大作，伸出贪婪的双手，扑向年轻的妇女，那喊声正表露了他们的意欲。面对这群向她们猛扑过来的无法无天的男人，年轻的姑娘吓得直打哆嗦，既如胆小的鸽群，逃避临近跟前的鹞鹰，又如小羊羔，躲避眼前的狼群。一个个都花容失色，全都十分惊慌，虽然惊恐的样子不一样。有些人一个劲儿扯自己的头发，有些人晕倒在座位上；有些人保持沉默的悲伤，有些人徒然地呼喊亲娘；有的哭叫呻吟，有的目瞪口呆；有的原地不动，有的仓促奔逃。人们强行拖走这些女子，她们注定成为婚床上的猎品。不少人因惊慌而可能显得格外美丽。倘若某一女子极力抗拒，不听从她的男伴，那男人就会将她抱起，热烈地把她压在胸前，而且对她说道："何必用泪水糟蹋你那双可爱的眼睛？

---

　　① 洛摩罗斯，罗马的创建者和第一任国王。

你父亲如何待你母亲，我也会一样待你。"洛摩罗斯啊，只有你懂得给士兵提供这样的机会。请你也给我提供同样的机会吧，我就成为你的士兵。

现在的剧场，对于美人儿仍然满布陷阱，这肯定是由于遵循这一古老习俗之故。

在竞技场

你也不要放过骏马竞跑的赛场。竞技场上，观众甚多，能提供各种各样的机会。用不着做手势语来透露你的秘密；你表示同意，连点头也不必要。你就坐到你所喜欢的她的身旁吧，谁也不会来阻止你的；靠近她，贴得越近越好。无论她乐意与否，地方所限，令人不得不互相紧靠。正是这样的位置安排使那美人儿只好任你触碰。于是你便找一个起因和她攀谈，最初的几句可能是平常的话语。"进来的马匹是谁的？"你关切地向她发问。然后，随便她表示看中哪一匹马儿，你就当即表示，你所看中的也是这匹。而当长长的仪式队列抬着各位神像行进的时候，你便热烈地对维纳斯像鼓掌喝彩，你的命运掌握在她的手中。

如果偶然有一点尘埃落到你那美人儿的胸前，你便用手指轻轻地拂掉它。假如没有尘埃，你也尽管去拂拭那不存在之物：凡事都可能成为你献殷勤的借口。外衣太长，曳在地上了吗？你便执住衣边，殷勤地将它提离地面，以免弄脏。随即你的眼睛就可以落到你那美人儿值得一看的双腿；作为你献殷勤的回报，她不会因此而生气。

同时也请你留意你们身后的观众，别让他们的膝盖太靠紧她娇弱的肩背。这种细微的关切吸引轻信的心灵：许多男子庆幸成功，就是因为曾经用殷勤的手为她安置坐垫，用一把轻轻的扇子为她摇风，或是在她的纤足之下放一张踏脚凳。

所有这些赢得新爱的便利，你都可以在竞技场上找到，也可以在市集广场上找到。当撒上不祥之兆的沙子的时候①，你也会在焦灼的人群中找到。

维纳斯之子②常常在那儿参加战斗；看着别人受伤的人，自己竟然也遭伤害。

人们交谈着，触碰对方的手，询问节目程序，对谁是得胜者打个赌……就这样，一支疾箭射来，人们便受伤乃至呻吟，于是自己也就成了被人观看的角色。

奥古斯都海战剧

不久前，恺撒给我们看海上战斗的戏，戏中出现波斯战船与刻克洛普斯子孙③的战船交火。那是怎样的情景啊！多少青年男子来自不同的海域，多少年轻妇女从不同海域而来！罗马和辽阔的世界融为一体。在

---

① 古罗马决斗时，在竞技场上撒沙，用以吸血。

② 即爱神丘比特。

③ 刻克洛普斯，雅典的创建者和第一任国王，其子孙即指雅典人。

这一大群人中，有谁找不到一个心爱的对象？唉，几多男人为某一外国女子而感受到爱情的折磨！

胜 利

恺撒正准备征服世界的其余部分。现在，远东之地，即将属于我们。帕提亚人 ①，你们将受到惩罚。克拉苏斯 ② 啊，你在九泉之下欢笑吧，还有你，不幸遭受野蛮之手蹂躏的旗帜。你们的复仇者已在这里，他年纪轻轻，还是个孩子，就已表现出领袖的气概 ③。他指挥战事，拥有超乎孩子所具备的能力。心灵怯懦的人们，别费神去计算诸神的年岁了。在恺撒家族中，勇气不以年龄衡量。他们的天赐之才远远走在年龄前面，而忍受不了怠惰的损害与时光的拖延。迪兰特 ④ 的英雄，他还是个婴孩，就已用双手把两条蛇扼死，从摇篮时期，就已证明自己无愧于主神朱庇特。而你，永远是个孩子的巴克科斯 ⑤，当战败的印度害怕你的酒神杖时，你是多么的伟大啊！

孩子 ⑥ 呀，你会受你父亲的庇护，怀着你父亲的心灵而拿起武器；你成为胜利者也将受他的庇护，怀着他的心灵。像这样的开端正配得上

---

① 帕提亚人，即安息人，古民族，曾建立西亚大国，与罗马帝国抗衡。

② 克拉苏斯，古罗马统帅，出征帕提亚惨败，被杀。

③ 指恺撒，奥古斯都的孙子，当时二十岁。

④ 迪兰特，大力神赫丘利的故乡；迪兰特的英雄，即指赫丘利。

⑤ 巴克科斯，酒神，常以孩子的形象出现。

⑥ 这里指恺撒。

如此显赫的名字；今天，你是青年骑士的王子，将来有一天，你会成为元老院的首席王侯。既然你有兄弟，那你就为受辱的弟兄复仇吧。既然你有父亲，你就来维护自己父亲的权利，把武器交付给你的，是祖国之父，同时也是你自己的父亲。而敌人却不顾其父的抗拒，强行夺取生父的权力①。你呀，你拿起的是神圣的武器，而他却发出罪恶的暗箭。人们将会看到，神圣的正义在你的旗帜前面行进。他们在公理方面已处于下风，让他们也输于武力吧！让我们年轻的英雄把东方的财富带到拉丁姆②来！战神玛尔斯，还有你，神人恺撒，在他出发的时候，请助他一臂之神力吧；因为你们两个人，一个已经是神，另一个也将成为神。是的，我有此预感，你将会赢得胜利；我许愿为你谱写诗篇，我将为你诵出雄辩动人的音调。你勇往直前，用我的词句激励你的士兵。噢，但愿我的言辞与你的英武相称！我将描绘帕提亚人转身逃走，罗马人挺胸向前，还有那敌人逃离战场时从马上射出的利箭。你呀，帕提亚人，你逃离为的是取胜，你给战败者留下什么呢？帕提亚人啊，从今以后，你最推崇的战神带给你的是不祥之兆了。

于是我们将会见到这一伟大日子的来临：你英俊无比，身披用金星作点缀的长衣③，驾着四匹白马行进。走在你前面的是敌军将领，他们颈系锁链，无法像从前那样靠逃跑而脱身。

青年男女，逢此盛会，喜气洋洋地纷纷赶来；在你凯旋的这个美好日子里，个个都心花怒放。人们抬着展示战况的画图，倘若某个少女问

———————

① 帕提亚国王曾弑父篡位。
② 拉丁姆，古意大利半岛中部一区域，古罗马国家的发源地。
③ 这是凯旋者的服饰。

及画上王侯的名字，或是问到那些地方如何，山势怎样，河道情况，请你 ① 一一回答她，而且不必等她问你再讲；甚至当你并不知道的时候，你也要说得好像了如指掌。瞧，这代表幼发拉底河，前额满缠着芦苇；那披着长长深蓝色头发的，是底格里斯河。那些走过来的人，就说是亚美尼亚人。这位少女是波斯女子，她是达娜厄 ② 的女儿。这就是坐落在阿凯曼内斯 ③ 后人的山谷中的城市。这一俘虏，那一囚徒，都是将领。你就按他们的相貌找出其名字，如果可能，你就把它说准确，不然，起码也要说得像真有其名。

在筵席上

筵席上，用餐中，也会碰上好机会。好酒不是唯一的追求物。在那里，酒神巴克科斯饮过之后，玫瑰肤色的爱神便常常用娇嫩的双手把他搂在怀里，而且紧执他的双角 ④。当丘比特的翅膀被酒沾湿之时，便留在那里，沉重地停在原先选定的地方。他急促地拍打沾湿的双翼，不过爱神溅出的酒滴却酿成不幸。酒令心灵失却冷静，使之易于燃起爱的激情。忧虑消除，淹没在开怀畅饮之中。于是欢笑带来，穷人也壮起了胆子。于是痛苦消失，连同我们的烦恼及额上的皱纹。于是心灵敞开，表现出当今时代难得一见的率直；只因酒神驱走平日的做作和掩饰。在那

---

① 这里的"你"指到此处寻找外遇的青年男子。
② 传说波斯为达娜厄的子孙所统治。
③ 阿凯曼内斯，追溯家族本源的波斯君主认他是波斯的先祖。
④ 双角是力量的象征。

里，年轻男子的心灵常常被少女俘获；酒后的维纳斯，就是火上加火。不过，切勿轻信那误人的灯光；判断美人，夜色和酒都不可靠。帕里斯 ① 观察三女神，是在大白天，而且还在露天的场合。他对维纳斯说："你胜了，超过你的两个对手。"黑夜遮掩缺点，宽容一切缺陷。入夜时分，任何女子都似乎显得美丽。请在白天去鉴定宝石和红呢；判别面容和体态，也请在日间进行吧。

在罗马城外

是不是要尽数那些宜于猎美的妇女聚会场所呢？我不如去算海滩上的沙粒数目吧。

我是不是要谈谈巴耶城 ②、靠城的海岸，以及那里充满硫蒸汽的温泉？在离开该处的时候，不少人都心受创伤，高声嚷道："不，这里的水不像人们所称道的那样有益于健康。"

这里离罗马城不远，狄安娜神殿坐落在树林之中，这儿的权力由罪恶之手挥剑争来 ③。因为狄安娜是处女，因为她憎恨丘比特的利箭，这

---

① 帕里斯，特洛伊王子，主神宙斯曾让他判定金苹果的归属。传说在一次婚礼上，司纷争的女神暗中扔出金苹果，上题"送给最美丽的女神"的字样，引起朱诺、密涅瓦、维纳斯的争执，因为这三位女神都认为自己是最美丽者。后帕里斯判定金苹果归维纳斯所有。

② 巴耶城，在现今那不勒斯港湾附近，以温泉而著名。古罗马人在该处筑了许多华丽的浴场。

③ 神庙的大祭司每年更换，要通过决斗打败前任祭司及其他对手才能取得祭司之职。狄安娜，月神和狩猎女神。

位女神便对信徒们加以伤害，而且还会伤害下去。

讨欢心之法

在哪里选择你的爱情对象？到何处撒下你的网？在此之前，驾着双轮不平衡的车驾的塔利亚①，已经给了你指点。现在，我想给你提示的是，如何去吸引住你所喜欢的人儿。这是我的作品的最重要之点。各地的多情郎，无论你们在何方，都请乖乖地听我讲；但愿我的许诺能直达凝神静听的人们。

信任自己

首先，你应有这样的信念：世上没有搞不到手的女子；只要你布网，你就会得到她们。要说女人会拒绝男子的柔情挑逗，除非春天鸟儿不唱，夏天蝉儿不鸣，梅纳尔山的狗见了兔子反而逃跑。你认为她不愿意屈服吗？其实她内心十分乐意。偷偷摸摸的爱情，男子很喜欢，女子也觉得挺惬意。但男人不会掩饰，而女子却将自己的愿望深藏。如果男人不打算采取主动步骤，那么被征服的女子很快就会扮演主动的角色。在那柔嫩的草地上，向公牛发出哞哞叫唤声的是母牛；雌马也总是向装

---

① 塔利亚，缪斯之一，司哀歌（另一说是司喜剧）；"双轮不平衡"，指的是哀歌二行体。

有角蹄的雄马发出呼唤的嘶叫。男性的情欲较为节制，没有那么狂热。男子的激情之火并不违背自然准则。

我是不是要谈一下比勃丽斯①呢？她对自己的哥哥萌发了罪过的爱情；为了惩罚自己的罪恶，她勇敢地自缢而死。

蜜拉②爱上自己的父亲，却不是怀着女儿对父亲的爱。如今她把自己裹在树皮之内，隐藏起来。这芳香的树木沁出来的是她的眼泪，泪水提供给我们做香料，那香料保留着她的芳名。

在满布森林的伊达山的幽谷中，曾生活着一头白色的公牛，那是群牛的光荣。它的前额有一颗小黑痣，长在两角之间。就这么一小点，身上其余部分全呈乳白。格诺斯和西顿③的牝牛都希望这头公牛骑到自己背上交配。可那帕斯淮④却渴望做公牛的情妇。她出于嫉妒而痛恨漂亮的母牛。我所写的都是真情；那拥有百座市镇的克里特，不管它如何充满谎言，都无法否认这事实。有人说帕斯淮，用那生疏的手亲自割嫩叶鲜草给公牛吃。她与牛群为伴，为了陪伴牛群，她连丈夫都忘了。一头公牛竟然凌驾在弥诺斯之上。帕斯淮啊，你为什么穿着如此华贵的服装呢？你所追求的情郎对你的富丽木然无知。你去山上会牛群的时候，拿镜子有什么用处呢？为什么你不停地整理秀发？多么荒唐啊！当它跟你

---

① 比勃丽斯，水中仙女，曾爱上自己的哥哥，徒然地到处追逐他，后来自缢身亡，化作一道泉水。
② 蜜拉，塞浦路斯公主，维纳斯使她爱上自己的父亲，父亲追杀她，她逃走，变成了末药树。末药的法文叫法是 myrrhe，与 Myrrha（蜜拉）的名字相近。
③ 克里特岛的两座名城。
④ 帕斯淮，克里特王弥诺斯的妻子。海神曾送白公牛给弥诺斯作特祭之用，弥诺斯觉得那头公牛太漂亮，不忍献祭，便杀另一牲畜以代之。神人被激怒，便促使他的妻子对那头公牛产生反常的情爱。

说你不是一头母牛的时候，还是请你相信自己的镜子吧。可你多么希望
自己的额上长出双角来啊！要是你爱弥诺斯，那就别去找牛情郎；或
者，如果你要欺骗你丈夫，那就跟男子汉私通。帕斯淮王后还是穿山
林过草地跟去，抛弃自己的婚床，活像是被酒神激发起来的跳神狂女。
噢，多少次她把妒忌的目光投在母牛身上？她还这样说道："她为什么
竟得到我心上人的欢心？瞧她在柔嫩的草地上，面对着他那欢蹦乱跳的
样子。这蠢货准以为这样更讨他喜欢！"

她说着便随即下令将那头母牛从牛群中牵出，或是叫人将它套进弯
曲的牛轭下，或是把它作为与虔诚无关的牲祭物，令它倒毙在祭坛之
前。然后她兴高采烈把情敌的内脏捧在手中。每次她把敬神和献祭情敌
结合起来的时候，都手捧它们的内脏说道："现在就去讨我情郎的欢心
吧！"她很想自己成为欧罗巴①或伊娥，因为伊娥曾是一条母牛，而欧罗
巴曾给公牛驮走。

然而群牛之首的公牛，被槭木造的牝牛像迷惑，使帕斯淮怀上了身
孕；她结出来的果实表明了谁是父亲②。

假如那克里特女子③不去爱堤厄斯忒斯，（女子持久专爱一个男人是
多么困难啊！）人们就见不着福玻斯中途停步，掉转车驾，策马回奔曙
光女神。

———————

① 欧罗巴，古代农神。主神宙斯曾爱上她，趁她与女友在海滨玩耍时，化作公
牛把她驮走，后与之生下弥诺斯。
② 帕斯淮生下半人半牛的怪物弥诺陶诺斯。
③ 指埃洛珀，弥诺斯的孙女，曾与其夫的弟弟堤厄斯忒斯私通。她丈夫得知此
事，怒而把妻子投进海中，并杀死堤厄斯忒斯的儿子，把肉做成佳肴宴请堤
厄斯忒斯。福玻斯（太阳神）得知此事，将车驾折回。

　　尼索斯 ① 的女儿，由于偷偷地割去她父亲那头光彩照人的头发，遂变成了一个腹部腰间长有恶狗的怪物。

　　阿特柔斯的儿子 ② 在陆地上逃过了战神，在海上逃过了海神，其后却成了自己妻子的悲惨牺牲品。

　　烈焰吞噬了克瑞乌萨 ③，血腥的母亲惨杀了自己的儿子 ④，谁不为此洒下眼泪？

　　斐尼克斯 ⑤，阿明托尔的儿子，为自己失去眼睛而痛哭。

　　希波吕托斯 ⑥ 的骏马们，你们在惊恐中竟把主人扯碎。

　　菲纽斯 ⑦ 啊，为什么你弄瞎自己无辜儿子的眼睛？这种惩罚的报应再落在你的头上。

　　这一切狂暴行为都是因为妇人的情欲而引起。她们比起我们来得更热烈，来得更疯狂。因此，行动起来吧，别犹豫了，你有希望战胜一切

---

① 尼索斯，墨加拉国王。他长着一头紫红色的头发（另一说是金发），那是他的生命安危所系。弥诺斯围攻他时，他被困于城中，他女儿因为爱上弥诺斯，便剪掉父亲的神奇头发，把他置于死命。弥诺斯攻下城池后，下令把尼索斯的女儿淹死。后来这女儿成了海怪。

② 指阿伽门农，特洛伊战争中的希腊军主将。他返国后被妻子和她的情夫所谋杀。

③ 克瑞乌萨，科林斯国王的女儿，她与伊阿宋结婚时，伊阿宋的前妻美狄亚出于嫉妒，给新娘送来一件魔衣，她穿上后当即被活活烧死。

④ 美狄亚还杀死了她和伊阿宋所生的两个儿子。

⑤ 斐尼克斯，阿明托尔之子。阿明托尔纳妾，斐尼克斯的生母出于嫉妒，令儿子去勾引后母，结果事发，阿明托尔挖去儿子的眼睛。

⑥ 希波吕托斯，雅典王忒修斯的儿子，忒修斯的第二个妻子曾勾引他，遭其拒绝，被诬陷为品行不端，企图强奸后母。忒修斯诅咒他，请其父亲尼普顿海神施予惩罚；海神趁希波吕托斯驾车在海边奔驰的时候，派一头公牛突然跃出海面，马匹因而受惊，掀倒希波吕托斯，令其致死。

⑦ 菲纽斯，色雷斯王，由于后妻的诽谤，他弄瞎了前妻两个儿子的眼睛，为此遭受主神的惩罚，要他选择死亡或失明。他选择了后者。

女子。在一千名妇女当中，难得有一个人能抗拒你。她们接受也好，拒绝也好，总是喜欢有人献殷勤的。即便你被拒绝了，这种失败对你来说，也并无危险。可你怎么会被拒绝呢？新的欢愉总是有吸引力的，未得到的比已得到的，更有诱惑力。在别人田里收获，更加丰饶；邻居畜群的奶子，也总是比自家奶牛的饱满。

与女仆串通

　　首先，你得跟你想追求的女子的侍女结识；你应当努力去这样做。是她先给你开方便之门。核实一下她是否得到女主人的信任，是否能做你求爱的可靠而守密的同谋。为了争取她，请运用许诺手段、运用哀求手段好了。这样，你所要的，要是她愿意，她就不难提供给你。她会选择有利的时机（医生也讲究用药的时间），亦就是女主人心情极好、易受引诱的时候。

　　这时候她心花怒放，就像在肥沃的农田中收割，此时的心境将会听任诱惑。当内心欢快、不为苦痛所困，心扉自然就敞开。于是维纳斯凭着自己的温柔技巧，便偷偷地溜了进来。只要伊利昂①处于忧愁的境地，她还能以武器保卫自己，当她得意忘形的时候，竟把满藏士兵的木马接进城来。

　　美人遇上情敌感到受辱而满怀愤恨，这时候你也就应当向她展开

————————

① 伊利昂，即古希腊的特洛伊城，著名的特洛伊战争的故事即发生于此。特洛伊城被木马藏兵计所攻陷。

进攻。你要做到令她觉得：她可以指望你能够替她复仇。清晨，在她梳妆的时候，让女仆刺激她，使扬帆之船再加划桨。让侍女低声地自言自语，一边轻轻叹息："不，我不相信你会这样待她，何不以其人之道还治其人之身。"此时，她谈起你来，加上些令人信服的话语；她说得非常肯定：你爱得发狂，会为情而死。不过，请赶快行动吧，恐怕帆会不张，风会停息。怒气犹如薄冰，如果你等待，她就会消失的。

你问我引诱侍女是不是有用？这种做法是要冒风险的。有的女仆，对你抱有好感，那就更为热心，有的反而不主动。这一个，把你作为女主人的情人看待；另一个，把你当做她自己的情人。成功与风险并存：即使这句话有助于增添你的胆量，我的意见还是不要这样做的好。因为我指引的道路无需通过悬崖峭壁，请我来做向导，任何人都不致走入迷途。然而，在传递书信的过程中，如果侍女的美貌和热情都博得你的欢心，那么你得首先征服女主人，侍女放在后面。你的求爱可别先从女仆下手。如果你对我所传授的技巧还有几分信心，如果我的话不致被狂风吹到大海去，那我就给你这么一个忠告：要么就别去碰运气，要么就冒险到底。

一旦女仆在这风流案中有一半的份儿，她就不会成为告发者。翅膀粘上胶的鸟儿不能起飞；困在巨网中的野猪不易逃离；上钩受伤的鱼儿无法挣脱。你对你已经展开了进攻的人儿要步步紧逼，直到你取胜之后才好离开。但是，你可千万别暴露自己！如果你将自己和女仆的关系好好地隐藏起来，那么，你的情妇的一举一动便随时知晓。

有利时机

认为只有水手或是从事田里劳作的农人才会留意时间，那就大错特错了。不应该一年到头在表面可耕而实质不然的田地里播种，也不要随时把船只投放到碧海之中。同样，对一个娇嫩的美人儿展开进攻，也不是任何时候都有把握的。通常，成功的机会大小，因所选择的时机而异。假如是接近生日，或是接近三月过后维纳斯节的日子 ①，当竞技场不像先前那样以小雕像装饰，而是展出王家珍品的时候 ②，你就得推迟进行了。凄戚的冬天临近，七星的日子 ③ 来临，小山羊星座落进海中 ④，此时你也不要做什么。那是休憩的好时光，此时如果敢于出海，连沉船的碎片也几乎会收不回。你呀，你就在下面的日子里开始你献殷勤的行动吧：那使人流泪的阿利亚河染红了拉丁人鲜血的日子；或是巴勒斯坦的叙利亚人每周庆祝的不宜做事的安息日。请留意你女友的生辰，还请注意应该送礼而在你看来是晦气的日子！你不愿意出手也是徒然，她总会从你那里弄到点什么：女人会创造出猎取热恋情人钱财的技巧。一个举止潇洒的卖货郎来到你情人家里，她随时准备买东西。你坐在那里，他把货物摆放在你的面前。她要你瞧一瞧，好让你有机会显示一下你的鉴赏力。随后，她给你几个香吻，继而她就要你买几件。她发誓说，这些已

---

① 维纳斯节，即妇女节，定在 4 月 1 日。
② 指农神节（12 月 17—23 日）的展出。
③ 指昴星团落下的日子（11 月 8—11 日），多有风暴。
④ 在 10 月初。

够她好多年用了；今天她正需要，今天是个机会。你推说身边没带钱也不起作用，她会要求你开张票子，你会为自己学会写字而后悔。为了索取礼物，她准备好糕点，就像是生日蛋糕，那么办呢？而且每次有此需要的时候，她的生日就会来临。她极度忧伤，为某一假想的失物而流泪；她装作丢失了耳环上的一块宝石，那么办呢？女人往往索借并表示随后奉还，但你一旦借出，她们就不愿意归还了。这对于你是纯粹的损失，人家还不会因为你的损失而感激你。真的，如果要历数这些高级娼妓的全部无耻伎俩，即使我有十口十舌也还不够。

信札与言辞

　　且让铺上蜂蜡的平滑书版去探探路儿。让那些写在蜡版上的字词首先透露你的心意。让它带着恭维的话语，情爱的言辞。无论你的身份如何，都请加上恳切的请求。赫克托耳的尸体之所以交还给普里阿摩斯 [1]，是因为那老父的哀求打动了阿喀琉斯之故。神灵的盛怒敌不住哀求的声音。答应吧，答应吧，许诺不会让你损失任何东西。任何人都可以作出大量许诺。希望女神，既然人们还相信她，希望就会经久维持。那是个骗人的女神，然而却十分有用。如果你已送上礼物，人家就可能用计拒绝接见你。即使欺骗了你，她也不会有任何损失。但是，你还未送出的礼物，你可以一直装作马上就要送给她的样子。贫瘠的田地往往就是这

---

① 普里阿摩斯，赫克托耳之父。

样骗取主人的期望。赌徒也是这样，因为不甘损失，便一直输下去。骰子召唤着贪婪的手。重要之点，艰难的工作，是在于不送礼物而赢得美人的初步眷顾。她为了不致白白付出，就会继续有所表示。第一封信札，柔情蜜意的语词刻满蜡版；让它去叩问她的心，去探明道路吧。苹果上所写的字儿骗过了库狄珀①，这位年轻女子不知不觉地被自己的言语所束缚了。

　　年轻的罗马人，我奉劝你们，研究那些运用脑筋的学问吧；但这不仅是为了保护吓得发抖的被告者；被征服的女子有如民众，有如严厉法官，亦如从全体公民中选出的元老院议员，对于你的雄辩之才她是心悦诚服的。不过，你要把自己的力量隐藏起来，可别滔滔不绝地去卖弄。

　　从你的言语中去掉一切学究式的习语。除了没脑筋的人，谁会向自己的温柔女友致夸张的朗诵词呢？一封过于炫耀卖弄的书信往往招致情人对你的厌恶。

　　你的文笔要自然，你的词句应通俗而亲切感人，就像是人家听你说话一般。假如她拒收你的书简，看也不看就把信退回给你，你还得指望她会去看，要锲而不舍再把信送过去。难驯的牛犊，随着时间推移，也会习惯于拉犁；倔强的马儿日久也能忍受马嚼子。持续地摩擦，连铁指环也损蚀；不断地犁田，连弯曲的犁头也毁损。

---

① 库狄珀，雅典女子，青年阿孔提奥斯爱上她，但她不爱这个青年。一天，姑娘到神庙里祈祷许愿，青年知道庙中的女神十分灵验，于是乘姑娘不备，在她许愿时往她脚下扔了个苹果，上面写着："我只嫁给阿孔提奥斯。"姑娘捡起苹果，念了题字，才知道是那青年所为，气得把苹果扔掉，但为时已晚。女神记住她的誓词，后来每逢她要嫁给别人时，女神就对她降灾降病，最后她只好嫁给了阿孔提奥斯。

有什么比石更坚，比水更柔的呢？然而，坚硬的石头却被柔顺的水滴穿。

甚至是帕涅罗珀，假以时日，你也会把她征服。你是知道的，为了攻取佩加姆①，花了很长时间，但它终于还是陷落了。假使你的美人儿读了你的信而不愿回答你，那可别硬逼她。你只需做到令她读下去，把你缠绵的词语全部读完就行了。她愿意读之后，就会对她所读的作出回答。你所期待的一切，就会按部就班地到来。也许你最初接到的是一封极为不妙的回信，信中她请你停止追求。她要求你做的，她正担心你照办呢。她不作要求的，正是她心中的愿望，她倒愿意你表现得更为迫切。追求下去吧，不久你就会如愿以偿。

了解的机会

如果你的美人儿躺坐在轿子上经过，那你就悄悄地接近她；为了不致让找麻烦的人抓到你，请你尽可能用模棱两可的方式巧妙地表示自己的意愿。如果她在大门柱廊下闲步，那么，你就和她一起在那儿留连。你要设法有时走在她前面，有时走在她后面，时而加快脚步，时而把脚步放慢。你不必担心有时走到廊柱之外，也不必害怕贴近她与她并排行走。不要让她在没有你陪伴的情况下，独个儿光彩照人地坐在剧场的座位上；对于你来说，她的双肩才是精彩的景象！你可以瞧着她，欣赏

---

①　佩加姆，特洛伊城堡，坚守十年才被攻陷。

她，对她眉目传情，手势示意。向扮演少女的演员 ① 鼓掌喝彩；向所有
扮演情郎的演员鼓掌喝彩。她站起来吗？你也站起来。她坐着吧，你也
一直坐下去。随你的情人的意愿而为，不要计较花费多少时间。

衣　装

可是别用热铁去烫头发，也不要用浮石去把双腿磨光滑。这些事儿
就让供奉库柏勒 ② 女神的人们去做好了，他们按弗里吉亚人的仪式，以
号叫声表示对女神的赞颂。

不加修饰的俊美适宜于男子。忒修斯强夺弥诺斯的女儿 ③ 之时，他
鬓上的头发不曾用发针去整理一下。希波吕托斯，虽然不事修饰，却为
费德拉 ④ 所热恋。那森林常客的阿多尼斯，也得到一位女神的欢心。男
人赢得女子的喜欢，靠的是简洁得体。让他们的皮肤在战场中晒得黝
黑；只要他们的长袍合身而没有污迹就行。但愿你的鞋子柔软，扣子不
长锈。你的脚不要套进太大的鞋子中而显得晃荡不牢。你的头发不要因
为剪理不当而变形，你也不要让自己的头发竖起来。头发和胡子都要请
技艺娴熟的人修理。指甲也要修剪得整齐而干净。不要让鼻毛露在鼻孔
之外。不要让难闻的气息从发臭的嘴巴呼出来，如同公羊的骚味弄得别

---

① 从前的女角由男演员扮演。
② 库柏勒，弗里吉亚的女神，称为"大神母"，是众神以及地上一切生物的母亲。膜拜她的教士是被阉过的。
③ 指阿莉阿德尼。
④ 费德拉，忒修斯的第二个妻子。

人嗅觉难受。其余的，让那些爱卖俏的姑娘或是追求不正常的同性之爱的男子去操心吧。

酒的热度

酒神召唤诗人；他也保护情人，助长由他自己燃点起来的爱火。

格诺斯城的女儿①，疯狂地在荒滩上游荡，就在第阿②小岛受海浪拍打的地方。她刚从睡梦中醒来，衣着简单，身穿撩起的内长衣，光着双脚，金黄色的秀发在双肩上飘拂。她向海浪哭诉着忒修斯的残忍，而海浪却听不到她的声音。泪水沾满这可怜弃妇的娇嫩脸庞。她又叫又哭，而哭和喊在她身上都不失体面。她的眼泪没有令她的娇艳稍减。这不幸的少妇一再捶着柔嫩的胸脯高叫："那负心人离我而去，我该怎么办哪？我该怎么办哪？"

这时铙钹在整个岸边响了起来，还有以疯狂的双手敲击的鼓声回荡。她吓得晕了过去，她的喊声停了下来。她一动不动的身体似乎已经血液全失。此时散发披肩的酒神狂女来临，酒神的先驱、轻浮的萨提罗斯③也到，还有酩酊的老醉汉西勒诺斯④也来了。老汉在毛驴上几乎坐不稳，驴子被压得弯了身子，他巧妙地紧紧抓住了鬃毛。他紧跟着酒神

---

① 指阿莉阿德尼，因其住于此处，故有此称呼。
② 第阿，在格诺斯城对面的岩石小岛。
③ 萨提罗斯，森林的众小神，丰产的精灵，形象为半人半羊，性好欢娱，耽于淫欲。
④ 西勒诺斯，酒神的养育者和伙伴，秃顶，骑驴，常年喝醉。

狂女，她们逃避他，同时又捉弄他。他这个拙劣的骑手，竟用棍子去驱赶他的四脚坐骑；这时候，他从长耳朵的驴子上滑了下来，跌了个倒栽葱。萨提罗斯随即高呼："嘿，起来吧，老伯伯，起来吧！"

　　就在此时，酒神驾到，头戴葡萄蔓冠，高坐于车驾上，撒手不拉牵车诸虎的金色缰绳。那少女惊得玉容失色，已记不起忒修斯，也喊不出声音来。她三次想逃走，而三次都因恐惧而迈不开脚步。她战栗着，犹如未结实的麦穗临风摇曳，亦如轻盈的芦苇在沼泽中颤抖。酒神对她说："请别害怕，我是来向你奉献更忠诚的爱情的。格诺斯城的女儿，酒神今后就是你的丈夫。我把天献给你作为礼物，你将成为天上一颗众人瞻仰的星星。把握不住方向的船只常常靠这克里特的花环 ① 指引航行。"他说着，由于担心那些老虎吓坏阿莉阿德尼，便跳下了车驾（他的足迹印在地面上），把她紧紧抱在怀中；她并没有抗拒之力，他就把她掳走了。有什么困难的事情是神力做不到的呢？随从们有的唱起了《婚礼歌》，有的高呼："酒神，好哇！"年轻的新娘和酒神就这样在神圣的眠床上结合了。

　　当你置身于华筵之中，面对酒神的礼物，而餐榻之上你的身旁是一名女子，这时候你得请求晚间供奉的夜神 ②，不要让你喝昏了头。于是，你便可以用隐约的言语说出绵绵的情话，你身旁的人儿会领会那是为她而说；你也可以用一点酒在桌上写下些温柔的词语，让她知道，她已把你的心灵占据；你还可以和她正面相视，两眼透射出爱之火花。不做声的脸庞常常有着雄辩的声音和话语。她娇媚的唇儿沾过的酒杯，你得设

---

① 指星座的形象，喻维纳斯送给酒神的结婚礼物。
② 酒神的别称，因豪宴多在晚间举行的缘故。

法第一个把它夺过来，她在哪一边喝过，你也在那边喝。她手指触过的一切菜肴，你就去拿，而在拿的时候，去轻轻碰一下她的手。

你也得着意去讨好你的美人儿的情人。他成为你的朋友，会对你更有用。假如你抽到筵席首座的签，那就请你把这首席让给他；将那落在你头上的冠冕给他戴上。即便他在宴席上的位置在你下方，或与你平坐，你也得始终让他先品尝菜肴，而且别忘了附和他的话。在友谊的幌子下进行欺骗，这是极为可靠而又十分常见的办法；方法虽然可靠而常用，但仍然是有罪的。就像一个受委任的人，过分地扩大自己的权责，自以为可以越权去审核职责之外的事儿。

饮酒的时候应当保持怎样的适当尺度呢？我这就给你指出来：你的神志不致失去作用，你的双脚能够保持平衡。尤其是要避免酒后激发起来的争执，切勿出手参与残酷的斗殴。欧律提翁[①]惨死，是因为不知自制地多喝了人家献给他的酒。佳肴美酒，本应令人享受快乐的时光。如果你嗓子不差，那你就欢唱吧；如果你双臂动作优美，那你就跳起来吧；如果你有其他令人快乐的本事，那你就逗乐吧。

假如真个喝醉，那将会给你造成损害；要是假醉，却可能令你得益。你设法让你的舌头故意说得结结巴巴，这样，你的一切放肆行为或是出格的话语，人家就会认为是多饮而致。请你这样说："为我所爱的人儿的健康干杯，为与她同床的那位的健康干杯。"但暗地里，你却祈求"她的情人暴死"。

---

① 欧律提翁，半人半马怪物，参加婚礼喝醉，想抢走新娘，引起斗殴而被打死。

恭维话

当酒阑客散的时候，人群本身就给你提供接近她的方法和机会。请钻进人群当中，在她离开的时候悄悄地靠近她的身旁，用手指捏捏她的腰身，用脚碰碰她的脚。这是攀谈的好时光：乡下气的腼腆，去你的吧！胆量是受机遇和维纳斯支持的。你这样爱说话的人用不着我给你意见，只要你有此愿望，自然会口若悬河。你应当扮演情郎的角色，而在你的言语中，应该装作受到爱情伤害的样子。你要不惜用任何方法令她相信这一点。要得到她相信并不困难：任何女子都自认为值得被爱。无论相貌如何平庸无奇，没有一个不自我感觉良好。况且，装作爱的男人往往真的开始爱起来，他常常变成他当初是假装的那个样子。因此，年轻的美人儿啊，请对表面现象宽容一些吧：刚才还是装出来的爱，日后会变得真实起来。

这是凭温柔的话语悄悄地博得芳心的好时机，正如活动的水流巧妙地渗进河畔那样。你就去赞美她的姿容，她的秀发，她圆圆的手指，她纤纤的小足，无需犹疑。就是最端庄的女子，听到关于自己美貌的赞美之词都会动心；连贞女也注意自己的仪容，喜欢自己的魅力。如果不是这样，为什么朱诺和帕拉斯 ① 直至今天，还为自己在弗里吉亚森林中的惨输而羞愧？当人们赞美朱诺之鸟 ② 的羽毛时，它就把屏儿展开。要是

---

① 帕拉斯，即雅典娜，亦就是罗马神话中的密涅瓦，战争女神，同时也是劳动女神；判定金苹果的归属在弗里吉亚森林中进行。
② 指孔雀。

你默默地看着它，它就把自己的宝贝隐藏起来。争夺竞赛奖项的马匹，都喜欢人家对它梳理整齐的鬃毛以及优美的颈项鼓掌喝彩。

许　诺

请大胆地许诺；许诺能打动女子；你就指所有神灵作为见证，借以证实你的诺言吧。朱庇特，高踞天上，笑看情人发假誓言；他命令风神的各路来风将誓词带走，把它吹得无影无踪。朱庇特也曾习惯于指斯提克斯冥河向朱诺起假誓，今天他自己也就支持效法他的榜样的人们。神明存在，很有用处；既然有用，我们就相信其存在。让我们向众神的祭坛敬香酹酒吧。他们并非完全休息，什么都不过问，像睡着一般。请清白为生，勿做恶事吧，神明是会看见你的一举一动的。归还人家存放在你处的物品；奉行诚信的规则；切勿舞弊行骗；莫使双手沾上鲜血。如果你是聪明人的话，你就只玩女人吧。你这样做，是可以不受惩罚的。只有在这种情况下，诚实比欺骗更值得羞耻。那些背信弃义的女人，你就骗她们好了。在大多数情况下，这是一群无所顾忌的人。她们设下了陷阱，就让她们自己掉下去吧！

据说，埃及曾经缺雨，没有雨水种地，一连经历了九年的干旱。特拉修斯[①]去见布西里斯[②]，跟他说道：只要他浇上一个异乡人的血，便可令朱庇特息怒。布西里斯回答说："你就做第一个献给朱庇特的牺牲者

---

① 特拉修斯，塞浦路斯岛的预言家。
② 布西里斯，古埃及国王，以残忍而著名。

好了，你是异乡人，你就把雨水带给埃及吧。"法拉里斯 [①] 也叫人把残忍的佩里吕斯 [②] 放进铜牛中烧死；不幸的发明者以自身的鲜血浇灌自己的成果。这两个都是公正的事例。那些发明杀人工具的人，我们就用其发明物来处死他们，那是最公正不过的了。因此，如果说背信弃义者受背信弃义惩罚是理所当然的话，那么就让受欺骗的妇女懊悔自己曾经欺骗别人好了！

泪、吻、胆量

眼泪也是有用的；带着泪水，你会使金刚石软化下来。你尽可能设法让你那可爱的人儿看见你泪挂双颊。如果你没有眼泪（因为泪水不是随唤随流的），你就用手把眼睛揉湿。

哪一个有经验的男子不把接吻与绵绵情话交融在一起？即便她没有回应的表示，你尽管做你的，不待她回应。起初她可能会抗拒，把你唤做"放肆鬼"。她在抵抗的同时，却巴不得被制服。不过，你可不要以笨拙的强吻触痛她娇嫩的嘴唇。你得注意，别让她有可能抱怨你的粗暴。得到亲吻，而不跟着去博取其余的亲热，你便坐失她给你的情爱了。在一度接吻之后，你还等候什么去实现你的全部心愿呢？唉，真可惜，你表现出的是笨拙，而不是腼腆的自制。你也许会说，这样做太粗暴了；可是这种粗暴正博得女人的欢心。她们乐意奉献的东西，往往也

[①] 法拉里斯，古代一暴君，曾把人放在铜牛中活活烧死。
[②] 佩里吕斯，上述铜牛的创制者，却第一个被烧死。

愿意人家强夺。一个女子，突然遭偷情者的强暴，反而内心喜悦。这种横蛮就像硬送给她的一份礼物。而那些可以强取的女子，竟未被触动就脱了身，她们脸上可能装出快乐的样子，其实是满心的不高兴。菲贝①曾经受过强暴，她的妹妹也是强暴的受害者。两人却不因此对强夺她们的情人减少些许爱意。

有一个很著名的故事，值得讲述一下：那就是斯基罗斯岛②姑娘与埃蒙尼英雄③结合的故事。维纳斯女神，在伊达山上，被认为足以战胜她的两个对手。她报答那个赏识她美貌的人，却又造成他的不幸。一名新媳妇已从另一大陆来到普里阿摩斯④家中。在特洛伊的城垣中有了一个希腊的妻子。全体希腊人都发誓听从受辱丈夫⑤的调遣，因为对一个人的侮辱已经成为对大家的侮辱。那时阿喀琉斯（假如他听了母亲的恳求，那是多么可耻啊！）披上长袍，掩盖自己的性别。你在做什么呢？埃阿科斯的孙子⑥。纺羊毛可不是你的本分。你应当从帕拉斯的技艺中赢得你的光荣。你摆弄女红篮子要干什么呢？你的手臂是注定要拿盾牌的。你这应该杀掉赫克托耳的手，为什么竟拿起羊毛来呢？这些满绕羊毛线的纺锤，请把它远远抛掉吧。你手中本应挥舞的，是佩

---

① 菲贝及其妹妹均为琉喀波斯之女，两个人分别遭卡斯托尔和波吕刻斯施暴。神话有一说，认为后二人是孪生兄弟，都是主神宙斯的儿子。

② 斯基罗斯岛，希腊岛屿；斯基罗斯岛姑娘，指黛伊达弥亚，她是该岛国王的女儿。阿喀琉斯曾男扮女装潜入宫中与她接近，拥有了她，后被识破。

③ 埃蒙尼英雄，指阿喀琉斯；埃蒙尼，地名。

④ 普里阿摩斯，特洛伊的最后一位国王，见注［64］。

⑤ 指墨涅拉俄斯，著名美人海伦的丈夫；特洛伊王子帕里斯趁他不在，诱走了海伦，于是引起了历时十年的特洛伊战争。

⑥ 即阿喀琉斯。

利翁山的长矛 ①。由于偶然的机会，这位男扮女装的英雄和一位王族的女儿同睡一起。正是她发现自己的同伴是个男儿，而成了她的耻辱。她是因受暴力才屈服的（起码应当这样认为），但她却并不因为屈从于武力而发怒。当阿喀琉斯匆匆准备出发的时候，她常常对他说："留下吧。"因为那时他已放下纺锤要拿起可怕的兵器。那么，暴力又表现在哪儿呢？黛伊达弥亚啊，你又为什么以温柔的声调来挽留羞辱你的男人呢？

羞耻之心妨碍妇女首先做出亲热的表示，但男人主动示爱，她是乐于接受的。真的是这样！如果一名男子等着女子先行示爱，那么他对于自己的体格之美就未免过于自信了。应当由男子走第一步，应当由他先发出恳求的话语，女子该会接纳爱的祈求的。你想得到她吗？那就恳求吧。她巴不得接受这种恳求呢。你就向她解释你的爱情的因由吧。是朱庇特主动去接近传说中的女英雄，他通过恳求而接近她们；无论他威望如何，没有一个女子先来挑逗他。

但是，如果你的恳求遭到高傲的抗拒，那就别继续哀求，你应及时退却！多少女子希望得到回避她们的男人，而却鄙视围着她们打转的汉子。不要追得太急迫，你就再也不会被拒绝。希望达到的目标，无需在你的恳求中总是表露出来；为了便于爱情的发展，你就借友谊的名义把它隐藏起来好了。我看过一些难于接近的美人儿就中了这种计策的圈套：她们的奉承者后来成了她们的情人。

---

① 此长矛由半人半马怪喀戎送给阿喀琉斯的父亲，后来长矛传到儿子手里。

肤色白皙

白净的肤色在水手身上叫人不快，海水和阳光该会令他变得黝黑起来。雪白的脸儿也与农人不配，他常在户外用弯曲的犁头犁地或用沉重的齿耙翻土。你也一样，你这追求帕拉斯桂冠的人，如果肤色雪白，也是令人不快的。但凡是求爱的人，都应当脸容苍白。这是适宜于情人的脸色，与之非常相配。许多人以为这从来不起什么作用。然而，当爱上西黛的俄里翁 ① 在树林中游荡的时候，他的脸色是苍白的。达佛尼斯 ② 也脸容苍白，他恋上了一位无情的水中仙子。消瘦也会反映你的心灵遭受折磨；不必羞于用一块小披巾遮盖住你油光可鉴的头发。身体的消瘦皆因熬夜、忧虑和强烈的爱情所引起的痛苦而致。为了实现你的愿望，你就装出值得可怜的样子，让看见你的人都会这样说："他堕入爱河了。"

不吐露真情

我应当抱怨呢？抑或只是提醒，人们邪正不分？友谊仅仅是个字眼，真诚纯然是空洞的言辞。哎呀，你向友人夸耀你的所爱，可不是没有风险的！如果他相信你的赞扬的话，他即将会取你而代之。有人会对

---

① 俄里翁，英俊的猎人，后成猎户星座。
② 达佛尼斯，西西里牧人，牧歌的创始人，英俊异常。

我说："可阿克托尔的孙子 ① 并没有玷污阿喀琉斯的睡床；庇里托俄斯 ②
没有做什么令费德拉不忠于丈夫的事；皮拉得斯之爱赫尔弥俄涅 ③ 即
如福玻斯之爱帕拉斯 ④ 或如卡斯托尔和波吕刻斯之爱廷达瑞俄斯 ⑤ 的女
儿。"今天还抱着这种希望，那就等于期待柳树结果实，或无异于到江
心去寻蜂蜜。羞耻之事反倒令人喜欢，每个人都只顾寻欢作乐，甚而来
自他人痛苦的快乐也自有它的魅力。多么可耻啊！情人要担心的倒不是
自己的敌手。请远避那些你以为忠诚的人吧，那么，你就可以免于危险
了。亲戚，兄弟，挚友，你别信任他们；真正值得你顾忌的，倒是这些
人呢。

要按女子的不同性格来实践这些忠告

我就要结束这一卷了，不过妇人之心可不是一个样的，恰恰相反，
你可以发现它们千差万别；要赢得女人的心，就要运用各种不同的方
法。正如田地一样，同一块土地不可能长出所有产品，有的宜于葡萄，
有的适合橄榄，有的则种植谷物才有好收成；世上人心不同，各如其
面。机灵的男人就要让自己适应这些数也数不清的千变万化的性格。就

①　阿克托尔的孙子，指帕特洛克罗斯，阿喀琉斯的好朋友。
②　庇里托俄斯，费德拉丈夫忒修斯的密友。
③　赫尔弥俄涅，俄瑞斯忒斯的妻子，而皮拉得斯则是俄瑞斯忒斯的好朋友。
④　福玻斯和帕拉斯，二人是兄妹，意谓二者之爱是兄妹之间的纯真的爱。
⑤　廷达瑞俄斯，斯巴达王，卡斯托尔和波吕刻斯是其儿子，其女儿是著名美人
　　海伦。

像新的普洛透斯 ①，一会儿，他在水流中缩小身子；一会儿，他成为一头雄狮；再过一会儿，他是一棵树；他还可以是一头竖毛的野猪。这里用网捕鱼，那里用鱼钩去钓，还有的地方用中空的鱼篓借牵绳来诱捕。同一办法不会适宜于各种不同年龄的人：一只老鹿远远就能窥出陷阱。如果你对新手摆出精通的样子，如果你对正经的女人过于猖狂，她立刻就会生疑，而且加以防范。因此，担心委身于诚实男人的女子，有时候却不光彩地落进某个配不上她的浪荡子的怀里。

结束语

我的一部分任务已经完成，仍余下一部分任务。且让我们抛下锚来，暂时把船儿停住吧。

---

① 即能变换自己形体的海神。

卷　二

题　旨

请唱"爱神颂"吧，请再唱一遍"爱神颂"吧。我所追求的猎物已经落入我的网中。那满心欢喜的情人因为我的诗篇给我戴上绿色的桂冠，将我的诗作捧在赫西奥德① 和荷马的作品之上。

就像普里阿摩斯的儿子②，当他离开尚武的阿米克莱港的时候，乘风扬起他的白帆，劫去东道主的妻子。又像那个赛车得胜的人，希波达弥亚③ 啊，他用车子把你带往异国他乡。

年轻人啊，为什么如此性急呢？你的船儿还在大海的中央，离我指引你去的港口依然很远。我的诗歌令你把所爱的人儿吸引过来，这还不够。我这《爱的技巧》教你取得她，我这"技巧"也应当使你保持她。保持胜利果实的才能并不逊于夺取胜利的本领。后者含有靠机会的成分，而前者却是凭技巧而得的结果。

---

① 赫西奥德，古希腊大诗人。
② 指掳走著名美女海伦的帕里斯。
③ 希波达弥亚，皮萨国王的女儿，美貌无双，她父亲要求向她求婚的人必须与他自己比赛驾车，比赛失利的人便被她父亲杀掉。后珀罗普斯应赛，买通国王的驭手，赛前偷偷拔掉国王车轴上的销钉，于是得胜，便把希波达弥亚带走，"那个赛车得胜的人"即指珀罗普斯。

课题之难：代达罗斯与伊卡洛斯

维纳斯女神啊，还有你，她的儿子，都请来帮助我吧，正是时候了。你也一样，埃拉托 ①，现在也请来帮助我，因为你的名字从爱情而来。我正酝酿着一项伟大的事业，就是用什么办法来留住爱情。这爱的小精灵在辽阔的宇宙中飘忽无定。他身体轻盈而且长有便于其逃逸的双翅，要管住他的飞行活动，可不容易。

为了防备客人逃离，弥诺斯 ② 堵住所有道路，而客人却凭自己的胆量，用翅膀开出一条通途。代达罗斯把犯罪母亲的情爱果实——半人半牛的怪物关住以后，便对弥诺斯说道："弥诺斯啊，你是世人中的最公正者，请结束我的流亡生活吧，好让我的骨灰葬回故国的土地 ③。我的命运乖蹇，我不能在故乡生活，起码也请你让我死在那里。假如我这个老人不可能得到你的恩准，那么请把我的儿子放回去吧。如果你不愿意宽恕年轻人，那就请宽恕老人好了。"

他的话是这样说的。他可能说了这些，还可能说了许多其他的话。弥诺斯就是不让代达罗斯回去。他一知道乞求无用，便暗自思忖："代

---

① 埃拉托，缪斯之一，主管情诗，她的名字与"爱"字的词根有关。
② 弥诺斯，克里特国王，曾令代达罗斯（建筑师兼雕刻家）给半人半牛怪物弥诺陶洛斯建造迷宫，后把代达罗斯及其儿子伊卡洛斯囚禁在迷宫里。父子二人用蜂蜡把羽毛黏结起来，做成翅膀，一道飞离。伊卡洛斯飞得太高，阳光融化了蜂蜡，年轻人坠海身亡。
③ 指雅典。

达罗斯，一个显示你才智的机会到了。弥诺斯掌握陆地，控制海域。走陆路和走水路都不可能逃脱。只剩下空中的通路了。那就尝试取道于空中吧。掌管苍穹的朱庇特啊，请原谅我此举。我的意愿并不是想侵犯众星的领域，而是因为要摆脱那主子，除了凭借你的空间，再没有第二条道路了。倘若斯提克斯 ① 给我通路，我们早就泅水渡河。既然无路可走，我就不得不改变本性，创造新条件了。"

不幸往往唤醒才能。谁曾相信人可以飞上天空？为了仿效鸟儿飞翔，代达罗斯将羽毛整齐排列，用麻线把这轻盈的制品绑牢，末端用熔蜡加以固定。这新工具的制作已经告成。孩子欢天喜地地用手摆弄蜡和羽毛，却不知道这器械就是为他而制造的。父亲对儿子说："瞧，这是送我们返回祖国的唯一的船儿；这是我们摆脱弥诺斯的唯一办法。弥诺斯封锁了其他全部出路，空间之路却并未关闭。就借我的发明去开辟这条路吧。但是，为了认明方向，你可不要去看那炽热亚的处女 ②，也不要去看牧夫星座的同伴、配备利剑的俄里翁 ③。你插上我给你的翅膀，按我的榜样调节你的飞行好了。我会飞在前面给你引路，你只需紧跟着我；由我带领，你准会平安无事。假如我们穿越太空的时候，过于接近太阳，蜡就会受不住热；如果低飞时，翅膀太靠近大海，羽毛就会被海水沾湿。在此二者之间飞行吧，我的儿子呀，还得留心风向；你就顺着风儿指引你的方向展翅飞翔。"父亲一边叮嘱，一边把翅膀系在儿子身上，给他示范如何拍动，就像鸟妈妈调教柔弱的小鸟那

---

① 冥河女仙，亦指冥河。
② 指仙女卡利斯托，美貌无比，为宙斯所爱，天后赫拉出于嫉妒把她变成母熊，后宙斯把她变为大熊星座。
③ 指猎户星座。

样。随后他把自己那副装置系在肩上，小心翼翼地摆动身体，就要登上新的旅程。临飞之前，他再三地拥吻自己年幼的儿子，禁不住泪流双颊。

那儿有一座山岗，不如大山那么高，但可以俯瞰平坦的原野。他们两个人就在那里纵身踏上不幸的逃亡旅程。代达罗斯拍打着双翅，还回过头来看看儿子的翅膀，然而却不耽误自身的行程。新奇的旅途令两个人着了迷。伊卡洛斯的恐惧全消，凭着这大胆的技艺，飞起来不知顾忌。一名渔人正借着柔韧的芦苇竿垂钓，看见他们的时候，手里的钓竿也掉了下来。他们的左边已经见到萨摩斯岛（纳克索斯岛、帕罗斯岛还有阿波罗所垂爱的德罗斯岛已经在他们的身后），他们的右边是莱班托斯、林木葱葱的加林奈还有周围水上游鱼众多的阿斯蒂帕拉亚 ①。这时候，那少不更事的鲁莽年轻人，竟朝天上高飞，把父亲抛在后面。他翅膀上的绳索松开，蜡因接近太阳而融化。他起劲挥动双臂也是徒然，他在稀薄的气流中无法支撑自己。他从高空俯望大海，非常害怕。那令他战栗的恐惧使他双眼蒙上黑影。他拍动着空空的双臂，慌乱不已，他不知道如何把自己托起。他坠下来了，在下坠的时候，叫喊起来："爸爸呀！爸爸呀！我给拉下来了！"他的话还在喊着，碧绿的海水已把他的嘴儿封闭。这时候，不幸的父亲（他已不再是父亲了！）高声唤道："伊卡洛斯！伊卡洛斯！你在哪里？你在天空的哪个部位飞行？"他呼唤着"伊卡洛斯"，瞥见水上漂浮的毛羽。大地接纳了这年轻人的遗骸，大海留存着他的名字。

---

　　① 希腊地名。

令爱情持久的不切实方法

弥诺斯无法阻止一个凡人凭借翅膀飞翔；而我，我却声言要留住会飞的仙子①！想求助于埃蒙尼的伎俩②，或是想使用取自马驹子头上的东西③，那都是不对的。为了令爱情持久，美狄亚的药草无济于事，马尔西人④的药方和巫歌也毫无用处。如果巫术能够维持爱情，那么，美狄亚就可以留住埃宋的儿子⑤，喀耳刻⑥就可以留住尤利西斯。千万别指望春药，它只会使少女面容苍白；春药乱人理性，导致疯狂。

建议采用的办法：令自己可亲可爱

所有不宜采用的办法，都远离我们吧。为了让人家爱你，你得变得可爱：而美貌和身材是不足以做到这一点的。即使你是老荷马所钟爱的

---

① 指爱神。
② 传说该地的女子会巫术。
③ 据说马驹子头上的某种赘疣可制春药。
④ 欧洲古民族名。
⑤ 即伊阿宋。
⑥ 喀耳刻，美丽的女仙子，精通巫术，曾把尤利西斯留在她的岛上一年，故事详情见《奥德赛》。

尼雷 ① 或是被女水仙掳走的俊美的许拉斯 ②，如果你想留住你的情人而无一旦被抛弃之虞，你就得让智慧才干与身体的长处结合起来。美是脆弱之物，它随着年岁的增长而逐渐消退，它因自己的年限而枯萎。紫罗兰也好，花冠开启的百合花也好，都不会永远开花。玫瑰一旦落下，就只剩下尖刺儿了。英俊的少年人哪，你也一样，不久你也会发现自己的头发变白。不久，皱纹也会布满你的身体。现在你就来培养自己的智慧吧，它是经久的，将成为你肉体美的依托。唯有智慧能长存下去，直至那火葬的柴堆。通过七艺 ③ 来培养自己的智慧，还要学会两种语言 ④，你不要把这两件事看得无足轻重。尤利西斯并不英俊，但却善于辞令；这就足以令海上女神 ⑤ 为他而受爱情的熬煎。噢，多少回卡吕普索因为他忙着要动身而悲叹，而且以坚决的口吻对他说：当时的水流不宜航行。她不断地要求他讲述特洛伊城陷落的故事，他几乎总是换一个说法又讲着同一件事儿。两个人在岸边逗留，就在那里，美丽的卡吕普索又想听色雷斯国王浴血的结局。为了满足她，他便用一根小棍（他正好手执小棍子）在厚厚的沙滩上画起图来。他说道："这儿就是特洛伊（他在沙上画起了城墙），这是斯摩依河。假设我的营地在那儿。这里有一片平原（他画上平原）；多隆 ⑥ 想夺取埃蒙尼英雄 ⑦ 的马匹的那个晚上，我们

<hr />

① 尼雷，特洛伊战争中最英俊的希腊英雄。
② 许拉斯，俊美少年，曾参加阿耳戈号船的远航，途中停泊取水，被女水仙看见，女水仙爱其优美风度，把他掳走。
③ 指语法、修辞、逻辑、算术、几何、音乐、天文学等七种学科。
④ 指希腊语和拉丁语。
⑤ 指喀耳刻和卡吕普索。
⑥ 多隆，特洛伊的侦察兵。
⑦ 指阿喀琉斯。

就在平原杀了他。那里搭起了西顿人瑞索斯① 的营帐。我就是从那里回来的，还带上我在夜里夺走的他的马匹。"

他正要画其他物品的时候，一片波浪打来，特洛伊城、瑞索斯营房，还有瑞索斯本人都通通化为乌有。于是女水仙便对他说道："你瞧，这些水就在你眼前抹掉了如此伟大的名字，你靠它继续行程又怎能信赖得过呢？"因此，无论你是谁，别依赖迷惑人的形体；要拥有身材之美以外的更多长处。

要有讨人喜欢的性格

尤其打动人心的，是巧妙的殷勤。粗暴引起仇恨和残酷争斗。我们憎恨鹰隼，它以打斗为生；我们也憎恨狼，它专门袭击胆怯的羊群。而人是不向无害的燕子设陷阱的；大家都让鸽子在塔楼上自由栖息。但愿斗殴和恶毒争吵都远离我们；温柔的话语是甜蜜爱情的养料。有些争吵能使丈夫和妻子疏离，能使妻子和丈夫分开，令他们总以为夫妻之间彼此争拗是理所当然的。争吵是妻子带过来的嫁妆；而情妇总该听些悦耳中听的话语。你们同睡一张床，并不是出于法律的规定。你自己依从的法令是爱情。请出现时带着温存的爱抚和令人悦耳的言辞，使你的情人一见你来就觉得快活。我这爱的技巧并不为富人而传授；那出钱的人用不着我来教训。他每次想要什么，都能够说："收下这个。"这样的人总

---

①　瑞索斯，色雷斯王。

不缺智慧。我们对他甘拜下风；他讨人欢心的方法比我强得多。我这一诗篇是为穷人而写的，因为我本人是穷人的时候，也曾经爱过。当时我没能力送礼，我就送出美丽的言辞。穷人在爱情方面应当小心谨慎；任何不得体的话他都不应当说。有钱情人不会忍受的好些东西，他都不得不忍受。我记得有一次在动怒的时候，我把我情妇的头发弄乱了：那次发怒使我失掉了多少快乐的日子呀！我并不认为我撕破了她的长衣，而且我也没有看见，可是她却一口咬定这一点，我就只好出钱给她再买一件。不过，如果你是聪明人的话，那就请避免我这做老师的过失，也请像我那样，要顾虑到为此而承受的痛苦。对待帕提亚人，那就动武好了；对待女友，你要和善，富于乐趣，去做凡是能够激发情爱的事情。

必须坚持不懈

如果你的情人难于伺候，不够温柔，请一切都忍受着，坚持下去。她很快就会软化下来的。小心地扭曲一根树枝，它就顺从地弯下。如果你用尽全力去扭它，它就会折断。顺着水流而游，你就能横渡江河；逆水而游，你就达不到目的。具备耐性，能驯服密底的老虎和狮子。田间的公牛也是慢慢地才屈服于牛轭的。有哪一个女子比阿卡迪亚 ① 的阿塔兰塔更野性难驯？然而，无论她如何野性，她还是受一名男子 ② 的摆

---

① 阿卡迪亚，希腊地名。
② 指弥拉尼翁。

弄。据说，弥拉尼翁常常在树林的阴影下为自己的命运也因为那少女 ①
的严酷而哭起来。他经常受她的指挥把诱捕鸟兽的网儿扛在肩上，也
常常用犀利的长矛去刺那些残暴的野猪。他也曾被希拉遏斯 ② 的利箭所
伤；不过，另一种箭伤 ③ 带给他的创痛更深。我并不要你手执兵器进入
梅纳尔山 ④，也不要你肩负捕网；更不要你袒胸迎利箭。我这审慎的课
程将教给你一些易于遵循的指令。

还要殷勤讨好

　　如果你的情人抗拒，那你就让步。你会在让步中成为胜利者。你要
约束自己，只限于扮演她要你担当的角色。她责骂时，你就跟着责骂；
凡是她称赞的，你也跟着称赞。她将会说的，你把它说出来。她将要否
定的，你先行加以否定。她笑吗？你就陪着她笑。她要是哭起来，你可
别忘记跟着她哭。你就按照她的脸色来调节你自己的面部表情好了，如
果她喜欢赌博，用手掷象牙骰子，那你就故意掷不好，才把下一手传
给她。假如她玩小骨游戏，为了使她不致玩输而付款，那你就得设法常
常令自己运气不佳。如果你们玩的是棋子，你就让自己的兵士失利，让
玻璃敌手 ⑤ 得胜。她的遮阳伞张开，你就为她持着。如果她要穿过人群，

---

　　① 指阿塔兰塔。
　　② 希拉遏斯，半人半马怪物，弥拉尼翁的对手，为阿塔兰塔所杀。
　　③ 指被爱情之箭所伤。
　　④ 梅纳尔山，阿卡迪亚的一座山。
　　⑤ 当时的棋子用玻璃或水晶制造。

你便为她开路。请殷勤地将踏脚板放到她的舒适睡床之旁；为她的娇嫩的小脚脱下或穿上鞋子。虽然你冷得打颤，你也得常常把你情人的冰冻的双手放到你怀里取暖。你虽是个自由人，但也无妨为她手持镜子，不要不好意思（纵然不好意思，也该令你欢喜）。那位令自己的后母疲于放怪物给他拦路的神人①，他配得上进入被他所支撑过的天宇。据说就是他，也曾经在伊奥尼亚②的少女当中拿过针线篮子，而且还纺过粗羊毛。迪兰特的英雄③服从自己情人的命令。现在你别犹豫了，他曾经承受的，你也就承受吧！

如果人家约你去集市广场，那你就设法总是在指定的时间之前到达，而离场却愈迟愈好。她跟你说："到某某地方。"那你就放开所有事情飞奔而去，别让人群耽搁你的路程。晚上，她赴宴之后要回家，如果她呼唤自己的奴仆，你便迎上去，供她差遣。她在乡间，跟你说："你来呀。"如果你没有车子，徒步也要赶去：爱神是厌恶拖延的。什么都不得拦阻你：天色不好也罢，酷热难当也罢，大雪铺路也罢。

不要因受阻而却步

谈爱犹如服兵役。怯懦的人们，且请退下。懦夫是不该来捍卫这种

---

① 指罗马神话中的著名英雄赫丘利。
② 伊奥尼亚，希腊地名。
③ 指赫丘利。

旗帜的。黑夜、寒冬、长路、剧烈痛楚，所有辛劳的考验，在这欢乐的营地中，都是理应忍受的。你须得时常承受自云中落下的瓢泼大雨；你常常冷得颤抖，还得席地而眠。

传说森托斯之神①，曾替费赖国王阿德墨托斯放牛，也曾住在寒微的茅舍里。福玻斯②不以为羞，谁会认为这是可耻？如果你想得到持久的爱，那就请去掉一切傲气。如果你没有安全而又易走的路径去会你的情人，如果在你的面前大门深锁，那么，你就走一条险路，偷偷地从屋顶入内，或是从高高的窗户溜进去也可以。你的情人准会喜出望外；她知道你为她而甘冒风险，这对她来说便是你真爱的明证。利安得③啊，你本来可以无须常常看望你的情人，而为了向她表达你的感情，你却夜夜泅渡海峡。

争取奴仆的照应

按照奴婢的等级，争取他们，赢得他们的照应，不要以此为耻；也不要以为争取奴隶就不光彩。喊着名字向每个人打招呼（这对于你分毫无损），有心计地握握他们卑贱的手。在庆贺幸运之神的日子④，再进一步向跟你讨赏的奴隶送点小礼物，这样做所费有限。高卢人曾被罗马

---

① 森托斯之神，指阿波罗，森托斯是其出生地的一座山。
② 福玻斯，即阿波罗。
③ 利安得，海洛的情夫。
④ 指6月24日，这是罗马国王为幸运之神建立神殿的日子。

奴婢的衣饰蒙骗而受惩罚，在这个纪念日子里 ①，也请送点礼物给侍女。相信我吧，让这些小人物都为你的利益着想。尤其不要忘记那守门人，也不要忽视给卧房看门的奴仆。

送什么礼？

我不要你向情人赠送贵重礼物，礼轻也无妨，只要精选，而且送得巧妙。当田野展示其丰富的收成、沉重的果实满压枝头的时候，你就叫一名年轻的奴仆给她捎上满满一篮农家的礼物。你可以说，这礼物采自你的田间，即使它是从"圣路"集市上买来。你叫人捎些葡萄，或是捎些阿玛莉里斯 ② 所喜爱的栗子。不过今天她不再喜欢栗子了。

你还可以送只画眉或送个花环，表明你对她的思念。有人也用这些来送无儿无女的老人，希冀得到些什么，多么的不光彩。噢，那些送礼不怀好意的人，真是该死！

我该不该劝你也赠些柔情的诗篇呢？很可惜，诗歌现时不大受重视。人们赞美诗词，但想要的却是厚礼。只要他有钱，粗人也照样得人欢心。我们这个时代真正是黄金时代：黄金换来最大的荣誉，黄金赢得爱情。荷马啊，就是你亲自到来，还携同诸位缪斯，如果你什么礼物也

---

① 这个纪念日子是 7 月 7 日。传说高卢人撤退之后，罗马邻近的民族（并非高卢人）敦促罗马元老院向他们交出全罗马的自由妇女。听了一个奴婢的献计，罗马女仆穿上了她们女主人的衣裳，进到敌人的营房，把他们灌醉从而使罗马军队赢得了胜利。于是这一天便成为"女仆节"。
② 阿玛莉里斯，维吉尔牧歌中提到的名字。

不带，人家也会把你拒于门外。

　　有教养的女子并非没有，但居于少数；其余的女子，并无教养，却要摆出那个样子。你在诗篇中，二者都得恭维，不管诗句是优是劣，就让读者凭自己引人入胜的朗诵技巧，去强调其价值。为有学问的、无学问的女子熬夜而写就的诗篇，或许能权当送给她们的一件小小的礼物。

　　你自己要做的事情，你认为有用的事情，你得设法总让你的情人要求你去做。你许诺给一个奴隶自由？你就设法让那奴隶向你的情妇求情。你要赦免一名奴隶的苦刑？你本意如此，也要让她知道你这仁慈的决定是看在她的面上做出的。你得到的是实际好处，而面子却留给了她。你没有任何损失，而她却自以为拥有王后般的权威。

赞赏不已

　　如果你很想保持你情人的爱情，那你就要做到让她相信你在惊叹她的美丽。她身披提尔产的紫色外套吗？你便盛赞提尔紫外套。她穿着科斯岛制的布料吗？你便认为科斯布料对她正合适。她金饰耀眼？你便说，她在你眼中，比黄金更宝贵。假如她选择毛皮，你便称赞说，她穿起来真好。假如她在你面前出现，只穿单衣，你便喊叫一声："你撩起我的火焰！"再轻声地请求她，当心别冻坏了身子。她的头发简单分梳？你就把这种梳法夸赞。她头发用热铁卷曲过？你就应该说，你喜欢卷发。她跳舞的时候，你称赞她的手臂；她唱歌的时候，你欣赏她的嗓音；她停下来的时候，你便惋惜地说，她结束得太早。甚至是拥抱，还有令你快乐的事儿，你都可以大加称赞，还可以称颂夜间的隐秘欢愉。即便她比那可怕的海怪美杜莎还要暴烈，对于她的情郎来说，她也会变得温柔而善良。你可不要表露出借言语来掩盖你的思想，你的脸色可不要否定你的言辞。技巧隐藏起来，那是有用的。如果被发现，那就叫人难堪，而且永远失去别人的信任。

表露忠诚

　　秋天临近，那时是一年中最美的时节，鼓满紫红液汁的葡萄差不多红透，我们时而感到刺骨的寒意，时而又感到令人轻松的炎热；这种变化无常的天气常常叫人倦怠。但愿你的情人健康如常！但是，如果她有些不适，不得不卧床，如果她因恶劣天气影响而生病，那么就让她清楚地见到你的爱与忠诚！这时候，你播下种子吧，日后，你就会有丰厚的收获。不要因病人难看而有厌恶之意，凡是病者准许你做的事情，你的双手都要去做。让她看见你哭泣；她亲你时，可不要因厌恶而退缩，就让她枯干的双唇啜饮你的眼泪！为她的健康多多祝愿，而且总是高声祝愿；只要她有可能喜欢，你就准备些吉兆的梦儿对她讲。你叫一个老妇来清洁睡床和卧房，她颤抖的手提着硫磺和鸡蛋。所有这些照料都会留下痕迹，珍贵爱情的痕迹。许多人就用这种方法赢得在遗嘱上的位置。不过，但愿你的效劳不致让病人憎厌，你的亲切殷勤该有一个限度。不要打扰她进食；也不要端苦药给她；这个，让你的情敌去做好了。

习惯的力量可增进爱情

不过，你扬帆离港时候的风，已经不再是你在大海航行时候所利用的风了。新生的爱情并不牢靠，要借习惯之力使它巩固。好好地培育它，随着时间推移，它会变得坚固起来。这头你现在畏惧的公牛，它小时候你曾常常抚摸。这棵你在它浓荫下躺卧的大树，当初不过是一株小茎。江河的源头细小，它在前进中壮大，流经之处，将百川之水吸纳过来。

请设法让你的美人儿和你厮守熟稔，什么也比不上习惯的力量。为了令她形成习惯，你得不厌其烦。让你的情人总是见到你，听到你的声音。无论白天黑夜，你的面容都得出现在她的眼前。不过，当你有把握认为，她会舍不得你走开，你的离开多少会引起她的牵挂，这时候，你就让她憩息一下。休耕的田地可望丰富的收成，干旱的土地更能吸收天降的雨水。当德摩福翁 ① 在场的时候，菲利斯并没有对他表露出过分的热情。待他扬帆远航以后，她那情爱之火却猛烈燃烧。机灵的尤利西斯远去也曾使帕涅罗珀饱受折磨。拉娥达蜜亚啊，你所爱的人儿 ② 也是不在身旁的。

但是，离开的时间短一些更为稳妥，因为牵挂之心会随时间而减弱；不在身边的人印象模糊，新的情爱便偷偷地潜进她的心里。墨涅拉俄斯

---

① 德摩福翁，雅典国王忒修斯的儿子，与色雷斯公主菲利斯相爱并订了婚，因远航而没有遵约回来，令菲利斯在绝望中自缢身死。
② 指普洛忒西拉俄斯，拉娥达蜜亚的丈夫。

不在的时候，海伦不愿单独过夜，便投进客人温馨的怀抱。墨涅拉俄斯，你多么傻啊！你一个人独自走了，却把客人和妻子留在一个屋子里。你呀，糊涂虫，你这是把怯懦的鸽子交给座山雕，把群羊托付给山上的恶狼！不，海伦是没有过失的，她的情人也没有犯罪。他做的是你自己以及任何人都会做的事情。你给他们提供了时间和地点，也就促使他们成奸。年轻的妻子除了遵循你的旨意之外，还能听从什么？她还能怎样做呢？她的丈夫不在家，而身旁又有一个并不粗俗的客人，再说，她又害怕在你离开的睡床独寝。让阿特柔斯的儿子 ① 去想想他该怎么办好了，我嘛，我是宽恕海伦的。她不过利用了一个善良丈夫的好意而已。

设法将不忠行为掩饰起来

但是，勃然狂怒、以其厉害的门牙把群犬打翻在地的凶猛野猪，正在给幼狮哺乳的母狮子，给行人不经意踩伤的小蝰蛇，全都不如那在丈夫的睡床上捉住情敌的女人那么可怕。她内心的狂怒在脸上表露出来。她寻找铁器，寻找火，忘记了任何克制。她奔跑着，就像被阿奥尼之神的双角触碰 ②。丈夫的罪过，婚姻准则的侵犯，生于法兹江畔的野蛮妻子 ③ 在自己儿子的身上进行了报复。另一个残酷的母亲，是这只你看到的燕

---

① 这里就是指墨涅拉俄斯。
② 阿奥尼之神，指酒神巴克科斯，阿奥尼是其居住的地方；双角代表不可抗拒的力量。
③ 指美狄亚。

子 ①。瞧，它胸前还带着血红的印痕。相配的婚姻，牢固的结合，就这样打破了。谨慎的男子应当远避这种指责。

我并不作为一个严厉的检察官，判定你只准有一个情人。神灵也不喜欢这样做的！结了婚的女子也难于遵守这种承诺。你尽管寻欢吧，但要小心谨慎，好好地把你的过错掩饰起来。可不要为了虚荣心而把你的罪过行为夸耀出去。别把一件他人可以认出来的礼物送给你的情人。别固定你的幽会时间。如果你不想自己的妻子在她熟悉的隐蔽住处把你捉住，你就不要总是去同一个地方相会。每次写信的时候，你都得先好好亲自检查书版，相对于别人写给她们的情书，许多女子更容易从你给你情人的情书里读出弦外之音来！

维纳斯受了侮辱，便拿起武器，以一箭还一箭；她刚为之痛苦的事情，她也设法让你为此而痛苦。当阿特柔斯的儿子 ② 只满足于一个妻子的时候，他的妻子也是贞洁的。是丈夫的负情造成妻子犯罪。她知道，手执月桂和圣带的克律塞斯 ③ 无法要回自己的女儿。她也知道，布里丝 ④ 啊，是什么引起你痛苦的劫持，以及因那不光彩的耽搁而延长的战事。所有这一切，她都是听来的。但是，那普利阿摩斯的女儿 ⑤，她倒亲眼看见了，因为那个胜利者竟然不知羞耻地让女俘把自己俘虏过去。

———————

① 指菲罗墨拉的姐姐普洛克涅。
② 指特洛伊战争中的希腊军统帅阿伽门农。
③ 克律塞斯，阿波罗神的祭司，他的女儿是克律塞伊斯，曾成为阿伽门农的女俘。
④ 布里丝，阿喀琉斯的女俘，后被阿伽门农夺去，这成为希腊军两大将领失和的原因。两将领和解后，她又被送还给阿喀琉斯。
⑤ 指卡珊德拉。

因此，廷达瑞俄斯的女儿 ① 就给堤厄斯忒斯的儿子在自己心上和床上留一个位置，对丈夫的罪过狠狠地进行报复。

负心被觉察时如何自卫？

你的行为虽然隐蔽得很好，但假如一旦显露出来，或者已经被发觉，那你就必须否认到底。不要显得比平时温顺和体贴，这是心中有愧的明显表示。可别吝惜你的力气，只有这样才能平静下来：你该通过床上的功夫证明你从前不曾尝过爱的欢愉。有些妇人劝人用风轮菜这种有害的植物，在我看来，这简直是毒药。也有人用胡椒去拌刺激的荨麻子。还有人把棕色的除虫谷放在陈年的葡萄酒中捣碎。但是，住在埃里克斯山 ② 的幽阴山岗中的女神，她不能忍受这种刺激寻欢的人为方法。你可以用的，是阿尔卡托俄斯之希腊城运来的白葱，是在我们园子里生长的动情草，是鸡蛋，是希麦多斯的蜂蜜，是松球鳞片裹着的杏子。

在某种情况下引起嫉妒

可是，多才的埃拉托啊，你为什么令我走向这种魔幻技巧的迷途呢？我的车子应该紧紧沿着界碑前进。刚才我劝你遮掩过失，此刻我却劝你改

① 即阿伽门农的妻子。
② 埃里克斯山，西西里岛上的一座山，山上建有维纳斯的神庙。

变路线，把你的不忠公开出来。不要指责我前后不一。载客的船儿并非总是乘一样的风，因为在航程中推动我们前进的，有时是来自色雷斯的北风，有时却是东风。我们的风帆常常被西风鼓起，也常常由南风推动。请看看驾车人吧：他时而放松缰绳，时而巧妙地勒住狂奔的快马。

　　有些女子，你对她们谦卑顺从，无济于事；如果没有任何情敌，她们的情爱便会减弱下来。富裕往往令人陶醉；沉浸在幸福当中，不易表现出平和的心灵。你瞧，一个慢慢耗尽燃料的几乎熄灭的火堆，它在白灰的覆盖下已经逝去；可是，如果放上硫磺，熄灭的火焰又会重新燃烧，而且放出先前一样的光芒。因此，当心灵因感到安全而松懈麻木的时候，就该用尖锐的刺激唤醒爱情。请设法让你的情人为你而感到心绪不安，重新燃起她内心逐渐冷却的焰火；让她知道你的负心而惊恐失色。

　　噢，这样的人真是异常幸福、无比幸福的呀：他的情侣因受欺侮而感到痛苦，她一听到自己不愿意加以证实的变心便晕倒过去；可怜的姑娘，她失声无语，颜容骤变。但愿我能成为那个被她狂怒地扯着头发的人！但愿我能成为被她的纤指划破薄薄脸皮的人！她以凶狠的目光盯着他，看着他无法不落泪；没有了他，她就是想活也不能活下去！如果你问我：要放多长时间让她抱怨自己的受辱呢？我的回答是：时间不可太长。拖延过久就会使怒气积聚力量。赶快用你双臂搂住她白皙的颈项；让她涕泪纵横的脸庞紧靠着你的胸膛。你以热吻回报她的哭泣；她哭泣时，你献给她爱的欢愉。这样，就会平静下来。这是消除怒气的唯一方法。当她暴跳如雷的时候，当她似乎是势不两立的敌人的时候，你便请她到床上谈和，她会柔顺起来的。在床上，便放下武器，达成和谐一致。相信我吧，宽恕是从床上出来的。刚才争斗的鸽子，此时便亲起嘴来；它们的咕咕叫声是爱情的话语。

世界的初期，安排无序，一团混沌，分不清星辰、陆地和海洋。不久，天置于大地之上，海洋把陆地环绕起来。混沌划分为各种成分。森林成了猛兽的住所；天空成为飞鸟的家乡；游鱼潜在流水里。当时人类孤寂地在原野上游荡，他们肌肉发达而缺乏智慧，除一副粗鲁的躯体之外便没有什么。树林是他们的居所，他们以野草为食，以树叶为床。他们很长时间彼此不认识。据说是抚爱的感官之乐令这些野性的心灵柔顺起来。女人和男人在一处相遇，他们要做的事儿，无师自通。用不着任何技巧，维纳斯便履行了自己的温柔职责。雄性的鸟儿有它所爱的雌鸟。鱼儿在水中找到共享欢乐的伴儿。母鹿追求着公鹿。雄蛇和雌蛇结合在一起。交配的母狗，一直附在公狗的身上。雌羊欢天喜地接纳雄羊。公牛高兴地找到母牛交配。雌山羊接受令人厌恶的雄山羊的猛攻。母马发情，不顾江河阻隔，要到远远的地方寻找公马去。

因此，勇敢地向前吧，为了平息你情人的怒气，请应用这种强力的良方。唯有它能使她强烈的怨恨消解。这比玛卡翁①的液汁更胜一筹。你犯了过错之后，这种良方能使你恢复原先的地位。

认识自己以发扬自身的长处

我这样歌唱的时候，阿波罗突然在我面前出现；他用手指弹拨他的

---

① 玛卡翁，著名医师。

金琴琴弦。他的手中执着一束月桂，他神圣的头上戴着月桂冠。这位不难识别的先知神人走近我，对我说道："你呀，你这教人轻松自如去爱的导师，把你的弟子领到我的神殿中来吧。这儿有一条铭文，已经传到世界的各个角落，它敦促每个人认识自己。唯有认识自我的人，才会爱得聪明，才会量力而为。天生一副好颜容的，就应该让人欣赏个够。长有一身细嫩皮肤的，就应当常常赤膊而卧。言谈动人的，要避免阴郁的沉默。会唱歌的，就歌唱吧。会饮酒的，就把杯吧。不过，夸夸其谈的人们，可不要在日常的交谈中进行朗诵；怪诞的诗人，你们也不要在谈话中诵读自己的诗篇。"这就是福玻斯①的忠告，请听从他的忠告吧！这位仙人的神圣之口发出的是颠扑不破的真实言辞。

现在我再来谈一些更为切近我们的事情。谁爱得聪明，谁就会赢得胜利，谁就会得到符合我们"技巧"所要求的东西。

爱情的忧伤

地力消耗，我们下种，田畴未必始终都有好收成。船儿航程难料，未必总能乘上顺风。快乐无多，而忧愁不少，这就是谈情说爱的人的命运。但愿他们对诸多的折磨做好思想准备。阿笃斯山②上的兔子，希勃拉山③上养的蜜蜂，绿叶橄榄树结的果子，海滩上的贝壳，为数之多都

---

① 即阿波罗。
② 阿笃斯山，希腊哈尔基季基的一座山。
③ 希勃拉山，西西里的一座山，古代以蜂蜜而著名。

比不上爱情上的折磨。我们所中的利箭满蘸苦液。人家对你说，你的情人出门了，你可能正看见她在家里，那你就算她已经出门，认为你的眼睛看错好了。她答应让你来过夜，可是却大门紧闭；那你就耐心忍受，就在肮脏的地上席地而卧。也许来一名撒谎的婢女，以傲慢的口吻冲你说："怎么搞的？这男人竟在门前纠缠！"这时你便以哀求的姿态，用动听的言辞向大门说话，还得恳求那忍心的侍女；你得除下那戴在头上的玫瑰花环 ①，把它放在门槛上 ②。如果你的情人想见你，她就会出来；如果她避而不见，那你就走开。有教养的男人是不应该硬来的。难道你想逼得你的情人非这样说话不可："这家伙真叫人无法摆脱！"谈情说爱的心境并不是随时都有的。你不必羞于忍受美人儿的辱骂，甚至痛打，也不必羞于去吻她的纤纤小足。

面对情敌的举止：玛尔斯、维纳斯和伏尔甘

我为什么停留在一些琐细的事情上呢？我的思想渴望着接触更重大的课题。我要歌唱的是大事情。读者诸君，请仔细注意。我的任务艰难，但如无艰险，何来功业？我的"技巧"要求你做的是艰巨的工作。

耐心地忍受情敌，胜利将会属于你。你将作为得胜者登上伟大的朱庇特的神殿。请相信吧，那里发出的不是人的语言，而是希腊橡树的神

---

① 参加宴会者一般头戴花环，这表明书中的人物刚从宴会归来。
② 这是求爱的表示，有时也把花环挂在门上。

谕①。我的"技巧"不可能提供更重要的东西。女友向你的情敌做眉眼？请忍受着。她写信给他？别去碰书版。她愿意从哪里来就让她从哪里来；她喜欢去什么地方就让她去。这种曲意逢迎，一些丈夫对自己的合法妻子都这样做了，尤其是进入温柔梦乡的时候。我承认，这方面的技巧，我并不完善。有什么办法呢？我自己就达不到本人要求的境界。

怎么？人家在我面前向我的美人眉目传情，我却忍受下去！我怒火中烧，却不做出过激举动！我记得有一天，她情人和她亲吻；我就为了这吻而大发脾气。我们的情爱便满带野蛮的言行！这个毛病给我的损害已不止一次。允许别人到自己情妇家中的人却机灵得多。但最好还是装聋作哑，让她把自己的变心隐藏起来；别迫使她装模作样，以掩饰自己的脸红。年轻的人们哪，这也是不必去揭穿你们的情人的理由。就让她们欺骗你们好了，让她们欺骗你们的时候，还以为你们是受她们的话蒙蔽的。揭穿一对情人，反而令他们爱得愈深。他们俩一旦休戚与共，就会导致他们在失足的方面坚持下去。

我们来讲一个整个天上都熟知的故事，即关于玛尔斯和维纳斯的故事。由于伏尔甘②的妙计，他们两个人被当场抓获。玛尔斯战神狂恋着维纳斯，凶猛的战将成了俯首的求爱者。维纳斯对这位指挥战争的仙人并没有粗暴相对，也并非铁石心肠；因为没有任何女神比她更温柔的了。据说，这位爱开玩笑的女子，多次取笑丈夫的拐脚以及因火或因劳作而变得坚硬的双手！同时，她还在玛尔斯面前模仿伏尔甘的动作。这

---

① 传说鸽子栖息在橡树上，能发人言，表达神谕。
② 伏尔甘，火神和锻冶之神，维纳斯的丈夫，曾用一张巧妙的网把维纳斯和玛尔斯双双捉住。

在她身上倒十分好看，她的美色更添千般娇媚。开始时，他们两个人通常都掩饰自己的幽会；他们的罪过情欲满含着保留和羞耻。由于太阳神的揭露（谁逃得过太阳神的目光呢？），伏尔甘了解到妻子的行为。太阳神哪，你作出了一个多坏的榜样！你倒不如向维纳斯索取报酬。为了报答你的保密，她也会献给你一点什么的。伏尔甘在床的四周和上面布下了令人觉察不到的大网。他的杰作肉眼是看不出来的。他装作要动身到利姆诺斯①去。一对情人便来幽会，两个赤条条的，全落在大网之中。伏尔甘唤来诸神，给他们看看这一对被俘者所呈现的美妙形象。据说，维纳斯几乎忍不住流泪。两个情人无法遮住自己的脸容，甚至不能用手掩盖自己不愿别人看见的部位。

当时一名神祇笑着说："诸神中最勇敢的玛尔斯，假如说链条令你感到拘束，就请交给我好了。"经过海神尼普顿的求情，伏尔甘才勉强放了这一对囚徒。玛尔斯隐退至色雷斯，维纳斯到了帕福斯。伏尔甘哪，经过你这次所使出的高招之后，他们两人从前偷偷摸摸干的，现在竟然公开来做了；因为他们已经失去羞耻之心。而你自己也常常承认，你的这一做法愚蠢而又鲁莽；据说，你也后悔自己所施的妙计。

你们可千万别干这样的事情，当场被捉的狄俄涅②，是不允许你们设置她曾经深受其苦的陷阱的。不要在情敌的周围布网，不要截查偷写的情书。如果合法丈夫认为这样做是恰当的话，就让他们去做好了。我再一次郑重宣布③，我在这里并非是拿法律所禁止的东西开玩笑。我们

---

① 利姆诺斯，希腊岛屿，伏尔甘喜去的地方，也是他最受崇拜的地方。
② 狄俄涅，维纳斯的母亲，此处引申为维纳斯。
③ 参看卷一《开场白》末句。

不让公民之妻混到我们的游戏中来。

在爱情方面绝不张扬

谁敢将刻瑞斯 ① 的神秘祭仪和萨莫色雷斯岛上的庄重仪式向局外人透露呢？保守秘密，算不上多大的功劳；而张扬应当是秘而不宣的事儿，却是重大的罪过。饶舌的坦塔罗斯，想摘树上的果儿，无法到手；站在水中央，却要忍受焦渴；他真是活该如此，维纳斯尤其要我们保守她祭礼的秘密。我要提醒你们：可不要让任何多嘴的人参与她的祭仪。维纳斯的秘密并非藏在箱中，祭礼也没有以猛烈的铙钹声伴随。是的，我们每个人都参与其事，但每个人都愿意严守秘密。维纳斯自己亦如是，当她脱下衣裳时，俯身前倾，并用左手遮掩她那动人的隐私部位。动物在众目睽睽之下随处交配。年轻的姑娘，面对此景象，常常避而不看。我们幽会所需要的，是一个关得严紧的房间；我们一般都用布料把羞于示人的部位遮盖。我们寻求的是暗处，起码是半明半暗的地方，比大白天要幽暗的去处。在那没有瓦遮阳挡雨的时代，在那以橡树为隐蔽处、以橡实为食的时代，人们也并非在光天化日之下交欢，而是在山洞里，在树丛内；还在野蛮时代，就已经有羞耻的顾忌了。而我们今天却把夜间的业绩大肆张扬，我们以很高的代价换来什么呢？仅仅是夸夸其谈的乐趣。人们还到处详细描述一切女子的风韵，逢人便说："这个女子，我已

———————

① 刻瑞斯，谷物女神。

得手！"总有某一位可用手指指给人家看，以致所有你要接触的女性都成了不光彩话题的对象。更有甚者，有些人还凭空造出一些艳遇的故事来（这些故事如果的确如此，他们自己准会否认）。听他们说来，天下的女子，谁都跟他们睡过觉。虽然他们不能得到其人，但已损害其声誉；身体虽然贞洁，而名声却受玷污了。去你的吧，我们讨厌的看守者，替你的美人儿关好门吧，给坚固的大门加上重重大锁好了。既然有些人毁人声誉，想叫别人相信他们并未到手的幸福，那又在什么地方能找到可靠的庇护呢？至于我们，我们谈及自己的成功，甚至是真实的成功，都非常克制。我们用无法穿透的沉默的神秘帷幕把自己的偷情掩盖起来。

甚至赞扬爱侣的缺陷

　　你尤其不可指摘一个女子的身体缺陷。多少情郎对此是装作视而不见的！那个脚上长着快翼的人 ① 可不曾非议安德洛墨达的肤色。大家都一致认为，安德洛玛克身材过长，只有一个人觉得她高矮适度，那就是赫克托耳 ②。你不易忍受的，应当去习惯它；那你就不难忍受了。习惯令许多事情变得易于接受。而爱情初生时却对什么都敏感。刚接在绿色树皮上的新枝还十分娇嫩，微风一吹，它就会倒下来。不久，它随着时间的推移而变得稳固；新枝长成了粗壮的大树，迎击风暴，还结出嫁接的果实。时间冲淡一切形体的缺点；当初的缺陷，随着时光流逝，便不再

---

　　① 指珀耳修斯，安德洛墨达的丈夫。
　　② 赫克托耳是安德洛玛克的丈夫。

成其为缺陷。我们的鼻子未习惯的时候，忍受不了牛皮的气味；久而久之闻惯了，也就感觉不出这股气味来。

况且有些字眼可以用来掩饰缺陷。人们把血色比伊里利亚的松脂还黑的女子唤做棕色女郎。她眼睛斜视吗？说她像维纳斯好了。她长一双黄眼睛？就说她像密涅瓦。她瘦得仅存一丝生命气息？你就说是体态轻盈。矮小的，称做娇小玲珑。臃肿的，唤做体格丰满。简言之，就是用最接近的优点把缺陷掩饰起来。

年　龄

别问她的年龄，也不要打听她的出身（这是刻板的监察官的职责），尤其是，当她并非花信年华，艳丽时光不再，而且已经自拔灰白头发的时候。

年轻人哪，这个年龄，甚至更大一点的年龄，仍然是有用的。是的，这一片人们不屑一顾的田地，会有所收成；这一片田地，也宜于播种。趁着精力和年岁许可的时候，别怕劳累，因为过不了多久，令你佝偻的衰老之年，便会悄悄地来临。用你的桨，劈开海水；用你的犁，耕耘土地；或是用你好斗的双手，拿起杀人的武器；再不然，就把你男性的精力和关怀献给妙龄的妇人。后者也是一种服役；这种服役也带来财富。

再说，这种年纪的女子更懂情爱之事，她们富于经验，而唯有经验才造就出艺术家来。她们着意修饰，以弥补年岁的侵蚀；她们小心在意，不让自己显出老妇的样子来。在情爱方面，她们会按照你的意愿，造出千姿百态。没有任何春宫画册会摆出那么多的姿势。她们感受的快感并不借人为的刺激而生。为了享受到真正的欢乐，需要女人和男人同样参与。我讨厌那种并不能令双方都获得充分满足的搂抱，我对男童之爱兴味索然的原因就在于此。我讨厌那种因为必须委身而委身的女子，她无动于衷，还在想着她的编织活计。出于义务而给我的快乐，我并不感到惬意；我不要女子对我尽什么义务。我愿意听到表明她享受快乐的声音。但愿她要求我把动作放慢一点，忍住不退以延长使她感受欢愉的时间。我多乐意看见似醉如狂的情妇那一双求饶的眼睛，她精疲力竭，久久地不想人家触碰她。

可是这些长处，老天却不赋予稚嫩的少女，而通常要到三十五岁之后才见到。就让急性子的人去喝新酒好了；至于我，我要喝那执政官时代的酒瓮所盛的我们祖先酿下的陈酒。

梧桐只有长到足够的日子才能遮阳；刚剪割的草地扎伤赤脚。怎么！你宁愿要赫尔弥俄涅 ①，而不要海伦？戈耳革 ② 要胜过她的母亲？无论如何，如果你愿意和成熟的维纳斯打交道，只要你坚持下去，你会获得丰厚的酬报。

床笫之事

现在两个情人上了同谋共犯的床；缪斯呀，在他们卧室的紧闭房门

---

① 赫尔弥俄涅是海伦的母亲。
② 戈耳革的母亲是阿尔泰娅。

之前，请停下脚步吧。他们无需你的帮助，自有千言万语倾诉；在眠床之上，连左手也不得空闲。手指会在爱神秘密之箭所乐意投射的地方有所动作。勇士赫克托耳当初就是这样对待安德洛玛克的，他不仅仅在战场上才是个好手。伟大的阿喀琉斯，当他倦于征战，躺在柔软的睡床休息的时候，他对女俘布里丝的举动也是如此。布里丝呀，他那双手是染着弗里吉亚人的鲜血的，可你还是承受着他的抚摸。淫荡的妇人哪，令你快乐的，不正是你身上领受到的那双胜利者之手吗？

请相信我吧，不要急于达到快感的高潮；而要经过几次迟疑，不知不觉慢慢地达到这种境地。当你找到了女子喜欢领略人家抚爱的地方，你不必害羞，尽管抚摸好了。你就会看到你的情人双眼闪耀着颤动的光芒，犹如清澈的流水反射了太阳光线。接着便传出呻吟之声，温柔的细语、甜蜜的唤叫以及表达爱欲的言辞。但不要过度扬帆；把你的情人甩在后面，也不要让她超过你，走在你的前头。要同时赶到临界的地方；当男女二人都败下阵来，毫无力气地躺卧着，这时候的快乐真个是无以复加！当你悠闲自在，不必因恐惧而不得不匆匆偷欢的时候，你是应当遵循上面的行动规矩的。而当延迟会招致危险的时候，那就得全力划桨，用马刺去刺你那匹全速飞奔的骏马。

结束语并转入第三卷

本卷行将结束，怀有感激之心的年轻人哪，请赠给我棕榈，并在我洒了香水的头发上，给我戴上爱神木的花冠。希腊人中精于医术的，是波达利俄斯①；勇武出名的，是埃阿科斯的孙子②；长于辞令的，是涅斯托尔③；犹如卡尔卡斯④之擅长占卜，亦如忒拉蒙⑤之子之善使兵器，再如奥托墨冬之长于驾车；我也一样，我是爱情的专家。男子汉哪，请来歌颂你们的诗人吧，赐我以赞美之词，让我的名字在全世界传诵。我给你们提供了武器，即如伏尔甘给阿喀琉斯供应兵器一样⑥。阿喀琉斯已经获胜，希望凭着我的赠言，你们也会成为胜利者。但愿所有靠着我的利刃战胜亚马逊女子⑦的人，在他们的战利品上写上："奥维德是我的导师。"

而现在温柔的少女们也来向我请教了，稍候一下，你们即将成为我下一卷的描述对象。

---

① 波达利俄斯，军中名医。
② 指著名英雄阿喀琉斯。
③ 涅斯托尔，特洛伊战争中的名将。
④ 卡尔卡斯，特洛伊战争时希腊联军中的随军预言家。
⑤ 指埃阿斯。
⑥ 伏尔甘曾为阿喀琉斯制造盾牌。
⑦ 传说这是善战民族的女子，她们丢弃所养的男孩，而且烧去自己的左乳，以便弯弓。此处只是比喻的用法，指一般女子而言。

卷　三

主　旨

我已把武器交给了希腊人来打亚马逊人；现在，班黛西莉亚 ① 啊，我也把武器交给你和你的军队。你们以同等的武器上阵吧，胜利将属于那行善的狄安娜 ② 以及那在全世界翱翔的小精灵 ③ 所垂顾的人们！让你们女子赤手空拳去跟武装起来的敌人较量，那并不公正；而男子汉们，你们在这种条件下打赢了也是可耻的。

或许在人群中有男子会这样说："为什么给毒蛇供应新的毒液？为什么让羊圈向疯狂的母狼打开？"请不要把几个女人的罪过加到全体女子的身上；她们中的每一个人应该按其行为来作判断。阿特里代幼弟和长兄 ④ 满可以提出严厉的指控，弟弟控诉海伦，哥哥控诉她的姐姐。塔拉俄斯 ⑤ 的女儿厄丽菲勒 ⑥，她的罪行是把活生生的安非阿拉俄斯 ⑦ 及其活生生的马匹送进了斯提克斯冥河。但帕涅罗珀，在其丈夫十年海上漂泊

---

① 班黛西莉亚，亚马逊人的女王，在特洛伊战争中，协助特洛伊居民作战，被阿喀琉斯所俘，成为阿喀琉斯的妻子（一说被阿喀琉斯杀死）。

② 狄安娜，即维纳斯。

③ 指爱神丘比特。

④ 阿特里代幼弟和长兄：幼弟指墨涅拉俄斯，海伦曾背叛他；长兄指阿伽门农，他被海伦姐姐杀死。

⑤ 塔拉俄斯，阿耳戈号远征船的英雄之一。

⑥ 厄丽菲勒，她接受了别人赠礼，明知丈夫出征不利，还是怂恿丈夫远征。后被她儿子杀死。

⑦ 安非阿拉俄斯，厄丽菲勒的丈夫。

十年征战期间，却始终坚贞不渝。请想想那费拉科斯的孙子[①]，还有那位据说追随丈夫过早捐生的人儿[②]。阿尔刻提斯[③]赎回斐瑞斯的儿子也就是她丈夫的生命；丈夫得救，妻子却替他奔赴黄泉。伊菲阿丝[④]说道："卡帕纽斯啊，请接纳我吧；让我们的骨灰混在一起好了。"言毕，她便纵身跳到焚尸柴堆中去。

　　从其装饰和名声而言，德行是女性化的；它得到女性的喜欢，那又有什么可奇怪的呢？然而，我的著作却不是面向这些人的。我的小船只需小小的风帆就可以了。我只教授轻巧的爱情。我就来教女子如何博取他人的爱。

　　女人不懂得躲避爱火和爱神的残忍利箭。我注意到这种利器在男人的身上造成的伤害较浅。男子常常薄情，而柔弱的女子，负心的不多；且来深入考察一下吧，女性背信弃义的是很少的。那出生于法兹河畔的女子[⑤]，已经做了母亲，还被伊阿宋欺骗和抛弃。埃宋的儿子[⑥]怀里另拥新妻。忒修斯呀，正是因为你，阿莉阿得尼[⑦]才被遗弃在她不熟悉的地方，成了海鸟的食粮。请考察一下为什么菲利斯[⑧]曾九次返回海边呢；树木为她所失去的一切而痛哭，还把叶子撒落在她的坟

---

① 指普洛忒西拉俄斯。
② 指拉俄达蜜亚，普洛忒西拉俄斯的妻子。
③ 阿尔刻提斯，弗赖国王阿得墨托斯的妻子，因丈夫患不治之症，为了挽救丈夫，她情愿代他去死，后获救。
④ 伊菲阿丝，卡帕纽斯的妻子；卡帕纽斯是阿耳戈斯国国王，攻打忒拜城的七英雄之一，曾扬言朱庇特亲自上阵也守不住城池，攻城时被朱庇特用雷电击毙。伊菲阿丝跳进丈夫的火化柴堆中殉身。
⑤ 指美狄亚。
⑥ 即伊阿宋。
⑦ 阿莉阿得尼，克里特王的女儿。
⑧ 菲利斯，她曾九次迎接未婚夫而不见。

头上。艾丽萨 ① 呀，你的客人 ② 以虔信而著称，而正是他给你提供利刃，导致你自尽身亡。我给你们说吧，你们招致毁灭，就是因为你们不懂得去爱。你们缺乏技巧，而运用技巧才能令爱情久长。就是今天她们也懂得不多；维纳斯女神命令我授课，她亲自在我面前现身说道："那些不幸的女人曾经做了什么？她们并无防卫武器却被成群结队地投到全副武装的男子那里。男子汉们，用两卷书就足以令其掌握爱的技艺；现在轮到女性通过你的课程来接受教育了。那个当初谴责海伦的诗人 ③，后来却在另一更美妙的诗篇中对她加以赞颂。如果我对你的认识不错的话，你是爱过女人的，请别伤害她们吧。你由此而得的酬报，你毕生都可以索取。"她站在我面前这样说着，同时从她戴着的爱神木的花冠上摘下一片树叶和几颗种子递给了我。我接受下来的时候，感受到神明的感召：空气格外明亮清新，而工作的重担一点也不紧压心头。

当维纳斯赋予我灵感的时候，女士们哪，请来我这里来求学吧！我说的是贞节观念、法律以及她们的身份都允许这样做的女士。从今以后，请想想将至的老境吧。这样，你就不会让时光空流而不加以利用。当你有此可能，当你还处于青春年华的时候，请及时行乐吧。光阴似水流一般消逝。逝去的流水绝不可能倒溯其源，流走的时光也不可能回转。要好好利用你的年华，它正以飞快的步伐溜掉。纵然此刻无比幸福，但今天的日子总不如昨天的强。在这些枯朽的荆棘之地，我看到了

---

① 艾丽萨，即狄多娜，曾与特洛伊王埃涅阿斯相爱很长一段时间，因后者离去而失望自杀。
② 指特洛伊王埃涅阿斯。
③ 指古希腊诗人斯得斯科鲁斯。

紫罗兰盛放。从前这种带刺的灌木曾经给我提供中看的花冠。今天你把情人挡在外边，这么一天将要来临：你成了无人理睬的老妪，晚间在冰冷的睡床上孤枕独眠。你家门前晚上不会有情人争着求见而致把门撞坏，早晨你也见不着门槛上撒满了玫瑰花。唉呀，灿烂的容颜正在消逝，肌肤迅速松弛，皱纹日渐加深。你曾发誓说你少女时候就已经有的白发，霎时间便铺满了全头！

蛇通过蜕皮摆脱衰老；鹿丢掉角儿留驻年龄；而我们的优势却一去不复返。采摘花儿吧，你不去采摘，它自个儿就会枯萎落地。再说，分娩令少妇更快衰老，收获频繁促使地力枯竭。月神哪，你并未因拉特摩斯山上的恩底弥翁 ① 而感到羞耻。刻法罗斯被长着玫瑰手指的女神 ② 掠去，也并非是可耻之事。至于维纳斯，且别说她还在为之而痛哭的阿多尼斯 ③ 了，她的儿女，埃涅阿斯和哈耳摩尼亚，又是跟谁生的呢？凡间女子啊，请学习仙人的榜样吧，你们可以给予情人的欢乐，请别拒绝奉献给他们。

就算他们负心吧，你们有什么损失呢？你们所拥有的一切依然留存着。一千名男子享有你们的美色，你们的魅力也不会因此而耗损。工夫久了，铁会磨损，石会销蚀；而我所说的那东西，却能抵御一切，而不必担心有丝毫的损坏。把火光引到另一火头上去，谁会拒绝？谁会为深深的海洋节约无边无际的水？然而，有的女子却这样回答男人："一个女人实在不应该这么把自己奉献给一个男人。"

---

① 恩底弥翁，英俊的青年牧人，月神爱上了他，每夜到山中与他相会；宙斯应月神要求，令他永远处于睡眠状态，以使其青春长驻。
② 指曙光女神，她爱上俊美的猎人刻法罗斯，并把他拐走。
③ 阿多尼斯，维纳斯的情人。

怎么啦？你有什么可损失的？无非是一点儿洗刷身子的洗澡水。再说，我也不是劝你随便委身于任何人，只不过要求你无须担心虚幻的损失。你纵然献身，也是丝毫无损的。

不久，我将需要更强劲的风力；我还在港口的时候，就让轻风一阵，送我前行！

自我修饰

我先从自身的照料谈起。葡萄得到很好的照料，葡萄酒才获得丰产；精耕的田地，才有良好的收成。美貌是神祇的赐予，不过，可将美貌引以为骄傲的人能有几个！你们大部分的人都未得到神祇的赐赠。细心的修饰，会给你美丽的颜容；俏丽的脸儿，如果疏于整理，哪怕是美比维纳斯，也会失却光彩。从前的妇人之所以并未好好地照料自己的身体，那是因为她们的丈夫也不注意自身的照料。如果说，安德洛玛克披的是一件粗布长衣，那又有什么可奇怪的呢？她丈夫 ① 不过是一个粗鲁的士兵。人们可曾看见埃阿斯的妻子，以华美的装饰去会他那以七张牛皮做盾的丈夫？

从前弥漫着一片粗野的淳朴之风，如今罗马金光璀璨，拥有它所征服的世界的巨大财富。请看看今天的卡匹托尔 ② 和从前的卡匹托尔吧：就好像是供奉另一个朱庇特的神殿。今天的元老院会场才真正配得上庄

---

① 指特洛伊英雄赫克托耳。
② 卡匹托尔，朱庇特神殿的所在处。

严的集会，塔迪奥王执政的时候，那不过是茅舍一间。现在的巴拉丁山①灿烂辉煌，受阿波罗和众领袖的保护的时候，又是怎么样的呢？不过是耕牛的牧草地而已。让别人去怀念往昔好了！而我，我庆幸生于今天的世界上。这个时代和我们的风尚正相适应。是因为今天从地下采掘可锻冶的黄金？是因为从各地海岸运来精选的珠贝？是因为眼看大理石的大量开采而致山岗缩减？是因为我们的堤坝逐走了蓝色的波涛？不是的。而是因为人们讲究自我修饰；我们这个时代再也见不到我们祖先遗留下来的粗野。

但是，可不要让你们的耳朵挂上黑肤色印度人从绿水中采来的高价宝石；也不要穿着缝着金饰的沉重不已的服装。你们本想以这种奢华吸引我们，却常常把我们吓跑。

发 饰

优雅的装扮才叫我们入迷。你们的发饰可不要蓬乱。梳头女仆的双手能增添美貌或使颜容减色。发式不止一种；女子应当学会选择最适合自己的发型，首先是要勤照镜子。脸儿长的须将额上的头发分梳，不加任何饰物：拉娥达蜜亚就是这种梳法。圆脸庞的要把头发梳起来，在额前结一小髻，让双耳露在外边。奏出和谐音调的福玻斯②啊，有的少妇就像你调琴时那样，让长发飘拂在肩头。另一女子则

①　巴拉丁山，供奉阿波罗神的地方。
②　福玻斯，即阿波罗，太阳神。

把头发盘在后边，就像狄安娜穿上卷起的短衣追逐受惊的野兽时那样。有的人宜配蓬松、随意飘动的发式，有的人则须卷发而且梳得扎实。这一个用得着斯勒尼城的玳瑁梳子装饰，另一个则要梳成波浪形的模样。浓密橡树的果实数也数不清，希勃拉山上的蜜蜂、阿尔卑斯山上的野兽，点也点不尽；各式各样的发型，更无法一一列举。每天都有新花样。漫不经心的发式倒与不少人匹配；人们常常以为是昨夜的梳妆，其实是刚刚才整理。艺术在于模仿偶然。在被攻陷的城池上，伊娥勒 ① 正是这个模样，她给赫丘利看见了，赫丘利随即说道："我爱的正是她。"格诺斯城的女儿 ②，你也是这样的呀，当时你被遗弃，酒神巴克科斯把你掳到车上，林中的众精灵发出"伊荷嘿"的欢叫声。

　　噢，大自然多么有助于你们保持美色，因为你们有许多办法补救毁损。而我们男人，毛发脱落，十分懊丧；我们的头发被时光带走，就像凛冽的朔风摇落树叶一样。女子嘛，她用日尔曼的草汁涂染白发，给头发添上人工的色泽，比天然的颜色还要来得好看。女人披着浓密的头发出现在我们面前，那头浓发是她买来的；她花了点钱便把别人的头发据为己有。她当众购买，毫不害羞。人们就在赫丘利和众缪斯的面前 ③，公开出售。

---

　① 伊娥勒，俄卡利亚国王的女儿，赫丘利的情人。赫丘利因国王拒绝把女儿许配给他，便进攻该国，攻破城池，俘获了伊娥勒。
　② 指阿莉阿得尼，她的父亲弥诺斯住在格诺斯城。
　③ 指位于玛尔斯广场的神殿。

衣　着

　　关于衣着，我要说些什么好呢？我这里指的不是黄金饰带，也不是用蒂尔红染过的毛织物。价格便宜的多种色泽的衣料不难找到，而人们却要把全部财产放在衣着上，多么荒唐！你看这天蓝色，当天空无云、温和的西风不带雨水的时候就是这个样子。你瞧，这颜色多像你的毛料，而你呀，据说曾经令佛里克索斯和赫勒避开伊诺 ① 的诡计。这是模仿海水的色泽，布料因海水而得其名 ②，我宁愿相信，它是仙女的衣装。那是藏红花的重现，浇洒露水的仙女 ③，当其套上马车驰行的时候，穿的就是藏红色的衣裳。另一是仿效帕福斯的香桃木，再一是模仿紫水晶，或是淡玫瑰，再或是色雷斯的鹤羽。阿玛莉里斯 ④ 呀，我们也有你喜爱的橡实的颜色，还有杏仁的颜色。蜂蜡也赋予布料以蜡色的名称。大地复苏，繁花再现，和煦的春天使葡萄抽芽，驱走慵懒的冬季；花儿有多少，颜色就有多少，甚至更多，毛料就染上这些颜色。请仔细地选择吧！因为并不是全部颜色都适合所有人的。黑色适宜于雪白的皮肤；黑色对布里丝 ⑤ 就非常相称，她被掳去的时候，穿的正是这种颜色的衣裳。

---

① 伊诺，佛里克索斯和赫勒的后母；她大肆虐待两个孩子，欲将其置于死地。两个孩子在宙斯的庇护下，被长着翅膀的公羊驮走，腾空而去。赫勒在飞行途中没骑稳公羊，坠海身亡。
② 有一种布料的名称从希腊文的"海水"而来。
③ 指曙光女神。
④ 阿玛莉里斯，维吉尔牧歌中提到的美丽牧女的名字。
⑤ 布里丝，阿喀琉斯的女俘。

白色适合棕肤女郎。你呀，刻甫斯的女儿①，白色衣装让你显得更有魅力；当你从塞里福斯岛下来的时候，正是这种颜色的装束。

打扮漂亮的其他方法

我立刻要提醒你们：腋下不可有狐臭之味，双腿不可竖起粗硬之毛。但是我的告诫并不面向住高加索山岩的妇女，也不面向饮米兹的盖伊克河河水的姑娘。那无异于叮嘱你们注意牙齿洁净，每天早晨用水洗脸，会起什么作用呢？

你们已懂得运用脂粉使颜容鲜艳；天生血色不足皮肤不够红润的，便用人工方法使之鲜红。你们也知道巧妙地弥补眉毛之间的间隙；化妆用品把你们双颊的天然色泽遮掩起来。你们用细灰或用那长在清澈的塞得努斯河两岸的藏红花描画眼圈，并不为之感到羞愧。

关于美容的方法，我已经写了专诗②。它虽然简短，但从我所下的工夫来说，却是重要之作。你们也可以从中找到弥补面容损害的挽救之方。我的"技巧"不会置你们的利益于不顾。

不要让别人看自己化妆

但是，可别让你的情郎看见你桌上摆满了小盒子；要在别人不见的

---

① 指安德洛墨达，刻甫斯是埃塞俄比亚国王，安德洛墨达的父亲。
② 指作者的另一著作《妇女美容品》，仅存残篇于世。

时候才运用美容之法。看着你的脸孔涂满葡萄酒渣，酒渣因自身重量竟流到你温热的胸脯，谁能见此情形而不感到恶心？以羊毛粗脂为原料而制成的脂粉，那种气味又是多么强烈啊！虽然这种由未经清洗的母羊毛提取的液汁是从雅典运来的。我更不赞成你在别人面前使用鹿髓混合剂，也不赞成你在别人面前清洁牙齿。所有这一切都能增添你的美貌，但别人看起来却不雅观。许多事情做的时候叫人恶心，做好以后却讨人欢喜！请看看今天这些由勤勉的米隆①署名的雕像，它们原先不过是一块不成形的顽石，一块粗糙的金属。要做戒指，首先要捶打黄金。你此刻所穿的衣服，当初不过是肮脏的羊毛。这块大理石，在人们着手琢磨的时候，曾是粗糙的石头，而今天竟成了著名的雕像，它就是拧去湿发之水的裸体维纳斯。你也一样，当你修整仪容的时候，我们可以认为你已经睡去；你修饰完毕便显得加倍美丽。为什么我要了解你脸孔的白皙颜色从何而来？紧闭你睡房的大门吧。为什么要把不完善之作显露出来呢？许多事情是不宜让男人知道的。假如我们看透了内幕，那么几乎所有外表都会叫我们恶心。舞台上的金色布景，你们去仔细看看吧：那不过是木头上包了一层薄薄的金属片！但布景未完成的时候，是不许观众走近去看的。你们也一样，化妆的时候，可不要让男人在场。

　　然而，我却不阻止你们在男人面前叫人梳理头发，好让他们看见你们的秀发披肩。可这个时候请千万注意别使性子，不要叫人三番五次梳了又拆，拆了又梳。别让梳头的女仆见你就怕，我憎恨这种妇人：她们用指甲划破女仆的脸孔，或拿起发簪戳进侍女的手臂。女仆诅咒她双手

---

　　① 米隆，古希腊著名雕刻家。

持着的那女主人的头颅，流着血，任泪水落在那令人憎恶的头发上。凡是没有秀发可以夸耀的妇人都应当在门前置一步哨，不然就长期到善良仙子神殿 ① 之内梳头。有一天，人们向一位美人儿通报我的不期而至，她在慌乱之中，竟把假发倒戴。但愿此种羞辱只让我们的仇敌领略！就让帕提亚的女人 ② 蒙受这样的羞耻吧！这种丑怪的事情犹如牛之无角，田地之寸草不长，树木之脱尽叶子，头上之毛发不生。

矫治身体缺陷的方法

塞墨勒 ③、丽达 ④，我的告诫不是面向你们的；还有你，欧罗巴 ⑤，你被一头假公牛驮到海上，更有你，海伦，墨涅拉俄斯要把你追回是理所应当的，抢走你的特洛伊人把你留住也不无道理；不，我的忠言也不是为你们而发的。前来听我的忠告的是普通大众，美丑都有，丑的比美的还要多！美人儿无需我的"技巧"的帮助和告诫。她们拥有属于自己的美貌而无需技巧去发挥美之威力。当大海平静的时候，舵手便可以安心歇息；波浪翻滚的时候，他才离不开船舵。

然而，没有瑕疵的脸庞并不多见；遮掩你的缺点吧，请尽可能掩饰你身体的缺陷。如果你身材矮小，那就请你坐下，以免你站立的时候，

---

① 善良仙子神殿，司生殖女神的神殿，不许男子入内。
② 帕提亚人是罗马人的宿敌。
③ 塞墨勒，大地女神，与宙斯相爱，生酒神巴克科斯，宙斯曾许诺她可提出任何要求；但她要求看一眼宙斯，结果被宙斯用雷电击毙。
④ 丽达，海中仙女，宙斯曾化作天鹅与她相会。
⑤ 欧罗巴，古代农神。

人家还以为你坐着；无论你如何短小，你躺在床上就好了；躺下来以后，为了不让人家打量出你的身材，请你在身上放件衣服，把双脚遮掩起来。如果身材太瘦，就请穿宽松的衣服，肩上再披一件宽阔的大氅。你脸色苍白？就请搽上胭脂，还得穿上颜色鲜艳的衣服。你皮肤的棕色太深了？请求助于法罗斯①的白色化妆材料。

畸形的脚务必穿进精细的白色皮鞋里，始终遮盖起来；干瘦的腿部不裹带子绝不要外露。薄薄的垫肩适宜于凸起的肩膀；紧身的胸衣补足扁平的胸脯。如果你手指太粗或是你的指甲欠缺光泽，那么说话的时候就不要伴以太多的动作。口气太重的女子切勿空腹时说话；她对于与之谈话的男子，要始终保持距离。如果你的牙齿发黑，太长，或是不整齐，那么你笑起来，可就糟糕透了。

其他手法

谁会相信呢？女子甚至应该学习如何去笑，她们因而愈添妩媚。双唇稍稍张开，嘴角轻轻翘起，要让双颊露出小小的酒窝儿，令唇边遮盖住齿尖。切勿长久大笑，前仰后合；要笑得轻盈，跟女子的身份相配。有些女人纵声大笑，嘴巴扭曲，十分难看。有的放声笑起来，神情就像哭一样。还有的笑声嘶哑，刺耳难听，犹如一头转动粗磨的老驴子发出的叫声。

何处不需要技巧呢？女子还要学习如何哭得得体。她们有需要的时

---

① 法罗斯，古埃及地名，以制造白色化妆材料而闻名。

候便按自己的意愿流下眼泪。

有些女子更改某一字母的正常发音，强迫自己的舌头在一个声音处颤动，对于她们，我要说些什么呢？咬不清某些字眼的缺陷在她们身上正是一种魅力；她们能够说好，却学习说得差一些。

所有这些手法都是有用的，请好好地留意。学会适宜于女子的走路步法。步态之中有着一分妖媚，那是轻视不得的。它能吸引或排斥你所不认识的男子。有的人，讲究臀部动作，使衣服随风飘拂，仪态万端地迈步向前；还有的人，活像翁勃连人①的肤色带红的妻子那样，叉开两腿，阔步行进。但是，在这方面，正如其他许多事情那样，总有一个应予掌握的分寸。在这些步态中，一端是土里土气十足，另一端是过分柔弱松弛。

无论如何，请你露出左边的肩头以及臂膀的上部。这对于肤色洁白如雪的女子尤其适宜。眼看此景象，我就恨不得去吻吻我从肩头所见到的一切地方。

嗓　音

塞壬②是海上的妖怪，它们发出悦耳的音响，使船只停航，无论船行的速度怎样。西绪福斯的儿子③，听到塞壬的声音，几乎要把受其所

---

① 这种人的习俗，十分粗野。
② 塞壬，半人半鸟的海妖。
③ 西绪福斯的儿子，指尤利西斯，传说中的英雄；尤利西斯航行经过塞壬所住的小岛时，为了免受歌声引诱，他用蜜蜡封住伙伴们的耳朵，并让他们把他自己绑在桅杆上，这样才不致被歌声诱去，避免了海难。

缚的绳子挣断，而他的同伴们则用蜜蜡封住了耳朵。悦耳的嗓音是一种魅力。年轻的妇女，都来学习唱歌吧；有许多女子，貌不出众，她们的嗓音就作为引诱的手段。请你们有时重哼从大理石剧场听来的曲调，有时按着尼罗河的舒缓节奏，重唱尼罗河之歌。那些听从我忠告的妇人，不应轻视右手执拨子、左手拿西特拉琴 ① 的艺术。俄耳甫斯 ②，罗多彼山 ③ 的歌手，他晓得用琴声触动岩石，感动猛兽，牵动鞑靼湖水，打动三头犬。你呀，你这公正地为母亲复仇的人 ④，听见你的乐声，石头便服服帖帖地垒成新的城墙。如果你相信人们熟悉的阿里翁 ⑤ 的故事，据说鱼儿虽然不会说话，但能感受歌声与琴声。也请学习用两手轻弹的纳布尔古琴吧，这种欢快的乐器最适合爱情的嬉戏了。

熟习哀歌诗作

请熟习卡利马科斯 ⑥ 的诗篇，科斯诗人 ⑦ 之作，特奥斯老叟 ⑧ 的诗歌——后一位诗人是葡萄酒之友。请你们也熟习萨福 ⑨——有什么诗篇

---

① 西特拉琴，古希腊乐器，通常有七至十一根弦。
② 俄耳甫斯，色雷斯的诗人和歌手，善弹竖琴。
③ 罗多彼山，位于色雷斯，俄耳甫斯的出生地。
④ 指安菲翁，曾与其孪生兄弟为受辱的母亲复仇；他善操竖琴，兄弟俩决定修筑城墙时，石头随着神奇的琴声自动垒成城墙。
⑤ 阿里翁，古希腊的诗人和歌手，传说他航海遇劫遭难时，受他的琴声和歌声所打动的海豚救了他。
⑥ 卡利马科斯，古希腊学者、亚历山大派诗人。
⑦ 指古希腊诗人菲雷塔斯，科斯人，科斯是爱琴海的岛屿。
⑧ 指阿那克里翁，古希腊宫廷诗人，诗作多以歌颂醇酒和爱情为主题。
⑨ 萨福，古希腊女诗人，她的诗歌曾被认为有伤风化。

比她的诗歌更风流？还得认识那位给我们描绘了一个受葛达骗子诡计之骗的父亲的诗人 ①。你们也可以读读柔情如水的普洛佩提乌斯 ② 的诗篇，读点加吕斯 ③ 的诗作或是提布卢斯 ④ 的作品；还有瓦罗 ⑤ 咏叹的金毛羊的著名故事——佛里克索斯呀，这金毛羊却造成你姐姐的不幸；再要了解流亡的埃涅阿斯 ⑥，古代罗马城的起源——那是拉丁姆 ⑦ 最光辉的杰作。也许我的名字将会和他们的名字连在一起；也许我的诗篇不会被勒忒河水 ⑧ 吞没；会有人这样说道："如果你真是一个有教养的女子，就请读读我们导师开导两性的诗章；或者在他题为《恋情集》的三卷诗中，选择几首，以柔顺温和的声调诵读；再或是运用艺术技巧朗诵他的一篇书简；后一种体裁为先前所没有，那是他的创造。"福玻斯啊，但愿这就是你的意愿；保护诗人的神灵，长角的强劲的酒神巴克科斯，还有你们，九位缪斯，但愿这也是你们的心愿！

跳舞与游戏

　　毫无疑问，我愿意女子学会跳舞，这样，当筵席散去、人家请她跳

---

　① 暗指雅典剧作家米南德。
　② 普洛佩提乌斯，古罗马哀歌诗人，其诗作大部分为爱情诗。
　③ 加吕斯，古罗马诗人，维吉尔的朋友。
　④ 提布卢斯，古罗马哀歌格律体诗人，主要写情诗。
　⑤ 瓦罗，本书作者奥维德的同时代诗人。
　⑥ 埃涅阿斯，特洛伊英雄，特洛伊王与阿芙罗狄蒂所生的儿子。
　⑦ 拉丁姆，古罗马国发源地。
　⑧ 勒忒河，冥国的忘川，喝一口忘川之水，就会忘却人间世事。

舞的时候，她就可以摆动双臂，显示出优美的神态。戏台上的舞蹈者为观众带来莫大的乐趣，他们灵巧的动作对于我们是如此富有吸引力！

我对这种无关宏旨的事情，还提出忠告，真不好意思。妇女应当学会掷骰子，而且一掷下去之后还应会算出准确的点数来。有时她要会掷出三颗，有时她要巧妙地及时决定须应守住或该争取的点数。一只卒子是打不过两个敌人的。棋盘中的国王无伴而继续战斗，眼红对方的王后，就常常不得不重走开始时的棋路。有一种游戏，就像如水流年的月份一样多。游戏桌上放三只棋子，谁第一个先到另一端谁就赢局。

千万种游戏都大可以参与。女子不会玩是不光彩的。游戏当中常常萌生恋情。不过，懂得掷骰子并没有什么了不起，更重要的是，要学会控制自己的情绪。玩起游戏来，我们就顾不上自我检点。欲念显示我们的性格；赌博赤裸裸地暴露我们的灵魂。于是不知不觉便生起气来（这使容貌变丑），动起了贪财之念，口角、斗殴、深深的仇恨也不期而至。每个人都祈求神灵为自己的愤怒助威。赌鬼之间再无信任可言。为了赢钱，有什么心愿不能许的呀！我甚至常常看见有些人泪流满面。想讨人欢喜的女士们，但愿朱庇特免去你们这些鄙陋的弱点！

不要掩盖自己的魅力

女士们哪，你们柔弱的天性所允许你们从事的玩艺就是这些。

男人的活动天地要广阔得多。他们可玩快打球、标枪、铁饼、兵器、驯马。竞技场是不适合你们的；处女泉的冰冷泉水①也不适合于你们。托斯卡纳河②平静的河水也不把你们负载。相反，你们可以做，而且做起来又大有益处的，那就是：当室女宫的马头灼热的时候③，到庞培宫柱廊下的遮阴处漫步。请你们去参观巴拉丁山上头戴月桂冠的福玻斯的神殿——帕雷托纽姆④的兵船就是福玻斯令其翻沉的；或者参观由皇帝⑤之妹、皇帝之妻、还有皇帝之婿（他头戴海军军帽）共同建造的纪念建筑物。请上那焚香献祭芒非斯牝犊⑥的祭坛。请去三大剧场露面，那儿最吸引注视的目光。那尚留着温热的鲜血的竞技场，马车沿着其飞奔的车轮滚滚的赛车场，也都请你们去看看。

　　遮掩的东西，不为人知；不为人知的东西，激不起任何欲望。一张艳丽的脸庞，如果谁也见不到，那有何用？你的歌声，也许超过塔密里斯⑦和阿玫贝⑧，如果你的嗓音一直不为人知，你的竖琴也不会给你带来多大好处。假如科斯画家阿配利斯不曾展出他的"维纳斯"，这位女神像也许就仍然沉没在大海里。这些神圣的诗人、歌手的唯一奢望，不是名声的话，又是什么呢？这种期待就是我们劳作的最后目的。从前的

①　此泉位于竞技场内，泉水至冷，角斗者在那里洗涤。
②　托斯卡纳河，即台伯河。
③　指八月份。
④　帕雷托纽姆，埃及港市，该处曾发生海上战事。
⑤　这皇帝指奥古斯丁大帝，其妹是屋大薇，帝后是丽薇亚，女婿是阿格里巴。
⑥　指女神依西斯，此处以牝牛的形象出现，又见第一册卷一注［37］。
⑦　塔密里斯，著名歌手，敢于向缪斯女神提出比赛，被缪斯弄瞎眼睛。
⑧　阿玫贝，雅典杰出吹笛者。

诗人为神灵和君王所珍惜；古代的唱诗队享受优厚的酬报。人们给予诗人特别的尊崇和敬重，而且常常献给他们大量的财富。伟大的西庇阿 ①呀，那生在卡拉布里斯山的恩纽乌斯 ②，被认为配得上葬在你身旁。今天诗歌的常春藤攀缘在地，失却光彩；勤劳创作和致力探求诗艺竟然获得游手好闲的名声。不过我们还是乐意废寝忘食，追求诗名。如果《伊利亚特》这部不朽之作，一直无人知晓，谁又会认识荷马呢？假如达娜厄始终锁在自己的塔楼里，直到成了老妇人仍不为人知，谁又会认识她呢？

年轻的美人儿啊，人群大众对你们是有作用的。经常离开家里到外面走走吧。去找猎物的母狼，冲向的是羊群；翱翔中的朱庇特猛禽 ③，扑向的是群鸟。一个秀丽的女子也应该在人群中露面。在众多的男人中，她也许会找到一个她能迷住的人儿。既然渴望有人喜欢，她就应当花一点时间到处去一下，而且要十分注意展示自己的美貌。机遇到处都起作用，就是在你认为最没有鱼的水域，也始终投下你的钓钩吧。猎犬常常搜遍山林劳而无功，而不在行猎的时候，鹿儿自己却投进网中来。那被绑在岩石上的安德洛墨达 ④，她所期待的最后的事情，还不是希望看见自己的泪水能够打动什么人吗？在一个男人葬礼的时候找到另一个男友，那是常有的事。披头散发地行走吧，让自己的泪水滚滚而流吧，这对于女子来说，再合适不过了。

---

① 西庇阿，历史上大小西庇阿是父子二人，都是古罗马统帅。
② 恩纽乌斯，古罗马第一位大作家。
③ 指鹰。
④ 安德洛墨达，埃塞俄比亚公主。

避开某类男子

但是，请避开那些炫耀自己的风度和英俊的男子，这些人连每根头发都注意摆放在固定的位置。他们跟你们说的，早就跟成千上万的女子说过了。他们的爱情飘浮无定。一个男人比女子更轻佻多变，而且拥有的情人也许还更多，你拿他又有什么办法呢？我说的话你们难于置信，不过还是请相信我吧。假使特洛伊城的人听从了普里阿摩斯①国王的话，这城池就还会保存下来。在男人当中，有的是戴着爱的面具来钻营的，他们想通过这条途径去博取不光彩的收益。他们的头发涂上松茅液汁，油光可鉴，皮鞋的细带经过匠心安排，身穿衣料极精的长袍，而且手指上套满了戒指；你们可不要被这些东西所迷惑了。那群人当中最风度翩翩的男子也许就是个小偷儿，他急于求爱是想得到你的衣物。那些被骗光的女子常常喊叫起来："你可把东西还我！"整个市集广场也响起了回声："把东西还我！"你呀，维纳斯，在你金碧辉煌的神殿上，眼看这些争执却无动于衷，还有山林水泽仙女雕像，你的邻居，也是这样。还有一些臭名昭著的诱骗者，上他们当的女子就免不了常常分担他们的坏名声。

从他人的不幸，要学会提防自己的不幸。你的大门永远不要向诱骗者打开。刻克洛普斯②的女儿们哪，你们可别相信忒修斯③的誓言。他

---

① 普里阿摩斯，特洛伊的末代国王。
② 刻克洛普斯，传说是雅典的创始人，因此其"女儿们"就是雅典女子。
③ 忒修斯，古雅典英雄，克里特王的女儿曾帮助他逃出迷宫，他把她带到一岛上并把她遗弃在那里。

指神灵为证对你们起誓，过去也曾经这样做过。而你，德摩福翁 ① 啊，
你是忒修斯及其背信弃义行为的继承者，你既已骗了菲利斯，再也没有
人相信你了。

　　如果男人对你们说出漂亮的许诺言辞，你们也照样许诺好了。假如
他们送你们礼物，你们也就适当地回报，以博得其欢心。一个女子，收
取其情人的礼物之后，如果拒绝给予情爱之欢，她能够灭掉维嗣太 ② 的
永恒之火；这样的女子能够从伊那科斯的女儿 ③ 的神殿夺走圣物，而且
还能够给丈夫服食混有毒芹末的毒药。

情　书

　　我希望尽量紧扣主题；缪斯呀，收紧你的骏马的缰绳吧，可别让马
儿狂奔，把你抛出车外去。

　　写在松木板上的字儿是来探测虚实的：机灵的侍女接过了书简。你
得仔细读读。从字里行间你准可以辨出，所表达的意愿是否诚实无欺，
是否出自爱恋的心。拖延一些时间才写回信。等待素来是刺激恋情的，
等候的时间不要过长就好。对求爱者的要求不要轻易答应，可是也不要
回绝得太粗暴。要做到令他放不下心，同时又保持希望。每一次回信都
令他希望增大，担心减少。妇女应当使用优美词句，但要符合通常的习

---

① 　德摩福翁，雅典国王忒修斯的儿子，与色雷斯公主菲利斯相爱并订了婚，因
　　远航而没有遵约回来，令菲利斯在绝望中自缢身死。
② 　维嗣太，灶神、家室女神。
③ 　伊那科斯的女儿，指伊娥。

惯，不过分讲究。再没有什么比平常的谈话语气更叫人舒服的了。噢，多少次，犹豫不决的恋人凭一封信燃起了新的情焰！多少次，粗鲁的词句损害绝顶美丽的情人！

但是，既然你并不佩戴女子的贞节条幅①，而你又想欺骗你的情人或丈夫，那么就请你使用灵巧而又可靠的女侍或男仆为你传书递简。这种情爱所系的事情，可别托付给新手的年轻奴仆。手握这种把柄的人无疑是忘恩负义之辈，但他所掌握的，却是比埃特纳火山②的雷电还更有威力的武器。我看见一些少妇，因担心泄密而玉容失色，她们不幸地始终忍受奴仆的支配。据我的意见，可以用诡计来对付诡计；法律是允许以兵器来回击兵器的。让同一只手习惯于写出几种不同的字体（啊，那些使我不得不向你们提出此建议的人真该死！）；写字之前，书版上的蜂蜡先行刮平，以免留下双重手迹；在同一的书版上作答，那就太不谨慎了。当你写信给情人的时候，始终要装出给女友写信的口气，在信上，该称"他"的地方，你就写上个"她"字好了。

脸部表情

如果允许我的思路从这些细微末节的事情转到更加重要的事情，如

---

① 据说只有自由人的女子才有资格佩戴，可以认为，这一段落是面向普通身份的女子而写的。
② 埃特纳火山，意大利的火山，传说是朱庇特的雷电制造场。

果我的思绪能够扬帆到深海远航，那么我以为最重要的是：克制你的激烈情绪，以保持你的美丽颜容。人类宜于保持平和的心境，暴怒只适合于猛兽。生起气来，脸庞鼓胀，血液流动加快，露出黑色的青筋，双眼射出残酷的目光，比戈耳工①的眼中之火还要犀利。帕拉斯②临水照见自己的颜容，便说道："笛子呀，你离开此地吧，你不值得我为你作此牺牲。"你们也一样，如果在盛怒的时候照照镜子，你们每个人都会几乎认不出自己的面容。你们还应当力戒骄傲，傲气损害自己的颜容也不轻。要投以温柔的目光，才能引发起爱情来。请你们都相信我的经验吧，我们都憎恨鄙视一切的神气。一张脸孔，常常用不着说话，本身就包含着恨的因素。看你的人，你也看他好了。有人对你微笑，你也报以温柔的一笑吧。人家向你点头示意，请你也向他点头招呼。就这样，小爱神经过摆弄钝箭之后，就从箭囊中拔出利箭，发射出来。我们也憎恶忧郁的女子。就让埃阿斯去爱忒克茉萨③好了。而我们，天性快活的人群，吸引我们的是快乐的女子。不，安德洛玛克也好，忒克茉萨也好，你们任何一个，我都不要求你成为我的情人。我甚至难于相信（虽然你们养的孩子使我不得不相信），你们曾经和丈夫同床共枕。一个沉浸在悲伤中的女子，怎么会对埃阿斯说"我的命根儿"以及其他男人通常爱听的话语？

---

① 戈耳工，女妖，传说她的目光能把她所射向的任何人变成石头。
② 帕拉斯，即雅典娜，亦就是罗马神话中的密涅瓦，据说她是笛子的创制者，从水中的倒影看到自己吹笛时撅起嘴巴的丑样子，便把笛子扔掉。
③ 忒克茉萨，埃阿斯的女俘，后来成为他的情人。

向每个人索取他能给予的东西

　　我从更为重要的技艺中借来例子用于一些无关宏旨的小事，而且还毫不犹豫地借用将军的名义，有谁不许我这样做呢？一位优秀的将领，交给某人的是统领一百人的兵权，交给另一人的是骑兵，再另一人是守旗的任务。女士们哪，你们也一样，要研究一下我们每个人适宜于做什么，然后把每个人放到适当的位置上。有钱的人会送礼；法学家会贡献意见相助；口若悬河的律师会为委托人的案子辩护；我们这些会做诗的人，唯有向你们送诗。我们这一批人，比其他所有人都更懂得去爱。我们会使那教我们着迷的美人儿名声远播。涅茉西斯 ① 举世闻名；铿提娅 ② 大名鼎鼎。晚上的星辰，东方的大地，都认识丽科莉斯 ③，而我所歌唱的科琳娜，人们也常常打听她是谁。我还要说，诗人们是神圣的人群，我们的心地坦诚，不会奸诈；我们正按照艺术本身的形象来塑造自己。我们不受野心折磨，也不为谋利而烦恼。我们厌恶市集广场，而只求一张睡床和半明半暗的灯光。不过我们不易外骛，我们的心中燃烧着持久而强烈的爱火，我们爱得真诚，太真诚了。我们的性情无疑受我们平和艺术的影响而变得温和；我们的生存方式正与我们所从事的工作相适应。年青的美人儿啊，请善待阿奥尼 ④ 的诗人们吧，他们受神圣的灵感触发；

---

　　①　涅茉西斯，提布卢斯所歌唱的人。
　　②　铿提娅，普洛佩提乌斯所歌唱的人；普洛佩提乌斯是古罗马哀歌诗人。
　　③　丽科莉斯，加吕斯的情人。
　　④　阿奥尼，地名，众缪斯生活的地方。

庇亚里得斯的众缪斯垂顾他们。我们身上附着神明，我们和上天相通。我们的灵感来自于天神的居所。期待从博学的诗人那里获得钱财，那是一种罪过。唉！可惜的是，没有任何美人儿会担心这种过失。你们哪，起码也要懂得掩饰，不要一下子就暴露出你们的贪婪。眼见陷阱，新的情人便会却步不前。

不要以同一的方式去对付新手和有经验的男人

一匹刚套缰绳的新马，一匹训练有素的老马，驭手使用的马嚼子是不同的。你们也一样，别用同一方法去吸引一颗老练的心和一个涉世未深的青年。这初涉情场的新手，你准许他进入卧房的新猎物，他应当只认识你，而且始终在你身旁。这是应该用高高的栅栏围起来的收获物。要提防着情敌，只要让他单独一人与你为伴，你就胜利在握。维纳斯的权力，也如君王的权力那样，是不容分享的。至于另一位老手，他会爱得缓慢而审慎，他能忍受新兵所无法忍受的许多事情。他不会撞击大门，也不会在门前骇人听闻地纵火；他不会用指甲划破情人的娇嫩脸庞；他也不会撕破自己的或一名女子的内长衣。对于他来说，扯下一根头发，不会因而洒泪。此种激烈举动，是属于被爱情之火燃烧着的热血年华的青年人的所为。而他却会耐心地承受剧烈的痛楚。他的恋火慢慢地燃烧，唉，就像潮湿的麦秆或是刚从山上砍下来的木柴那个样。这种爱情更靠得住，而另一种爱情则为时短暂而更为丰满。爱情的果实是不能经久的，赶快伸手去采摘吧。

怎样做才能保持爱情长久

　　我就要把一切献给敌手 ① 了（我们也已向她打开了大门），在这种背信弃义的事情中，我是至诚无欺的。轻易奉献，难于维持持久的爱情。在甜蜜的欢愉中，要夹杂一些推却。请把你的情人留在门外，让他叫喊"忍心的门儿"好了；任他又是哀求又是威胁吧。我们忍受不了淡而无味的东西，带点苦味能刺激胃口！常见船儿在顺风的时候翻沉。为什么合法的妻子享受不到爱呢？那就是因为丈夫什么时候愿意什么时候都可以找她们。设上一道门吧，让守门人用冷酷的口吻跟你说："不许入内！"就这样，你的情人被留在外边，便会激起情爱之火！

　　请就此把钝兵器放下，来拿起锋利的武器吧。我不怀疑我所提供的利箭反过来会射向我自己。当你的所爱堕入情网，给你牢牢逮住的时候，你要让他庆幸自己能够单独一人进入你的房间；跟着过不久，你就让他感到，他还有情敌，你的睡床上，还有另一个男人。如果不施行这种策略，爱情就会衰退。一匹冲离马厩的骏马，什么时候跑得最起劲呢？那是当它的对手要超过它或是紧紧地尾随它的时候。

　　无论我们的爱火烧得如何不旺，嫉妒之心会叫它重燃起来。我嘛，我得承认，我去爱，是因为受到了伤害。

　　但是，不要让你的求爱者清楚地了解导致他苦恼的原因；让他提心

---

　　① 指女子。

吊胆，以为实际情况比他所掌握的还多。设想一名奴仆在暗中监视，一个厉害的情人正强烈忌妒，这都会对他的恋情起刺激作用。欢愉而没有风险，就不会那么强烈。就算你比泰依丝 ① 更自由自在吧，你也得装出担惊受怕的样子。尽管你的情人不难从大门进来，但你还得让他通过窗口，而且要面露惊恐的神色。让一名女仆匆匆跑进来喊道："咱们完蛋了！"你嘛，你就把那颤抖着的年轻人随便藏在一个地方。然而，在这样的惊恐当中，也要让他有时候不受打扰地领略维纳斯的欢愉，以免他认为，伴你过夜，代价太高。

怎样巧避监视

怎样巧避机灵的丈夫或是警觉的门卫的监视？我几乎想不置一词。就让妻子害怕丈夫，就让已婚的女子受到很好的监视，这是礼仪的要求，法律的规定，我们首领的所愿，贞操上的要求。

可是你呀，你刚被裁判官的小棒触碰过而获得解放 ②，你也要受到同样的监视，谁能够忍受呢？为了瞒过别人，你就来参与我的崇拜仪式吧。

监视者就是有阿耳戈斯 ③ 那么多双眼睛，只要你有决心，就可以用好话瞒过他们。当你一人独自梳洗的时候，看守人又怎么可以阻止

---

① 泰依丝，雅典著名艺妓。
② 古罗马解放奴隶时所遵循的仪式。
③ 阿耳戈斯，百眼巨人，曾奉天后朱诺之命，看守变成小母牛的伊娥。

你写信呢？信一写好，就可以通过共谋的女仆捎带，她将把信放在宽大的上衣之内、温暖的胸脯之前。她还能把信儿紧紧地藏在腿肚的部位，或是塞进鞋子里。假如监视人看穿这些手腕，那就让你的女仆露出后背，你就把字写在她的身上。有一个稳妥的方法可以瞒过别人的眼睛，那就是写时用新鲜牛奶。只要在上面撒上炭末，就可以读出字来。用亚麻细茎的液汁书写，也可以瞒过他人。书写板似乎无人触碰过，字迹并不显露。阿克里西俄斯①亲自留心监管自己的女儿，然而她还是与人私通，使他当上了外祖父。罗马有这么多剧场；女子可以随意看赛车，而且她又乐意赶依西斯庙会②；她到那些守护人不得入内的地方（因为善良仙子在其殿内不允许有男子的目光，她喜欢接纳的人除外）；监护人在门外守着女子的衣裳，而里面的浴室却在偷欢；每逢有需要的时候便托辞生病，虽然说生病，但却能与人同床；复制钥匙，以其 adultera③ 的名称，告诉我们应该做的事；进入美人儿的住所，正门并不是唯一的途径；……在这种情况下，一个女子的监护人又能有什么办法呢？为了避过看守人的监视，还可以向其灌酒，哪怕这酒是用西班牙山坡上的葡萄酿制的。还有一些催人沉睡的饮料，它使人睁不开眼睛，让其度过饮勒忒忘川水的夜晚。另有一条巧妙的计策，就是串通一名女仆，用欢愉的手段迷住可恶的看守人，使之放松监视的警觉；就让她委身于他，以便长时间地把他留住。不过，如果用

---

① 阿克里西俄斯，阿耳戈斯王，达娜厄的父亲。
② 依西斯，丰产和母性的保护神，司生命和健康的女神，在对其祭祀期间，要实行某种禁欲规定，其神殿不许男子入内。
③ "复制钥匙"在拉丁文中称"adultera"，而此词又是"通奸"之意。

少许礼物就能把看守人收买过来，所有这些转弯抹角的办法，这些细微末节的告诫言辞又有什么用呢？请相信我吧，礼物是人神都为之动心的。朱庇特自己也因为受献祭而软了下来。无论聪明人或笨人，都乐意收受礼物；他也一样，礼物一经收到，就会保持沉默。但是，只须付他一次就足以维持很长时间，他既已帮助过你一次，就会常常帮助你。

提防女友

我记得，我抱歉地说过：要当心自己的朋友；这种遗憾的话不光是对男人而发的。如果你太信任他人，别的女子就会取你之位而代之，也来享受情爱的欢乐。你赶出来的兔子，就会给别人抓去。即使是那个把自己的睡床和房间借出来的忠心朋友，请你相信我吧，她已不只一次献身于我。你也不要去用太漂亮的女仆，她在我身旁常常取代女主人的位置。

让情人相信自己得到了爱

我把自己放到什么处境上去啊，我这莽撞汉？为什么要袒露胸膛去迎敌呢？为什么竟自己暴露自己？鸟儿不教捕鸟人捉鸟的方法。鹿儿不教追逐自己的猎犬如何奔跑。自身的利益所在，我可不在乎！我光明正大地继续从事自己的事业。我交给利姆诺斯岛妇人 ① 可置我于死地的武器。你们要做到使我们以为自己得到了爱（这事并不难）；怀有欲望的人轻易地便相信自己所期待的东西。女子只须向其追求者投以含情的目光，发出深深的叹息声，或者问他为什么迟迟才来，这就足够了。再加上点眼泪，佯作妒忌的愤怒，还用你的指甲把他脸颊划破；他很快就深信不疑，并且首先对你充满怜爱之心。他会说道："她真的狂热地爱着我！"尤其是，如果他风度翩翩，喜欢揽镜自赏，他还以为自己能够打动仙女的心呢！但是，无论如何不要因为受到一点侮辱而过分烦恼，也不要因为知道有了情敌便急得昏了头！

不要太快相信有情敌

切勿太急于相信！太快相信，危险极大！普洛克莉斯 ② 给你们提供了一个极有说服力的例子。

一口圣泉，位于希么迪山 ③ 秀丽的山坡之旁，山上鲜花盛放；地面铺上柔嫩的绿茵。低矮的树木构成成荫的小树林；野草莓遮盖着青草。迷迭香、月桂花、暗色的香桃木，散发出阵阵的香气。其中还有大量枝叶繁茂的黄杨树，婀娜多姿的西河柳、金雀花和赤叶松。在

① 利姆诺斯岛妇人曾一夜之间把全部男子杀死，连她们自己的丈夫也不能幸免。这里泛指一般妇人。
② 普洛克莉斯，刻法罗斯之妻，本节叙述妻子怀疑丈夫的故事。
③ 希么迪山，位于雅典附近。

微风和清新的和风的轻轻叹息中，所有树叶和草的顶尖儿都微微地颤动着。

刻法罗斯喜爱安静。这年轻人疲倦的时候，抛下他的仆役和猎犬，常常来这地方闲坐。他习惯于这样唱道："易变无常的和风啊，为了平息我心中之火，请来紧靠我的胸膛吧！"

有人听见了，还记住了这些歌词，并过分热心地把话传给他提心吊胆的妻子。普洛克莉斯听到这"和风"的名字，以为就是她的情敌；她昏了过去，骤然间痛苦到不能言语。她脸容惨白，白得就像葡萄摘后初寒侵袭的残叶，或像西顿 ① 重压枝头的成熟果实，再或像尚不能食用的山茱萸。当她神志恢复的时候，便把自己胸前的轻衫撕烂，复用指甲把自己的脸儿抓破——她这张脸蛋儿是不该遭受这种虐待的。随后，她突然披散着头发，狂怒不已，在路上飞跑而去，就像是受巴克科斯的酒神杖所刺激的那样。当她到达目的地的时候，便把同伴留在山谷中，她自己掩掩藏藏地蹑着足大胆走进树林。普洛克莉斯呀，你这样冒失地藏藏匿匿，目的是什么呢？是一股怎样的热情激发你那迷惘的心？你想必以为，那个"和风"，那个陌生的"和风"，就快到来；你将会亲眼目睹奸情。有时候你后悔前来，因为你实在不愿意撞着他们；有时候，你却庆幸这样做；你的爱情令你不知道拿什么主意才好，你的心里七上八下，左右为难。有地点、姓名、告发人，再加上那种总是对自己所担心的事情信以为真的心态，使你不得不深信不疑。

———————

① 西顿，克里特岛上的古城，这里所说的果实属木瓜之类的东西。

　　她一看见被压过的草地上有一个躯体的痕迹，胸膛便剧烈地鼓动起来，她的心颤抖着。中午时分已到，身影大大缩短，距离日出日落的时间都一样远。

　　瞧，刻法罗斯，斯勒尼山神灵的后裔 ①，正回到树林里。他用泉水浇洗自己灼热的脸庞。

　　普洛克莉斯，惶惶不安，依旧躲藏着；而他则躺在那常躺的草地上，嘴里说道："温柔的微风，还有你，和风，来呀！"可怜的普洛克莉斯，了解到由于模棱两可的词语而导致的错误，欣喜异常；她恢复正常神态，脸蛋儿也恢复天然的色泽。她站了起来，想扑向丈夫的怀里；她这一动作摇动了拦路的叶丛。刻法罗斯以为野兽来到，以年轻人的敏捷手法拿起弓来，箭已执在右手上。

　　不幸的人哪，你正在做什么？那不是猎物，留住你的箭吧。唉！箭已穿过年轻的妻子。她叫喊了起来："哎哟！你射穿了一颗爱你的心。我这心一直带着刻法罗斯给我的伤痛。我未到天年便死去，但我并未受到情敌的侮辱。因此，大地呀，当你覆盖我的时候，我会觉得没那么沉重。这引起我误解的名字'和风'正把我的气息带去。我不行了。噢，用你亲爱的手帮我合上眼睛吧。"他沉痛之极，抱起他心爱人儿的垂死的娇躯；他的眼泪洒落在残酷的伤口上。但已无可挽回，这冒失女子的生命气息正慢慢离开她的胸膛，不幸的丈夫，贴到她的嘴唇上吸取了最后的呼吸。

----

　　① 意谓刻法罗斯是墨丘利的儿子，因为人们在斯特尼山供奉墨丘利。

在宴会上的举止

咱们回到主题上来吧。我得直截了当地说下去，好让我疲惫的船儿靠岸。你不耐烦地等着我把你领到宴会上去，你也想听听我有关这方面的想法。推迟一点赴会，好让你的美貌在灯光下辉映。让别人等候，会提高你的身价；没有比等候更好的撮合者了。即便你长得不美，在醉眼昏花的人们的眼里，也会显得漂亮；夜色足以遮掩不完善的地方。请用指尖拈取菜肴①，吃时的优雅风度，至为重要；不要用不干净的手抹脸；不要在家里先吃了才赴宴；在餐桌上，未到足饱就该停止；要学会节制，吃得比平时少些。

假如普里阿摩斯的儿子②看着海伦狼吞虎咽，他准会讨厌地说道："我得手的是一个蠢货！"适量饮酒，与女子相宜；爱神与酒神的配合，和谐不过。只是不要喝到头也抬不起来；你的神志与步履都不可错乱；两眼别喝到昏花。一个女子喝得酩酊大醉，躺在地上，那是多么不雅的景象！她真该和随便一个来人苟合。在餐桌上，也不可打瞌睡，不然要冒风险；瞌睡时许多有失体面的事情都会发生。

---

① 当时还未用刀叉。
② 指帕里斯，特洛伊王子，他曾抛弃自己的情人去抢掠美女海伦。

在床上

尚未说完的看法，我羞红了脸地说下去；不过善良的狄俄涅[①]这样跟我说道："引起害羞的，正是我们的主要事情！"

每个女子都要认识自己。请按照你的体格，选择这样或那样的姿势。同一姿势并不适合所有妇人。脸蛋儿特别漂亮的女子应当仰卧；对自己背部满意的女子应当把背部显示出来。是不是卢喀娜[②]在你的腹部留下了皱纹呢？你呀，你就学帕提亚人[③]那样，背转身来战斗。弥拉尼翁肩背阿塔兰塔的双腿，如果你的腿部好看，也应当这样显示出来。矮个儿的女子就采用骑士的姿势；而赫克托耳的妻子——她是底比斯人[④]，由于身材颀长，从不像骑马那样跨在丈夫身上。她双膝跪在床上，头儿稍稍后仰：这样的女子应当令人鉴赏整个腰部的线条。倘若你的大腿富于青春魅力，而你胸部也完美无瑕，那么男子就站着，你自己则斜斜地躺在床上。不必为披散了头发、像酒神狂女那样而感到害羞，转动起你的头来，任秀发飘动。有千百种姿势可享受维纳斯的欢乐，而最简单又最不吃力的姿势，则是右边半身侧卧了。

---

① 狄俄涅，维纳斯的母亲，常被作为维纳斯。
② 卢喀娜，司分娩的女神。
③ 帕提亚人作战时，背向敌人，佯作逃离，射出利箭，以此取胜。
④ 赫克托耳的妻子，指安德洛玛克；底比斯是希腊地名。

　　但福玻斯的三脚凳 ① 也好，长着牛头的阿蒙 ② 也好，都不能比我的缪斯给你更可靠的启示。如果说，有什么东西值得信赖的话，那就请相信本书所提出的忠告吧；那是长期经验的果实；我的诗是不会辜负你的信任的。

　　但愿女子整个身心感受到维纳斯欢愉的震撼，但愿这种欢乐能与其情郎二人共享！情爱的言辞、甜蜜的私语绝对不要停下来，在你们肉欲的搏斗中，色情的言语自有其位置。即使是天性令其享受不到维纳斯之欢愉快感的人，你呀，你也要用冒充的声调，假装感受到这种甜蜜的欢乐。这个本该给男女都带来快乐的部位，在某些年轻妇女的身上却全无感觉，这种女子是多么的不幸啊！不过，可要注意，这种假装千万别显露出来。你的动作，你的眼神都要能瞒过我们！意欲、言辞、喘息都要令人产生这样的幻觉！噢，我不好意思说下去了……这个器官是有其秘密表情的！

　　在经历维纳斯的欢愉之后，才向情人索要礼物，这种请求，就毫无分量可言。我还忘记说了：你的卧房也不要窗户大开，让光线都透进来；你身体好些部分不让人家看清楚更好。

　　我的不经之谈就快结束；现在是走下那天鹅牵引的车驾 ③ 的时候了。但愿此刻的女士们，我的女弟子，也像先前的男子那样，在战利品上写道："奥维德是我的导师！"

---

① 在三脚凳上发布神谕。
② 阿蒙，古代埃及神祇；在希腊与宙斯混为一体。
③ 维纳斯常常被描写为驾驶套天鹅的车驾。

情伤良方

题　旨

　　爱神看见这本小册子的标题和名称，脱口而出："好啊，这要开战了，有人准备对我进行讨伐攻击。"可是，丘比特啊，先别匆忙下结论，将你的诗人定作罪人；多少次，我曾奉你之命，高举你赋予我的旗帜。我不比提丢斯之子狄俄墨得斯 ①，他曾射伤了你的母亲维纳斯，战神玛尔斯用马将她载回清明的太空。常人的爱情之火往往过后便冷却下来，而我却始终沉迷于爱恋之中。如果你想了解我此时此地的作为，那就是我仍在爱恋。可爱的小精灵丘比特，我们并未背叛你，亦未违背我们的爱恋技巧。这一新的诗篇并不与前一篇诗作相冲突。假如有人堕入爱河，热恋着心爱的人儿，而又得到回报，那就让他享受情爱的欢愉，乘着顺风尽张情感之帆吧。可是如果他心上的人儿并不配得到这份爱，他受到情火的煎熬而无法解脱，那么他可以从我的诗作中寻求指引。为什么，这么一位多情男子，套上绳索，将自己吊死于高粱之上？为什么，又一位多情人将尖利的铁器扎进自己的胸膛？生性平和的爱神，你竟然是此类凶杀的罪魁祸首！如果一个人沉迷于无望的恋情，终要为此丧生的话，何不让他早日脱身出来，你也就不会造成殉情之死了。

------

　　① 狄俄墨得斯，特洛伊战争时藏在木马腹中进入特洛伊的英雄之一。

你是个孩童，只适合游戏，那你就尽情玩耍吧。你这般年纪，拥有权力，而无残忍之心。且让你的义父①带着刀剑和长矛征战，在血腥的战役中获胜吧，而你就专注于你母亲的技艺好了。爱恋的技艺从不伤人，尚无人为此而令母亲失去儿子。正因为有了你，深夜的争执中，门户被打破，门扇上挂满了装饰的花环。也是你，令青年男子和含羞的少女偷偷相会。他们还略施小计，瞒过另一多疑的情人；还是你，使热恋中的人们一时甜言蜜语，一时又对着紧闭的大门破口大骂，失望之余，还唱出哀怨的曲调。若人们的哀伤仅限于此，你也就不会被指作是要命的罪魁祸首了。你的火炬可不该用来点燃焚尸的柴堆。

我的一席话讲完，金色的爱神张开熠熠生光的翅膀，对我说道："那就好好完成你要写的诗篇吧。"

奥维德请青年男女听他的告诫

失意的年轻人，你们在恋爱中只体味到失望，且来听听我的忠告吧。教你们去爱的人，也将教你们挣脱情网。给你们带来创伤的手也会奉上治愈伤口的药。大地既生杂草，又长灵芝，而且荆棘常常长在玫瑰之旁。用珀利翁山树木制造的长矛②既是刺伤敌人赫丘利之子的利器，

---

① 指战神玛尔斯，他和维纳斯有恋情。
② 指阿喀琉斯的长矛，珀利翁山是希腊中部的山；赫丘利之子在特洛伊战争中为阿喀琉斯的长矛所伤，神启示说：唯有造成创伤的那个人用那件武器方能治愈，后阿喀琉斯果然用自己长矛上的铁锈为赫丘利之子治愈伤口。

后来复又将其伤口治愈。

我的告诫之言虽然面向男子，但对少女们也同样合适。我对男女双方都一般看待，请相信我吧。即便你们不赞成我的观点，仍可以从例子中获取珍贵的教益。

我提出的做法旨在扑灭残酷的情火，教人从屈辱的情网中脱身出来。若是菲利斯[①]有幸听取我的忠言，就会幸存下来，翘首盼望情人归来之时，她就不会只往返九次，而会更频繁地去守望。如果狄多娜[②]听从我的劝告，便不会在临终之时从城堡上看见船帆随风远去了。如果美狄亚[③]听了我的话，便不会因仇恨自己的丈夫而借孩子出气，杀害自己的亲骨肉。如果忒瑞俄斯[④]曾借助我的技巧，就算是钟情于菲罗墨拉，也不会因这罪过，被变作鸟儿了。若将帕斯淮[⑤]交给我，我会让她很快便终止对公牛的爱慕。若将费德拉[⑥]交给我，她会很快放弃罪过的私恋。若将帕里斯[⑦]交给我，海伦会留在墨涅拉俄斯身边，而特洛伊城也不会被征服，落入希腊人手中。如果息库拉[⑧]曾读过这篇诗作，便不会违反天性，扯去父亲尼索斯头上的红头发。人们啊，听从

---

① 菲利斯，色雷西亚国公主，因被情人德摩福翁抛弃而自尽。

② 狄多娜，曾与特洛伊王埃涅阿斯相爱很长一段时间，因后者离去而失望自杀。

③ 美狄亚，曾因丈夫伊阿宋另有所爱而杀死与丈夫所生下的儿子。

④ 忒瑞俄斯，色雷西亚的国王，菲罗墨拉是他妻子的妹妹。忒瑞俄斯后来变成了一只座山雕。

⑤ 帕斯淮，克里特王弥诺斯的妻子。

⑥ 费德拉，忒修斯的第二个妻子。

⑦ 帕里斯，特洛伊王子，他曾抛弃自己的情人去抢掠美女海伦。

⑧ 息库拉，墨加拉国王尼索斯的女儿。她父亲长着一头紫红色的头发（另一说是金发），那是他的生命安危所系。息库拉爱上父亲的敌人，便剪掉父亲的神奇头发，以助敌进攻。

我的指引，解除你们的忧愁烦恼吧；听了我的忠告，你们就会一帆风顺的。

当你们学习恋爱之时，你们就该读奥维德的作品，如今仍然应该读奥维德的诗作。我愿为普天下的人争得自由，愿将扭曲的心灵从枷锁中解脱出来；愿所有的人都能自助以求解放。

向福玻斯祈求

开始，我先祈求你，福玻斯呀，希望你的桂冠能给我以灵感，你既开创了诗歌之先河，又发明了医药，这两项技艺既然都由你掌管，那就希望你能助诗人和医者一臂之力。

阐述正题：

I　首先须将邪恶疾病消除于萌芽状态

在一切尚未成定局，你的心湖还是微波荡漾之时，如果你已略感后悔，那就要立刻止步。致命的疾病刚处萌芽状态之时，须立即将它扼杀，要把你行进的马儿好好勒住。因为时间会强化一切。随着时间推移，青葡萄变熟了，麦苗长成了粗壮的麦穗。可供散步者在树荫下留连的大树，刚种下去的时候还只是一株细茎。当时它刚从泥土中探出头来，伸手拔掉它不费力气；而今它却粗壮有力，根基广布，枝繁叶茂。所以你该马上作出判断，到底你钟情的是什么人。如果这一爱恋将成枷锁，那就趁早把头缩回去。治病宜早不宜迟，病入膏肓之时求医已晚。

为此，务必早作决定，切勿将决断的时间一天复推一天。你今天如果下不了决心，明日将更为犹豫。恋情将存在下去，而时间会进一步培养感情。抽身后退的最佳日子是最近的那一天。

大江大河的源头往往只是小溪小流，沿途接纳支流才壮大了起来。如果蜜拉 ① 能预见自己一失足就铸成大错的话，后来便不会被变作末药树。我见过本来极易医治的小病小痛，由于疏忽而拖成重病。尽管如此，人们由于经常陶醉于爱恋的欢愉，总是认为：明天再作决断为时未晚。然而，爱火却悄然无声地舔上我们的心头，恋情之树将其致命的根须愈扎愈深。

Ⅱ　若将恋情扼于萌芽状态为时已晚，则等待最佳时刻采取行动

如果你们已错过了及早根治的良机，恋情早已深入心灵，占据了位置，要摆脱它就困难得多了。不过面对病入膏肓的病人，我也不能弃之不管。波阿斯之子 ② 脚伤之后，本该毫不犹豫地将这一肢体截去。不过，据说他于多年之后终于痊愈，而且结束了特洛伊之战。

上面我说：疾病初发，应及早根治；而今，既然时间已经耽搁，我只能建议采取慢慢拔除的药方。若有可能，最好在火灾刚起时将它扑灭，或等它威势已过再采取行动。当病人疯狂发作之时，只能待他发作高峰过去。要想迎头抵挡来势正猛的激流极为困难。可以斜斜地顺着水流游过河的泳者，却要逆流而游，那简直是胡闹。一个人若正心烦

---

① 蜜拉，塞浦路斯公主，维纳斯使她爱上自己的父亲，父亲追杀她，她逃走，变成末药树。
② 指菲罗克忒忒斯，著名弓箭手，曾参加特洛伊战争；被蛇咬伤，后来终于痊愈，重返战场，用箭射死了帕里斯。

意乱，就听不进劝告之言，他只会怨恨提出忠告的朋友。我会等待时机，待他觉得创伤可以让人触碰，愿意听取理智之言，这时候我的话更能打动他。我们要是通情达理，见到一位母亲在儿子的丧礼上痛哭流涕之时，我们怎能用强力去阻止她呢？在这样的时刻，是无法向她进任何理智之言的。在她流泪宣泄了悲痛之后，才可以用话语多少抚平她的创伤。医术归结起来就在于是否用得恰当适时。饮酒适度，酒对身心有益；饮酒过量，不适其时，则危害健康。医治情伤更是如此，若不适时得法，反而会激发爱火，加重伤害。

Ⅲ 一旦可以施行医术之时

1. 即追求充实丰富的生活

一旦时机成熟，可以采用我的疗法之时，请你立即投入紧张的生活，这便是我的第一个忠告。百无聊赖，容易心生爱恋；爱恋既生，悠游自在，便使爱火得以长燃。无所用心是恋情产生的根由，又促使人沉溺于这甜蜜的疾病中。告别闲适的生活，无异于折断了丘比特的弓箭，将爱神的火把打翻在地，将它吹灭，弃于一隅。梧桐树喜欢葡萄酒，柳树愿意傍水而生，湿地芦苇偏好泥泞的土地；爱神维纳斯的情形亦如此，她喜爱悠闲自在的生活。既然爱恋与紧张的生活无缘，你若真想斩断情丝，只要生活充实，便不受骚扰。

懒散随便，终日昏睡，游戏赌博，狂饮烂醉，虽不致伤害心灵，也令人失去活力。这时一不留意，爱神便乘虚而入。丘比特小精灵是懒散的好伙伴，他厌恶勤奋的人们。若你心无寄托，那就全心全意地投入一项工作中去吧。

2. 在罗马谋职

罗马的法庭遍地，法律条文应有尽有 ①，出庭诉讼的朋友不少，法庭上唇枪舌剑之争，满可以令你尽施才华，出人头地。你也可以从军，投身于适合热血青年的戎马生涯。情爱很快便会离你而去。帕提亚人边战边退时，见到原野上恺撒的军队，胜利已在眼前。你若能拨开丘比特的爱情之箭，又能挡住帕提亚人的战争之箭，在诸神面前便会赢得双重桂冠。爱神维纳斯被埃托利亚王 ② 的长矛击中之后，就将征战的任务交给了她的情人战神玛尔斯了。你想知道为何埃癸斯托斯 ③ 诱惑了一个有夫之妇吗？个中原因再简单不过了：他当时悠闲无事。当时其他人困于特洛伊这场旷日持久之战，全希腊都为此精疲力竭。即便埃癸斯托斯当时想投身戎马生涯，亦恐找不到用武之地；阿耳戈斯亦无任何纠纷，可在罗马的集会场上一争高下。为了消闲度日，埃癸斯托斯便采取了唯一可行的办法：他投入恋情之中。丘比特便这般乘虚而入，从此长驻其心了。

3. 投身于农事活动

乡村环境和农事活动都能去烦解忧，令人精神振作。制服一头公牛，迫使它将头伸进牛轭之中，让它拖着曲犁划开坚硬的土地；在翻耕过的田地上，撒下谷神刻瑞斯赐予我们的种子，等待秋天硕果累累；你瞧，沉甸甸的果实将树枝坠得弯下腰来，几乎经不起重负。瞧呀，小溪流过，水声潺潺，宛如悄声细语；看呀，羊羔低头在啃着丰肥的青草。

---

① 指有很多法律事务要处理。
② 指狄俄墨得斯。
③ 埃癸斯托斯，他趁阿伽门农远征特洛伊的时候，与阿伽门农的妻子私通。

母山羊爬上山坡，高踞于嶙峋的岩石，不久它们便会变得乳房丰满，可以让小山羊尽情吮食了。牧人用长短笛给山歌伴奏，他忠实的伙伴——机警的牧羊狗群围在他的身边。远远林深之处传来哞哞的叫声，那是母牛叫唤不听话跑远的牛犊。

熏烟漫上蜂巢，惹得群蜂四处乱飞，养蜂人正好摘下结着沉甸甸蜂蜜的蜂巢。金秋奉上果实，盛夏丰收喜人；春天繁花似锦，温暖的火炉伴我们度过严酷的寒冬。秋季到来，农夫采下熟透的葡萄，赤脚踩出新鲜的葡萄汁；时令到了，农人将麦穗捆扎起来，用疏齿的耙子梳耙收割后的田地。你还可以在自家花园里满栽花草，多加浇灌；你也可以将平和的溪流引来作灌溉之用。嫁接的季节到来，你可剪枝嫁接，让树上长满别种叶子。在你专注于这一工作，自得其乐之时，爱神便再无威力，唯有垂头丧气远去。

4. 狩猎或垂钓

你也可以尝试狩猎之趣，爱神往往在猎神狄安娜面前退让。猎狗以敏锐的嗅觉盯住野兔，你便跟上去穷追不舍；在林间高山，你张开捕鸟的网儿；野鹿胆小谨慎，你会想方设法惊吓它；你还用长矛去刺迎面而来的野猪。夜幕降临时，你会累得酣睡至天明，而不会让女子的倩影萦绕脑际。

另有一种活动比较逍遥自在，不过也不失为一种消遣：那就是用网或上胶的芦苇捕鸟，当然相比之下捕获的猎物似乎小了一些。你还可以用青铜钩吊着小块食物，招引贪食的鱼儿一口吞下诱饵，自投罗网。靠着诸如此类的活动，你的爱恋之心渐渐淡去，直至你不由自主地脱离情网却还不知道。

5. 总而言之，远离心上人所在之处乃是上策

尽管你的情感千丝万缕扯不断，你还是应该踏上旅途，奔向远方。你会伤心洒泪，喃喃自语念着心上人的名字，路途上不时会觉得举步维艰，可是你愈觉得难以离去，愈是应该下定离开的决心。坚持不懈吧，强迫不听话的双脚登程。可别暗自祈雨挡路，也别因安息日或阿利亚 ①之战纪念日而不出远门，安息日不过是外国人的规矩，而阿利亚之日只因当时的惨败而使得这一天成为不吉利的日子。无须计算身后的路程，而应放眼未来的旅途；不要千方百计寻找借口在附近长久滞留。不要计算路上的时日，也别时时刻刻回顾罗马。远去吧，逃避吧，直至今日，帕提亚人 ② 都是靠逃避退让而免受敌人伤害的。

你也许会认为我的建议太残忍了，我不否认。但你正是要经受千百次磨难才会痊愈的。我在病中不愿喝苦药，我当时想进食，而医生却让我空腹。为了身体健康，你不惜经受铁与火般的磨炼，口渴之时却强忍着不饮滴水来滋润干裂的嘴唇。难道为了灵魂的安宁，你却受不得半点苦吗？而灵魂却比躯体更宝贵的呀。为此，我的妙方中最艰难的恐怕是在入门的时刻，最初的片刻是最难熬的时光。你看，牛也是在刚套上轭时才觉得疼痛难忍的；快马也在初上鞍之时，感到肚带勒得太紧。

你也许会为离开家庭而难过，不过你终究还是离家了；也许过一段时间你会想家思归，但尽管你多方找借口来掩饰，召唤你归来的并非父母亲人，而是你对意中人的眷恋。但只要你狠心抛下一切远去，乡间的生活、路途的旅伴、漫长的行程都会为你的情思之苦带来慰藉。仅仅离

---

① 阿利亚，罗马人与高卢人之战，罗马人遭受惨败的地方。
② 帕提亚人作战时，背向敌人，佯作逃离，射出利箭，以此取胜。

家远走也许还不够。留在外面的时间越长越好，直至心中的情火完全熄灭，灰烬已经凉却为止。若你早早归家，心志还不坚定，叛逆的爱神就会对你施放残酷的利箭。那样，无论你出走的时间有多长，归来之日，都依旧如饥似渴，满心欲念，而你旅途中的时日与磨难倒反而促使你重堕情网。

反之，巫术完全无济于事。

别人怎样由他去，你可切莫相信埃蒙尼 ① 的毒草或其他魔法可起任何作用。采用巫术是违法的：我们的医药神阿波罗，在其谱写的神圣诗篇中，提供的是无害的矫治方法。在我这里，没有人迫使幽灵游移于墓地之外，老巫婆不会用下贱的巫术使大地裂开；田里的庄稼不会被凭空移至别处；太阳亦不会骤然失去光焰；台伯河会顺应自然，河水流归大海；星转月移，一应天道。巫术的魔力对你的爱情烦恼不会奏效，爱神亦不会在魔法烈性的硫磺前面掉头而逃。

科尔喀斯的公主 ② 呀，你本希望留守父亲的宝地，可你食用了法兹河的草药，追随了情人伊阿宋。而你呢，喀耳刻 ③，尽管你从母亲帕尔里斯那里学会了草药之术，可在风起之时，在你精明的客人尤利西斯扬起征帆启程的时候，你的魔法又有何用呢？他依旧鼓起风帆，冲破险阻逃走远去了。你曾施尽诡计，不让残酷的爱火煎熬你的心灵，然而爱情依旧潜伏在你的心中。你可以将人变作奇形怪状的动物；却无法左右自

① 埃蒙尼，传说此地的妇女精通巫术。
② 指美狄亚，科尔喀斯为古国名。
③ 喀耳刻，美丽的女仙子，精通巫术，曾把尤利西斯（即俄底修斯）留在她的岛上一年，故事详情见《奥德赛》。

己的心灵。据说在杜里纯姆① 国王尤利西斯将别之时，你还企图挽留他，于是说道："起初我曾期望你成为我的夫婿，如今我已放弃这般奢求；可是，身为威震四方的太阳神之女，我这样的女神难道配不上做你的妻室么？何必急于启程呢？我祈求你。求你略示好意，再等片刻。这般请求该不为过吧？你看，现时波浪汹涌，海神尼普顿的怒气你该畏忌的；稍后启程，你将会一帆风顺。为何你要逃避呢？特洛伊之战不会在此地死灰复燃，瑞索斯② 亦不会再召集士兵作战。主宰此地的是爱情与和平，唯有我不幸地受着折磨。这片土地都是你的国土。"喀耳刻一面在说，尤利西斯一面在启动战船，对她那番话置之不理；南来的热风吹动了风帆，将尤利西斯一行也带往远方。喀耳刻因炽烈的恋情而心急如焚，又施用惯常的魔法，却无法平息心中的情火。所以，你如果想借助我的技巧而得到解脱，就切勿相信妖术与魔法。

Ⅳ 如果你不得不留在罗马，可以采用多种疗法

1. 时常念及情人的缺点

若你另有不可推却的原因，必得留在世界之城的罗马，且请听我的忠告，以此作为行事的准则。挣脱情网的最佳方法乃是更换住所，这样便能挣脱拴住心灵的锁链，彻底地摆脱烦恼。若有人勇敢地迈出这一步，我钦佩他，而且会称赞道："他无需再听我的建议了。"需要我指导的，恰恰是像你这样的人，意中人的影子仍旧萦绕脑际，欲断难断，力不从心。那就请你多多回忆你那可恶情人的所作所为吧，时常追念她对

① 杜里纯姆，小岛，隶属于尤利西斯所统辖的领地。
② 瑞索斯，色雷斯王，特洛伊的盟友。

你的伤害，比如：她珍藏其多，却依旧贪心不足，不仅占去我的财物，还令我卖掉房子。她对我立下这样那样的誓言，然后又背信弃义。多少次，她将我拒之门外！她对他人示爱，却蔑视我的感情。可惜呀！一个当差的竟常常与她共度春宵，而我却无缘于此。情人以上种种作为都能令你的恋情消退；多多回想，从中仔细寻觅怨恨之源，愿上苍保佑，你不久便会说出滔滔不绝的责备之词，你只须忍受一下痛苦，谈起来自然会口若悬河。

不久以前，我钟情于一位女子，却得不到她的青睐。我像神医波达利里俄斯①那样，病时自己施药，我得承认，自医的时候，我是个蹩脚的医生。当时令我宽心的，是让情人的缺点尽显眼前。我时时回想，遂渐渐康复。我当时心想："意中人的双腿多么丑陋！"而事实上，她的一双玉腿并不难看。"她的双臂并不匀称！"而事实上，臂膀长得挺不错。我又对自己说："她身材短小！"而事实也不是这样。"她要追求者送上许多礼物！"这倒是我讨厌她的最主要缘由。

况且丑恶和美好常常是一步之差；判断失误时，我们会将美德错当恶行而心生怨恨。为此，对意中人的长处你应尽量苛求；由于优点、缺点二者相去不远，对她的长处很容易便可以从坏的角度看待。

若她丰满可人，你可以称她肥胖臃肿；若她肤色偏深，你可称她黝黑丑陋；若她苗条修长，即有单薄消瘦之嫌；若她不正襟危坐，即是轻佻放肆；而若她正直诚实，便是假作正经。

再者，若你的情人某些方面天资不足，那就正好请她献丑露面。如

---

① 波达利里俄斯，军中名医。

果她嗓音不佳，则请她放声歌唱；若她手臂僵硬，就邀她共舞①；她不善辞令，就请她与你长谈；她从未碰过竖琴的琴弦，就请她弹琴献艺；她走路时步履僵硬，那就请她迈步前行；若她双乳丰满硕大，那就别让她用胸衣遮掩这一缺陷；若她牙齿不整，那就给她讲个笑话，让她露齿一笑；她易于激动流泪吗？那就以悲伤的故事引她痛哭流涕。

还有一条妙方，那就是清晨时分，赶在你的情人梳妆之前，急步登门造访。平时我们被女人的浓妆艳抹迷惑，黄金和宝石遮掩了一切，我们却绝少窥见她的真容。在花团锦簇般的装扮之中，让你常常不易看清真爱之所在。爱神以这般艳妆作盾牌，躲藏在后面迷惑我们。那就应该突然袭击，让你的情人措手不及，缺陷尽呈，不击自倒。不过，你也不可过分依赖以上的技巧，多少男人也曾醉倒于毫无矫饰的天然美貌。你还可以选择你女友化妆的时候来看望她，且无须腼腆害羞。这时，她涂上各种药油，到处摆满各色瓶子，羊脂油膏流到温暖的胸脯。此类物品散发出菲纽斯②的菜肴的恶味。这些气味曾不止一次令我恶心欲吐。

2. 私生活中应守的准则；奥维德在此加插议论，对批评他有伤风化的论调进行反驳

让我且来谈谈男女欢爱之时的准则：既要摆脱爱情，就得多方采取对策。谈及这一主题，我难免觉得有许多细节难于启齿；但你不乏丰富的想像力，我就点到即止吧。近来我的作品受到抨击，审查官们指责我

---

① 据说，古罗马人跳舞时，注重手臂的动作，甚于舞步。

② 菲纽斯，色雷斯王，由于后妻的诽谤，他弄瞎了前妻两个儿子的眼睛，为此遭受主神的惩罚，要他选择死亡或失明。他选择了后者。太阳神因他答应永远不见阳光而十分恼火，派美人鸟折磨他，抢吃他的食物，并在他的食物上排泄粪便。

淫秽下流。要紧的是人们喜爱我的作品，世界各地在传颂我的诗篇，就任由一两个评论家随意攻击好了。就连伟大的诗人荷马也曾受到忌妒、诋毁。佐伊尔①，无论你是何许人，因为有了荷马，你才赢得你的臭名。维吉尔呀，你曾歌颂特洛伊城及战败的神灵，而你的诗篇也曾遭到亵渎。嫉妒袭击处于巅峰的人物。正如高山招风，峰顶易遭雷击一般。

可是你呀，无论你是谁，如果我的放纵言辞有损你清静的耳根，你若通情达理，你就应该按其准则来看待每一种诗体。战事和丰功伟绩应由罗马史诗来描述，内中哪里容得下儿女私情？悲剧格调高雅，洋溢悲愤之情；而喜剧则离不开日常生活琐事。长短格的诗体，无论是快速节奏，或是抑扬顿挫，都应能直抒胸臆，如出鞘利剑，直指敌人。而悠扬的哀歌应用来歌唱佩弓带箭的爱神，咏叹变化无常的娇俏姑娘。赞美阿喀琉斯之时，不应采用卡利马科斯②的节奏；荷马的歌喉，也不宜用来叙述库迪泊③的故事。若是妓女泰依丝来饰演贞妇安德洛玛克④，那谁能忍受得了！错就在不该指妓女为贞妇。我的作品，《爱的技巧》咏叹的是泰依丝般的女郎，皆因我诗作中的主角是泰依丝，而不是系着扁带饰的名门太太，言辞放纵本不为过。若我的诗兴正与主题相称，那么歌唱儿女私情就成为我的拿手好戏。而对我的指责便毫无道理。

恼恨也罢，刻骨的嫉妒也罢，我早已名扬四海。只要我笔调不改，声名还会更为显赫。你太操之过急了。且让我多活一些时光，往后你还

---

① 佐伊尔，以毁谤荷马而成名的作者。

② 卡利马科斯，古希腊学者、亚力山大派诗人。

③ 库迪泊，卡利马科斯诗中的人物。

④ 安德洛玛克，赫克托耳的妻子，以对丈夫的钟爱而著称，在特洛伊战争中，因丈夫及其他亲人战死而悲痛万分，曾企图自杀，未遂。

会受更大的嫉妒之苦。我脑中酝酿着更多的诗作。我追求荣耀，获得的愈多，追求的欲望亦愈强烈。正如高贵的史诗有赖于维吉尔，哀歌的创作也有赖于我。而今我乘的快马只在中途歇息而已。够了，无须与妒忌再多周旋，诗人啊，握紧手中的缰绳，在你自己定下的天地里驰骋吧。

言归正传，倘若你的情人要求与你同床共枕，请你显露阳刚之气，那春宵之夜即将降临之时，而你的精力还旺盛的话，为了免受情人欢爱的引诱，我且劝你先与别的妇人同床。且随便找一个女人，与她共享床笫之欢的初潮：二度欢愉便会萎靡无力。这种建议本来我羞于启齿，但我还是大胆地和盘托出。我还有另一建议：与你的情人共享鱼水之欢时，请采用令她缺点尽现的姿势。这般做来并不困难，多少女子都自我陶醉，自以为完美无缺。再者，我还建议你大开窗户，在日光之下——看清她身体的缺陷。然后，在你饱享快乐之余，当你精疲力竭，心生厌倦之际，你会感到后悔，宁愿不曾触摸过任何女子，而且相信，很长时间都不会再碰她们。这时候正好注视情人身体的缺陷，将她的不足之处牢牢印记在心。

面临的指责（以上做法是否真正有效？）及答辩

也许有人会说：以上药方似乎药性温和。事实上的确如此。不过这些药方尽管单独使用时药效不大，合起来用却立竿见影。毒蛇虽小，能咬倒硕大的公牛。一条不大的猎狗也常常能镇住一头野猪。那你就勇敢向前，将我的忠告之言合为一体，集中使用便形成强大的威力。

不过各人相貌不一，性格殊异，请不要仅凭自己的判断行事。你也许觉得某种行为不足为奇，而他人则以为是罪过。譬如某人会因为见到本该隐藏的羞耻部分，就导致情爱中断；又有人会因为欢爱过后，床笫凌乱，留有污迹而感到恶心。如果此类原因可能使你改变初衷，那么，你这种爱情就不过是游戏而已；你心中的爱火并不炽烈。可是，如果丘比特更挽强弓，受情伤的人更多的话，他们便会成群结队地来求医，乞求更强效的药方。还有的情人在女友满足身体低贱需要的时候，竟躲起来暗中偷看常规礼节不许看的东西。我要不要提一提这种人呢？看在神灵的份上，我不能向你们提出此类建议。这些做法或能奏效，但还是免用为好。

3. 用情不必专一

我还劝你们同时结交两名情妇；如果我们获爱愈多，对爱之抵抗力也就愈强。心分两处，顾此失彼，一爱势必削弱另一爱。分流之后，大江大河的水量自然减少；釜底抽薪，火自因无柴而熄灭。

船只涂上滑脂之时，仅用一个船锚不足将船固定；水若清澈透明，单用一个鱼钩钓鱼也不可靠。有人长久以来便脚踏两只船；还有人早已高踞胜利者的宝座。唯有你，迷恋一名女子而无法自拔，起码如今应当另寻新欢了。弥诺斯① 爱上普洛克莉斯之后，便不再宠幸帕斯淮。帕斯淮无法与普洛克莉斯抗衡，只得退居让位。阿尔克迈翁② 与卡丽洛厄③ 同床之后，也就不再钟情于费热的女儿④ 了。若非海伦夺去帕里斯之心，林中仙女俄娜涅⑤ 本可以将他一辈子拴在自己身边。忒瑞俄斯⑥ 本

---

① 弥诺斯，克里特王，帕斯淮是他的妻子。
② 阿尔克迈翁，后辈英雄之一，攻忒拜的参加者。
③ 卡丽洛厄，河川神女。
④ 此人不详。
⑤ 俄娜涅，帕里斯的第一个妻子。
⑥ 忒瑞俄斯，色雷西亚的国王，曾爱上其妻子的妹妹菲罗墨拉，强抢施暴，割掉舌头。

来一直迷恋自己的妻子，但她妹妹的美貌更胜一筹。他便把妹妹扣留了起来。

为何我列举以上许多例子，不厌其烦？无非是想说明，一爱能够取代另一爱。只有一个孩子的妇人失去儿女时，定必痛不欲生地呼喊："我只有你一个呀！"而膝下儿女成群的母亲失去一个时会比较勇敢地承受痛苦。

且别认为我在此另立新说（神灵啊，但愿我有此荣耀，能有所创造发明！）。阿特柔斯之子阿伽门农的经历就说明这一点（作为希腊国王，有什么不在他视野之内？）。战争中他曾俘获克律塞斯 ① 之女克律塞伊斯 ②，还倾心于她。可愚蠢的克律塞斯却到处哭告求助。可恶的老头儿，你何苦伤心洒泪呢？他们俩多么般配呀。你这糊涂虫，以为为女儿好，却破坏了她的幸福。卡尔卡斯在阿喀琉斯的帮助之下，帮你争得克律塞伊斯自由归家。然而阿伽门农却说道："据说还有另一名美女，容貌几乎与克律塞伊斯相当，名字也相近，除却第一个音节不一样，她名叫布里丝 ③。若是阿喀琉斯识相，就该亲自将她送来；否则他将领教我的威力。你们之中有谁要阻止我，那必须用铁腕加利剑才行。我作为一国之君，若暮宿而无娇丽为伴，何不让懦弱的忒耳西忒斯 ④ 代我执政呢？"

这番话完，他果然如愿以偿地获得布里丝。布里丝慰藉了阿伽门农失却克律塞伊斯之悲，遂使国王对她倾心，将克律塞伊斯完全置于脑后。

且以阿伽门农王为榜样，寻觅新欢吧。这样你的恋情将左摇右摆而

---

① 克律塞斯，阿波罗在特洛伊附近的祭司。
② 克律塞伊斯在希腊人攻打特洛伊时被俘，作为战利品为阿伽门农所得。
③ 布里丝，原文与克律塞伊斯相近，亦译作布里塞伊斯。
④ 忒耳西忒斯，古希腊军中以怯懦而出了名的士兵。

致分散削弱。你会问我娇丽何处寻觅？请读我的诗作《爱的技巧》好了，你的航船上不久将满载年轻的美人。

4. 假装冷淡

若我的告诫有些价值，阿波罗神借我之口对凡人的教导能起作用，那么你呀，你这如坐埃特纳火山之上受着爱火煎熬的不幸的人，且试着对你的情人表现得冷若冰霜吧。请装作恢复过来好了，若你心中尚存悲痛，不要让她发现，想要痛哭之时强颜欢笑。我并不要求你与情人一刀两断，我的告诫可没有这般严酷。我只请你假装情丝已断，装作心潮平静下来。强而为之的事情，久而久之你就会真正做到。为了避免贪杯，我常常佯作困盹欲睡，如此一来，常常也就真的双眼困涩，沉沉睡去。看到有人假装堕入爱河，结果投入自设的情网，无法自拔，我不禁发笑。恋情因习惯而进入心中，若要挣脱情网，亦需习惯成自然。若能假作情丝已断，则超脱也就为期不远。

她既请你来幽会，那就按时赴约。到达之时若她门户紧锁，不必为此激动。无须在门外柔声细语地恳求，亦无须怒骂或躺在门槛外卧地守候。次日口不吐怨言，脸不露痛苦的神色。面对你的冷淡，她很快便会收起蔑视之意。这是我的技巧给你带来的又一个好处。

你还应当心存幻想，不必强订中止恋情的期限。给马套上嚼子，它常会踢腿反抗。不必考虑你自己行为的功效。你无须大声宣布自己的决心，它自然而然地会实现。若是捕鸟之网过于显眼，鸟儿自会绕道而飞。为了不让你的情人过分洋洋得意，对你过于轻视，请采取强硬态度，令她屈服。即便她的闺门大开，对你主动相邀，你尽管走自己的路，不予理睬，她请你某夜来幽会，不必爽快答应。你若坚持这种聪明做法，则快感欢愉伸手可得，现时的节欲恬淡也就不是难事了。

5. 若以上策略不起作用，则应在乐极生厌之时终止爱恋

谁能说我的告诫过分严厉呢？我甚至扮演了和事人的角色。既然人的性情千差万别，我们的对策亦应各不相同：百病自应有百般的疗法。有些人不适宜针疗，另外许多人喝草药能见功效。倘若你太软弱，无法远走高飞，你已被枷锁禁锢，残酷的爱神卡住了你的咽喉，那你就别再抗拒；逆风吹在你的船帆上只会迫你回头。你就顺水势而划桨吧。你爱火中烧，渴求难耐，就该满足这一渴望，我是赞同的。你就投身于江河中，尽情饱饮吧。必得喝得过量，以致肚胀欲吐。同样，你跟你的情人也应当尽量寻欢，毫不节制。让她日日夜夜和你在一起，直至你心生厌倦；厌足也是疗法之一。即便你觉得你的情人已非必需，还是留在她的身边，直至饱足生厌，直至丰盈过量，容不下爱情，但愿你对她的住所心生反感，再也留不下去。

6. 力戒妒忌

猜疑有助于维系爱情。你若想驱走爱情，就该驱走疑虑。一个人若是担忧自己的情人会变心，或是害怕情人被情敌夺走，那么即便是神医玛卡翁也无法将他治愈。一名有两个儿子的母亲，总是偏爱从军归期未卜引起她担忧的那一个。

7. 为了忘却，可以回想自己曾受的折磨

在科林门的附近，有一处神庙，其名来自埃里克斯山①。此地由勒忒忘川的爱神执掌。忘川之神治愈爱情的创伤，用冰水将爱火浇灭。多少

---

①　埃里克斯山，西西里岛上的一座山，山上建有维纳斯的神庙。

青年男子，多少单相思的少女来寻求解脱。忘川爱神（我也怀疑究竟是丘比特呢，还是梦中幻象；我想大概应是梦中幻象吧）对我说道："你呀，时而给人以爱情烦恼，时而又助人驱除情思烦忧，奥维德呵，在你的忠言中，再加上一条吧：每个人都应该记住自己经历的不幸，那就自会斩断情丝了。神灵给每人的天分命运各不一样。若对皮泰尔[①] 伊阿诺斯[②] 和飞逝的时日心怀恐惧的人，则应时时牢记光阴似箭，想着月初要还的债务。若诸事顺利而父亲严厉，则得时时面对父亲严厉的眼光。若出身贫穷，娶了个嫁妆微薄的女子，他就该将贫苦的命运归结到妻子身上。你拥有肥田，种着产酒丰富的葡萄，就得时时担忧、祈愿葡萄初成时不会被冰霜毁坏；若航船正在归程中，则应想想海上的危险，暗礁丛生的岸边。有人挂念当兵的儿子，有人担心待字的女儿。谁人没有千百种烦恼呢？帕里斯呀，你为了对你的所爱恨得起来，你也该多想想你自己弟兄丧生的情形。"他这样说着，孩童般的面影渐渐从我平静的睡梦中隐去（这恐怕是梦中所见吧）。怎么办呢？正如帕利努儒斯[③] 在浪涛中弃船而去一般，我也只好走上未知的旅程。

8. 逃避孤独以菲利斯为例证

沉醉于爱恋的人们哪，孤独对你们是极为危险的。一定要避免陷入孤独。往哪儿躲避呢？身处人群当中较为可靠。你没有必要独处隐居（独处更激发恋情），群居会使你得到慰藉。你若独处，心中难过，眼前自会显现那抛下的情人的倩影，就如其人站在面前。夜晚之所以比白昼

---

① 皮泰尔，此专名所指不详。
② 伊阿诺斯，守护门户的两面神。
③ 帕利努儒斯，著名舵手，一说因观察星辰而不慎掉入海中，另一说是因困倦不堪，在酣梦中从舵旁跌进海里。

更为难熬，是因为晚上没有一群朋友可为你去烦解忧。别放过与人倾谈的机会，勿关紧大门，独在暗处以泪洗面。你需要有推心置腹的知己，如同奥瑞斯忒斯得到皮拉得斯①帮助一般。友情能起到不可忽视的作用。

　　什么东西造成菲利斯的不幸？还不是在森林中的孤寂独处。她的死因是无可置疑的，那就是她没有同伴。她披头散发地行走，模样宛如那三年一度拜祭酒神巴克科斯的野蛮人群②。她时而眺望无际的大海，极其目力之所及；累了，便时而躺卧在沙滩之上。她朝着无动于衷的波涛喊道："背信弃义的德摩福翁啊！"她的话音不时被抽噎所中断。有一条狭窄的小径，树阴浓密，相当幽暗；她走向海边常常取道于此。不幸的人儿第九次走过这条小路。"这是他的过错。"她说道，脸色苍白，将目光投向自己的腰带，又同时瞧瞧树木的枝干。她犹豫了，面对她敢于去做的事情退缩下来；她害怕了，把手指放到自己的颈项上。菲利斯呀，我多么想这时候你不是单独一人，树林就不会洒落叶子为菲利斯而痛哭了。

　　受女友伤害的男人，或是受情郎伤害的女子，但愿菲利斯的事例能使你们提防过度的孤独。

　　9. 避免与成双结对的爱侣交往

　　一名年轻人听从了我的缪斯的全部忠告，他已经靠岸得救了。当他和热恋中的爱侣在一起的时候，他又再度发作。爱神重新拿起了他已放进囊中的利箭。如果你爱着而又想终止这份爱，那就要设法避开传染。就是牲畜，也常常受传染之苦。眼睛看到别人的伤口，自己也感受到伤痛；许多痛苦是从一个人身上传到另一个人的身上的。

---

①　二人为好友，皮拉得斯曾助俄瑞斯忒斯报杀父之仇。
②　拜祭酒神巴克科斯的习俗于色雷斯盛行，在希腊人眼中视之为野蛮之举。

在一片受太阳暴晒的干枯的田地上，有时附近江河的流水也能渗进其中。如果我们不远离热恋中的情侣，看不见的爱情也会渗进我们心里来；在这方面，我们都很会欺骗自己。

10. 避开一切能令爱火复燃的东西

还有另一个人，他已经恢复过来，密切的接触又使他垮了下去。他无法忍受与自己的情人相遇。尚未合好的旧伤疤又再打了开来，我的技巧也无济于事。从邻屋烧过来的火不易扑救，最好是避开接触你从前的女友。她通常去漫步的柱廊，你别到那儿散步。她去拜访的人，你也不要在同一个时间去。心正渐渐冷下来，有什么必要通过这种活动的提醒，又使它再燃烧起来呢？如果有可能，应当住到另一个地方去。在美酒佳肴面前，饥饿的时候，是难于抑制胃口的。喷出的泉水，愈发激起焦渴。看见牝犊时的公牛，你很难把它牵住。瞥见母马的强壮种马，总是嘶鸣不已。

当你听从我的忠告，终于靠岸的时候，抛开你的情人仍未足够，你还得别管她的姐妹、她的母亲、她的奶娘、她的密友以及举凡与她密切相关的人和物。

别接见她任何一个奴仆；别让贴身侍女流着虚假的眼泪，带着恳求的口吻，以女主人的名义向你问好。虽然你很想知道她的消息，但别问什么。勇敢地坚持到底吧，你沉默不语准会得到好处。

11. 也不要抱怨

你呀，你竟解释为什么你的情爱停止，还历数怨恨你的情人的许多理由；你也一样，保持沉默才是更有力的报复，直到你再不为她感到惋惜为止。我宁愿看到你三缄其口，而不愿见到你对人家说，你不再爱了。逢人便说"我不再爱"的人，其实是在爱着。

12. 不要恨

火渐渐熄灭比骤然熄灭来得更可靠；让爱火慢慢地熄下来吧，你就不必担心它再度燃烧起来。

通常，急流较之于水流稳定的江河暴涨尤甚，但前者涨水短暂，后者水势长流。让爱情不知不觉地溜走，让它消失于清风之中；让它逐步慢慢归于平静。但恨一个昨天还在爱着的女人，那可是一桩罪过；这种收场只配暴戾的心灵。别再过问她就足够了，那种在恨中结束爱情的人，或者是还在爱着，或者是难于摆脱苦痛。

一个男人，一个女人，昨天还是相好，眼看一下子就变成敌人，那不是光彩的事。山林水泽的仙女们也不赞成这种争执。人们常常指责自己的情人，而还爱着她；而当恶感不存在的时候，爱情不受任何拘束，竟迅速地离去。有一天，我帮助一名青年打官司；他的女友在自己的驮轿里；他口吐可怕的威胁言语。他要她保证到时出庭。他喊道："叫她走出轿子！"她走出来了。

眼看着自己的情人，他哑口无言；手上的书写蜡板也掉了下来。他投到情人的怀抱，呼喊道："你赢了！"

和平地分手，比起从卧房出来便转到大庭广众的争讼，来得更稳妥，也更体面。你已经送出去的礼物，就任它去吧，不要为此争执。通常小小的牺牲给我们带来更大的好处。

13. 提防直接相遇

如果偶然的机会把你们两个人带到了同一个地方，那么请记住我交给你的一切武器。这时候，你就用得着这些武器了；这正是表现你勇气的地方。班黛西莉亚 ① 该会受你的攻击而倒下。这时候，你得想起你的情敌，想想对你的情爱无动于衷的门槛，想想她立下的虚假的誓言，诸神可以为证。

你不要因为和她会面便整理自己的头发；也不要炫示你褶子飘动的宽长袍 ②。别着意博取她的欢心，今后她对于你不过是个陌生人。你要强迫自己把她看成是一个普通的女子。

14. 懂得分手的技巧

我们努力的主要障碍是什么呢？我来说一说吧，不过，每个人都可以求教于自己的经验。我们决裂得太迟，是因为我们还希望得到爱，我们的虚荣心使我们成为一群轻信的人。你呀，你别相信保证、誓言（有什么比这更欺骗人的？），也别相信被人指来作证的永恒的神灵；要当心，别给女人的眼泪软化；女子练就了流泪的眼睛。许许多多的计策困扰着一个情郎的心，他的心就像一块小卵石，一任波涛四处滚动。

不要宣扬你宁愿分手的理由；也不要说出你为什么痛苦；你应该默默忍受，坚持到底。不要重提她的过错，以免她替自己辩护。你让她把她的情况说得比你的还好，这等于为她效劳。沉默的人坚定有力；对女友大加指责的人是要她为她自己辩解。

我并非像杜里纯姆的国王 ③ 那样，敢于把令人疯狂的利箭和炽烈燃烧的火炬投进江中。我也不是要折断爱神小精灵明亮的翅膀；我的技艺

---

① 班黛西莉亚，亚马逊人的女王，在特洛伊战争中，协助特洛伊居民作战，被阿喀琉斯所俘，成为阿喀琉斯的妻子。
② 这是富有和风雅的标志。
③ 指尤利西斯，杜里纯姆是他统治的其中一个小岛；他曾表示藐视爱神之箭，爱情之火。

也不是要把他神圣的弓松开。我所歌唱的是谨慎，请按我的诗歌去做吧。你呀，福玻斯，主宰健康的神灵，请继续支持我的事业。福玻斯就在那里。我听见了他的琴声，也听到他的弓箭声响。我从他的标志认出这位神灵。福玻斯是扶助我的。

15. 拿你的情人跟更漂亮的女子比较

拿在阿米克莱染槽染制的羊毛跟蒂尔的大红衣料比较，那羊毛便显得粗糙不堪。你也一样，拿自己的女友跟漂亮的女子比较吧，每个人都会开始为自己的情妇而脸红的。有两位仙子 ①，在帕里斯面前都显得很美丽，但一和维纳斯比较，维纳斯就胜过她们。不要仅仅比较脸孔，还要比较性格和才能。别因为情爱在心而使判断力受影响。

16. 避开能勾起回忆的事物

我要在诗中歌唱的事情并不重要，不过，虽然无关紧要，但对许多人都有用处，首先是对我自己。你保留下来的你女友的情书，就别再看它了。重读这些信时，坚强的心灵都会受震动。噢！无论你如何惋惜，通通把它都扔进无情的火里吧！还要这样说："这就是埋葬我的爱情的焚尸柴堆！"忒斯提俄斯的女儿 ②，虽然儿子不在身旁，还是通过焚烧一块木柴，以表示烧自己的儿子；而你呀，把背信弃义的词句扔进火焰里竟然犹豫起来！

如果可能的话，请把她的肖像也拿开。为什么还恋着一幅沉默的画像？拉娥达蜜亚 ③ 就是这样身亡的。

---

① 指朱诺和密涅瓦。
② 忒斯提俄斯，埃托利亚的国王；他的女儿，指阿尔泰娅；据传说，那块木柴是她儿子的生命所系。
③ 拉娥达蜜亚，因她的丈夫普洛忒西拉俄斯离开而绝望。

地点也常常不利。避开那些作为你们结合见证的场所吧。它们给你带来的是痛苦。"她曾在这里；她在那里躺过；我们在这张床上同眠；就在那里晚上她给了我许多快乐！"

情爱因这些回忆而激发起来；受刺激的伤口又重新裂开。对病人而言，稍微的轻率都会造成伤害。如果在几乎熄灭的灰烬上，你放进点硫磺，灰烬立刻重燃，变成熊熊大火。情爱的情况也一样，如果你不避开激发爱情的事物，你就会看到：刚才还不存在的爱火，又重新发出明亮的火焰。

希腊的船只本该从卡费雷海角远远绕过；而你呀，你这位老叟 ①，却以火光想替你失去的亲人复仇。谨慎的水手，为自己超越尼索斯的女儿 ② 而高兴不已。你可要注意那些曾经令你着迷的场所，对于你来说，那是极危险的地方。避开这些阿克罗色洛尼亚的岩石，在那儿，残酷的卡律布狄斯 ③ 海妖正吐着她吞下去的海水。

17. 避开演出和避免阅读

有些办法不可强行，但偶一为之，也常常起作用。但愿费德拉失去自己的财富；你呀，尼普顿 ④，你就不会追究你的孙子，而祖父所派来的

---

① 指瑞普利俄斯，他的儿子被希腊人处死后，他为了复仇，趁希腊军队自特洛伊凯旋时，点起假灯塔，致使许多希腊船只触礁遇难。

② 指海上女妖息库拉。

③ 卡律布狄斯，海上女妖，与女妖息库拉同扼意大利和西西里岛之间的水路通道，构成航海上的严重威胁。

④ 尼普顿，海神，孙子指希波吕托斯，他是雅典王忒修斯的儿子，忒修斯的第二个妻子费德拉曾勾引他，遭其拒绝，被诬陷为品行不端，企图强奸后母。忒修斯诅咒他，请其父亲尼普顿海神施予惩罚；海神趁希波吕托斯驾车在海边奔驰的时候，派一头公牛突然跃出海面，马匹因而受惊，掀倒希波吕托斯，令其致死。此处作者想说的是：如果费德拉并不富有，忒修斯就不会娶她，而她就不会认识希波吕托斯，上面的故事也就不会发生了。

公牛也不会使马匹受惊。为什么没有一个男人去引诱赫卡乐 ① ？为什么没有一个女子去逗引伊罗斯 ② ？无非是因为前者赤贫，后者穷困。贫穷没有什么东西可以培养爱情。况且，这也不是你希望成为穷人的理由。

但是，你的情爱没有完全从心中消失之前，不要上剧场去，这是有理由的。古琴声、笛声、竖琴声以及臂膀按节拍的和谐摆动，都使心灵感应而软化。人们不断看到剧中的情侣翩然起舞。演出者以多么高超的技巧向观众传递欢乐啊！

我遗憾地对你说：不要接触色情诗人。我本人是异常的，我也排斥自己的才能。避开卡利马科斯 ③ ，他常与爱神为伍。你呀，科斯的诗人 ④ ，像卡利马科斯那样，你也是有害的。我嘛，起码萨福 ⑤ 令我对女友更加温柔；特奥斯的缪斯 ⑥ 从不曾带来过严肃的风尚。谁曾读了提布卢斯 ⑦ 的诗篇而不冒风险？还有你的诗篇，整个作品都是从铿提娅那里获得灵感而写成的 ⑧ 。读加吕斯 ⑨ 的作品之后，谁能无动于衷？我知道，我的诗篇也一样，也有相同的情调。

18. 不要设想有情敌

如果说，引导我写此作品的阿波罗没有欺骗我的话，那么情敌是我

---

① 赫卡乐，传说她本是凡间的穷妇人，在忒修斯追赶马拉松野牛时，她热情地接待了这位英雄，因而被奉为女神。

② 伊罗斯，乞丐，尤利西斯扮作穷人回家时，曾与英雄打架。

③ 卡利马科斯，古希腊学者、亚历山大派诗人。

④ 指古希腊诗人菲雷塔斯，科斯人，科斯是爱琴海的岛屿。

⑤ 萨福，古希腊女诗人，她的诗歌曾被认为是有伤风化。

⑥ 指阿那克里翁，古希腊宫廷诗人，诗作多以歌颂醇酒和爱情为主题。

⑦ 提布卢斯，古罗马哀歌格律体诗人，主要写情诗。

⑧ 这里指普洛佩提乌斯，古罗马哀歌诗人，其诗作大部分为爱情诗。铿提娅，普洛佩提乌斯所歌唱的人。

⑨ 加吕斯，古罗马诗人，维吉尔的朋友。

们苦恼的主要原因。因此，你呀，你别设想你有了情敌，还是相信你的情人孤枕独眠。俄瑞斯忒斯爱赫尔弥俄涅之所以爱得加倍热烈，是因为赫尔弥俄涅原先属于另一个男人①。墨涅拉俄斯②，你为什么要抱怨呢？你赴克里特岛不带夫人，你可以心安理得地和妻子分开；但帕里斯把她掳去，仅仅在这个时候你却离不开她。情敌之爱竟然使你对妻子的爱情之火燃烧得异常猛烈！

同样，当布里丝③被人劫走时，阿喀琉斯就哭起来了；因为她把欢乐带给了普勒斯忒涅斯的儿子④。请相信我吧，他哭是有理由的；阿特柔斯的儿子⑤干了他不可能不干的事情，除非是有令人丢脸的萎缩症。当然，我也会这样做的，我并不比他更老实。这种醋意的后果是极其严重的。因为阿伽门农以其权杖宣誓说，他没有碰过布里丝⑥；他之所以这样做，是因为他并不把权杖看作是神灵。

但愿神明扶助你，令你能从你舍弃的女友的门前经过，而不让你的步履违背你所下的决心。你是能够做得到的，只须你有坚定的意志。现在，你应该鼓起勇气向前，应当励鞭策马飞驰了。你就设想这是食莲族人⑦的山洞，塞壬⑧的洞穴。赶紧扬帆荡桨而过吧。

<hr>

① 这另一个男人指阿喀琉斯之子皮洛斯；俄瑞斯忒斯与赫尔弥俄涅原已订婚，赫尔弥俄涅之父为了攻打特洛伊，便把女儿许配给英雄的儿子。
② 墨涅拉俄斯，著名美人海伦的丈夫；特洛伊王子帕里斯趁他不在，诱走了海伦，于是引起了历时十年的特洛伊战争。
③ 布里丝，阿喀琉斯的女俘，为阿喀琉斯所爱；阿喀琉斯是特洛伊战争中的希腊英雄，除脚踵是致命弱点之外，身体可抵御任何武器的伤害；他心爱的布里丝曾被希腊军队另一将领阿伽门农夺走，以致军中失和。
④ 即阿伽门农。
⑤ 亦就是阿伽门农；另一说，阿伽门农只是阿特柔斯的养子。
⑥ 意谓这种醋意并非无缘无故。
⑦ 传说中的野蛮民族，食莲花之后，忘却过去。
⑧ 塞壬，半人半鸟的海妖。

就是那个成为你的情敌令你痛苦不堪的人，我希望你也不再把他视作敌人。即使是恨意犹存，起码照样跟他打招呼。最后，当你能够和他拥抱时，你就完全恢复过来了。

19. 选择食物

为了尽医生的义务，我来指点你要避免的和寻求的食品。洋葱，无论是来自阿普利亚、利比亚或梅加拉海岸，对你来说都是有害的。同时也应避免带刺激性的芝麻菜和一切作用于我们情爱感官的东西。最好是吃点芸香，以及凡是排斥情爱快感的食物。

你问我关于巴克科斯赐赠①的意见吧？我用几句话回答你，比你期待的还简单；我的意见可以满足你的要求。如果不是喝得太多，不是喝到烂醉如泥致令感官麻木，那么，葡萄酒是令我们的心灵更易接受情爱的。风能助火，风也能灭火；轻轻的和风使火焰更旺，猛烈的大风便把它吹熄。要完全清醒不醉，或是醉到忘掉一切爱情烦恼；处于二者之间的状态是有害的。

我的著作完成了。请用花饰来点缀我这艘疲惫的航船吧。我们已到达要靠岸的港口。因我的诗歌而恢复过来的男女，你们日后向神圣的诗人②表达崇敬之意吧。

_____

① 指酒，巴克科斯是酒神。
② 因从阿波罗神那里接受灵感。

导　读①

◎ 戴维·马洛夫

　　《爱经》(Ars Amatoria) 自称是部教育性的诗歌，如同维吉尔的《农事诗》(Georgics)。然而，倘若我们设想它庄重严肃、促人上进的话，一开卷就会困惑不解。它的主题既非农事，也非战术、狩猎、骑术、航海、修辞，或任何在社会中有实际功用的活动。奥维德将我们引到了颠三倒四的"摩登"世界，那是一片漫游者的天地，在世界性大都市的街道上游逛、购物和聚会，置身于戏院、酒店、庙宇、犹太神庙、回廊、赛场和露天市场；他的主题是一门毫不严肃且直指彼时尚不为人重视的技巧（或诗人意欲我们如此相信），即如何获得情人，留住情人。

　　《爱经》色彩浓烈且富于暗示，大胆调侃而又一本正经，从第一行到最末一行，尽是一系列令人惊讶且带挑逗性的反语，不仅背离文学传统的既定手法，而且连最机敏、渊博的读者也会大感意外。

　　写作手法乖张，不拘定法。细枝末节的小事用大例子来说明，大事则举些鸡毛蒜皮的例子。道德标签乱贴，用最牵强的借口引出一段老故事，又赋予新的妙解，理据被玩笑式地夸大，直至其自身不胜负荷而垮

---

　　① 此文译自英国企鹅经典《爱经》(詹姆斯·米基译本) 导读。作者戴维·马洛夫 (David Malouf) 是澳大利亚著名作家，著有《一种想象的生活》和畅销全球的《伟大的世界》，他的作品曾获英联邦作家奖和各种盛誉。

塌。让我们首肯和心动的，是那玩笑，而不是道理本身。如在重述那段帕西淮（Pasiphae）对公牛的狂热时，心理分析被推到极致，令其荒唐可笑。本书中，严肃性无处不被绕开，狡黠混合着坦诚，真叫人拱手折服，如此做法带来富于感染力的阅读快感，以致要给诗人按上某个罪名的话——无论是冒犯君主、放荡不羁还是腐蚀青年——借用后奥古斯都时代一个形象说法，都有如杀鸡用牛刀般小题大做。也许正因如此，奥古斯都等了那么久才指控和惩处奥维德？

公元八年，诗作横空出世整整七年之后，奥维德被贬到黑海边的托弥（Tomis），尽管多次请求赦免，终不得返。《爱经》被列为其罪名之一，从诗中也不难找出皇帝钦定的某些冒犯之处。

本书的核心是此类诗歌中一个源远流长的特色，但并不仅见于拉丁文作品：时髦的情郎，逍遥自在、喜爱娱乐与交游的花花公子；他摆脱严肃的公民义务而成为一名英雄，不是在战场上，也并非法庭上，而是床笫之间；在那里他唯一认可的"美德"便是玩乐。此部诗篇确实是颠覆性的，并非因为它挑战了新道德，斗胆为情人争取"专业"地位，将其等同于农夫、士兵或高官，而是因为它所创造的角色变得那么诱人，富于吸引力，尤其因为它将情人／诗人树立为一个私人打造的另类国度的君主。正如一名奥维德化身的后人所言："她代表所有的国度，而我是统治一切的国君／其他别的什么都不是。"[①]诗篇表面的主题——情爱之术，是个假象。真正的主题是诗人自己。作为一名诗人——作为真正诗人的奥维德来说——本身就是一片天地。皇帝的世界，宏伟的罗马这

---

① 约翰·多恩：《日出》。

片天地，不过是他活动的场景，充其量是"材料"。如此自视极高的声言，难怪奥古斯都感到非采取行动不可了。

围绕着这活跃的、青春躁动的"剧中人"（我们该记得，诗人当时四十余岁），奥维德组织安排了壮观的演出，一系列引人入胜的表演，展示的是诗人对其自身才华的陶醉：渊博的才学，灵巧又睿智的言辞，描绘恢弘场面时的创造力。而同时，由于他具备那副我们现在称之为电影摄影般的眼睛，还有那鲜明的特写细描，诗人简直可以将任何事情收进其诗作中。只要他出现，凭其多变的化身形象：导游、调侃者、知心密友、挑战者、说书人、制图人、模拟的学人、冒充的智者、魔术师、舞台主管……他便能确保将一切组合成一个整体。

他时而带领我们游览市内名胜——还抽空对每处幽会场所的优点逐一点评；时而玩起"接子"游戏或"挑棒"游戏；或向我们推荐发型、鞋子或保健馆；或用故事新编来娱乐大家，讲述帕西淮和公牛、鸟人代达罗斯、玛尔斯和维纳斯、刻法罗斯和普洛克里斯的故事，而且边讲边向后来整整一群诗人、剧作家和小说家抛出暗示：我们称为玄学派的英国诗人，将从他那种把风马牛不相及的天地和事物连结在一起的出人意料的并列中，找到通往形象化描述的新式途径。莫里哀因他写出了《可笑的女才子》和《女博士》；十八世纪一长串书信体小说家受他启发；他曾建议最保险的信息传递方式是写在使者的脊背上，这甚至可能影响到了二十世纪电影导演彼得·格林纳威，给他带来了《枕边书》。

《爱经》千变万化的包容性，从各种事物的纷繁错杂中抒发的喜悦，突发妙论和悖论的能力，都使其成为文学修辞和体裁的宝库和画廊；这里的画藏如此丰富，只需用画笔稍稍涂抹一下便能化为现实的画作。提香、鲁本斯、普桑及其他画家只须找找那言辞入画的意境，便可发现某些最杰出的文艺复兴和巴洛克画作的全套编排，直至最微小的细节——酒神巴克科斯在老虎拉的战车中，喝醉的赛利纳斯从毛驴的侧面掉下来，刻法罗斯在林间的草地伸懒腰。

对于后人来说，奥维德最可爱的品质是他自感迟缓——他肯定看出，自己身为后古典主义者的这一点。然而他也透过出色的例子说明，要让旧材料焕发新意，我们需要的不过是创意的新颖和前所未有的视角。

尤利西斯与卡吕普索走在沙滩上时，用棍子在沙上为她绘出了特洛伊的平原。奥维德就如此起步，开始叙述那段为人熟知的故事。但尤利西斯才刚开始他的"史诗"，海浪就卷上沙滩，特洛伊连同诸神与英雄的整个世界随着一幅奇妙又感人的戏剧性画面，复又消失。

在重述代达罗斯的故事时（那是诗中最详尽、最富于想象的故事之一），对希腊诸岛纳克索斯、帕罗斯、德洛斯的空中俯瞰（这本身便是想象的杰作），霎时中止了，因为这时奥维德通过下面海滩另外一个钓鱼人的眼睛，从另一个角度给我们展示他那两位鸟人。后来，经过十五个世纪有余，勃鲁盖尔将这特殊的意象挪作己用，成就一幅著名的画作，又过了四个世纪，奥登将其化作一首享有同样盛名的诗歌。

对于古代读者而言，任何严肃意图的想法都会被诗人所选的格律所推翻——他不按教育性诗歌传统要求的六音步格，而用了挽歌对句（六步格后随五步格），那是奥维德先前在《恋情集》那种细腻俏皮的艳诗中所用的。詹姆斯·米基的不规则两行诗，带着出人意料的韵律以及语境与视角的快速转换，出色地再创造出原文般的轻盈和毫不刻意的风韵。我们是了解这种声音的。那是透过一代接一代的英国诗人传递给我们的奥维德的真实声音，英国诗人们在将这声音本土化的同时，也就发现了自己的声音：

> 既无回天之力，来，让我们吻别吧，
> 不，我已足矣，你再也得不到我……①

或者

> 我真不知道，相爱之前你我做了什么？
> 是不是直到那时我们尚未断奶？②

或者

> 请允许我双手随意抚弄，
> 前、后、上、下，还挪到正中。③

米基能够唤起似乎呼之即出、活力时新的奥维德，皆因奥氏所创造的人物，奇迹般地不受时间影响。

对于十二、十三世纪的游学者和吟游诗人来说，对于《玫瑰传奇》

---

① 迈克尔·德雷顿：十四行诗第 61 首，《理念》。
② 约翰·多恩：《晨安》。
③ 约翰·多恩：挽歌，《领其情妇上床》。

的作者而言，对于十四世纪的乔叟，奥维德看来像一个具有现代感、脱离他所处时代的当代人。对于文艺复兴时期的英国诗人们来说，看来亦如是。他献身于查普曼所称的"奥维德之感官盛宴"，使其自然成为彼特拉克和彼特拉克诗派的备选者。马洛翻译《恋情集》时尚在牛津就学，当时奥维德贡献给他的，便是从感官、色彩和行为，尤其是从其自身获得的愉悦。就弗朗西斯·米尔斯而言，他于1598年写道，莎士比亚便是奥维德"风雅机智的灵魂"的优美再世。托马斯·海伍德和托马斯·洛奇两人均译过《爱经》；而在法国，恢复青春活力的龙沙，其《情歌》的第二、第三集就得益于此。歌德在其《罗马哀歌》的第五首中，借熟睡的少女之背敲出其六音节诗句时，其背后准有奥维德的身影。正如众多的意大利画家，或带着有前途的"古典地盘"的温克尔曼（他将地道的北方人带进他称之为意大利的那片大自然区域），肯定都受到奥维德的影响。

奥维德代表着我们文化中玩世不恭的元素，一旦为他设立了一席之地，我们就再也无法割舍了。在我们的日常语言中，如同在詹姆斯·米基的译本中，我们只要听到他的声音，就认得出一位已故而又活生生的当代人，他的大胆对我们是个挑战，而与他相伴的魅力，一如既往，难以抵御。

（黄迅余　译）

企鹅经典丛书书目

第一辑

长夜行	【法】塞利纳
大都会	【美】唐·德里罗
纪伯伦经典散文诗	【黎巴嫩】纪伯伦
磨坊文札	【法】都德
去吧，摩西	【美】福克纳
人间失格	【日】太宰治
苏菲的选择	【美】威廉·斯泰隆
丧钟为谁而鸣	【美】海明威
神曲	【意大利】但丁
人间天堂	【美】菲茨杰拉德

第二辑

我是猫	【日】夏目漱石
看不见的人	【美】拉尔夫·艾里森
流浪的星星	【法】勒克莱奇奥
微物之神	【印度】阿兰达蒂·洛伊
漂亮冤家	【美】菲茨杰拉德
玻璃球游戏	【德】赫尔曼·黑塞
绿房子	【秘鲁】马里奥·巴尔加斯·略萨
炼金术士及其他鬼故事	【英】蒙塔古·罗兹·詹姆斯
老虎！老虎！	【英】吉卜林
小王子	【法】圣埃克絮佩里

第三辑

契诃夫短篇小说选	【俄】契诃夫
死屋手记	【俄】陀思妥耶夫斯基

第六辑